问稻

洛明月 著

下

目录 Contents

第十四章 ·	物联网行动	001
第十五章 ·	布点	024
第十六章 ·	起底	041
第十七章 ·	缘定	058
第十八章 ·	内外夹击	070
第十九章 ·	战火殆尽	092
第二十章 ·	露馅	114
第二十一章 ·	种源出国	132
第二十二章 ·	全国海水稻大会	149
第二十三章 ·	联合攻关实验室	166
第二十四章 ·	聚心"一带一路"	191
第二十五章 ·	付出	208
第二十六章 ·	咸咸的奖励	232

/ 第十四章 /
物联网行动

虽说在崔挽明面前三番保证,也信心满满,但随着离深圳越来越近,张磊的心充满了不安。

物联网设备涉及的零部件数以千计,要做到一个不落地进行质检排查,工作量可见一斑。这样的压力让他感到窒息,身体的疲劳感在加剧,内心的动荡也在翻江倒海。还没等走出机场,脑袋眩晕难耐,便慌忙跑到卫生间吐了起来。

等他晃悠着身体出现在接站台的时候,霍传飞已经朝他走来。只见霍传飞手里拿着厚厚一沓资料,全是关于设备的相关核对资料目录。

"张磊,你可算来了,崔总把这么重要的任务扔给我一个人,你知道,这压力太大了。不瞒你说,这几天我都睡不好觉,这万一要出点差错,我就是项目的罪人啊。幸好你来了,这下我就放心了。"

霍传飞的眼神有些迷离,看得出整个人的状态不是太好。张磊有气无力地拖着脚步,抱怨道:"你就别在我面前倒苦水了,不是我说你,我是来帮你排忧解难的,结果呢,我下了飞机,连口水都喝不上,你可不够仗义啊。"

一听这话,霍传飞摘下眼镜,停下脚步,把手里的资料在张磊

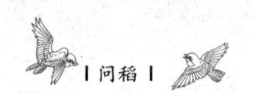

眼前晃了晃，无奈地叹道："你小子还有没有点职业操守？这都什么时候了？火烧眉毛了，你还在这矫情。跟你说，第一批设备明天一早就出发，别说喝口水，咱俩不吃不喝、一夜不睡也要把这些信息核对完。崔总让你来干吗的？"

张磊也不是矫情，他不过想让霍传飞放松一些。尤其这种细致入微的工作，压力越大，出错的概率也就越高，这个时候不放松一下，工作只能是越干越低效。

夺过霍传飞手里的资料，张磊走马观花地翻了一遍，摸着肚子道："走走走，哥不跟你计较，带你去吃深圳菜，吃饱了再干活。"

说着，两人也就到了停车场，张磊上了副驾驶，手机打开了导航："我来的时候找了一家还不错的餐厅，你开车，我给你指路。"

霍传飞的火已经烧到喉咙，哪有心思吃饭？此刻是又急又没招，面对冷静的张磊，他也不想再费口舌。将资料扔给张磊，说道："跟你说，这个事还是谨慎点，资料你仔细过一遍，标红的地方是重点需要过一遍的，标绿的项目可以不用看了。吃完饭咱俩就到仓库，王春生还在那儿等着，也别耽误太长时间，咱俩简单吃点就行。"

张磊摇摇头："你啊，沉不住气，这种事情，王春生比你都着急，设备要出问题，他比你的责任都大。缺斤少两的事一旦出现，麻烦的人是他，他犯不着给自己找事。要我说，这些事他早就安排明白了。"

张磊对王春生的信任不是没有道理，但霍传飞不同意他的观点，反驳道："别忘了，他是销售方，预付款已经到了人家兜里，尾款这几天也就到账，涉及那么多零件，他不可能一一核对。就算数量上没问题，但质量就一定有保障？你之前没接触这个事，不明白崔总的顾虑，咱们二十个试点的设备需要同时运作，谁出了问题对项目运行都将是致命打击。咱们面对的是农作物生长季，农时不等人啊，一旦设备无法运行，错过了关键的生长季，一个试点就算报废了，损失的可不止是几个零部件呀！既然崔总把你调过来，我看你还是听我安排吧。"

霍传飞的这番话不无道理，张磊也不是非要吃什么深圳菜，无非是想让他别那么紧张。但现在看，霍传飞的压力已经到了极致，压下去是不可能了，只能硬碰硬地干了。于是，他同意了霍传飞的意见，两人简单吃了几口，便去见王春生了。

仓库建在郊外，院里已经集结了十多辆货运车，每辆车身外面都拉着红色条幅，印着"支援盐碱地改良，夺取绿色农田攻坚战"的字样。这些车整整齐齐排成一排，像待检阅的战士，正整装待发。

看到这个阵势，张磊一下就重视起来了。王春生已经安排了七八个技工配合他俩的核对工作，因为时间紧任务重，他还要给此次远行的安装工程师做最后的动员工作，也就暂不陪他俩了。

张磊从进入仓库起，就一直没出来过。等仓门再打开的时候，已是凌晨五点，两人早已筋疲力尽，离出发还有三小时，本打算趴在桌上眯一会儿，没承想崔挽明的电话打了过来。

不用想，定是查岗来的，"没吵醒你们吧？怎么样，今天能正常出发吧？"

"崔总，一切准备就绪，天亮就出发。"张磊回道。

"行车路线都交代好了吧？按照之前咱们拟定的来就行，我看最近天气没什么变化，要是不遇到特殊天气，你们就照计划进行。另外，路过金穗市绕城高速的时候，你们提前告知，张总和刘副市长带队要欢送你们。"

张磊惊愕地看了眼霍传飞，霍传飞两眼一闭，无奈地叹了口气："闲的。"

"别管领导怎么想了，这也算碱巴拉项目的大动作了，张总和市

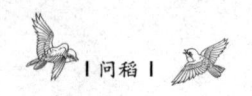

领导重视一下也是应该的。你别看这是咱们金种的项目，到时候成果落地，分羹的人多的是。"

"那都不是你我操心的事，咱们顶多是个螺丝钉，干好本职工作吧。"

霍传飞这个人没有太多的主见，更像是一条咸鱼，领导怎么安排怎么办，不去过多思考计较。不像张磊，动不动就琢磨领导心思。

"崔总也是，本来咱们这次去西部时间紧任务重，路过金穗市的话，又多绕了七百多公里，真是劳民伤财啊。这种事可以跟张总商量一下嘛，要想搞政治新闻，随便在公司总部拉起条幅，开个视频会议，一样达到效果，你说是不是这个理？"

张磊一回头，霍传飞已经打起了呼噜，看来这几天把他累坏了，好不容易忙完工作，身体一下就放松下来，再也集中不起注意力了。

张磊本想也跟着睡一会儿，但经过这一通电话，精神一下就起来了，再无睡意。索性打着手电筒，检查了一遍运输车。

天刚要亮，王春生和魏莱都到场了，此行三十余人在食堂吃完工作餐，太阳也已经升了上来。

王春生站在食堂门口，看着排列整齐的车辆，意味深长地对张磊他俩说："崔总啊，太谨慎，我原本计划走物流运输，这样就不必折腾大家，但他顾虑太多，我只能客随主便。这一趟辛苦二位了，我让肖经理同行，魏总和我留在这边全程配合你们的安装调试进度，一有问题，我这边及时对接，你们不要有顾虑。"

就这样，在两位老总的注目下，车辆徐徐离开了仓库大院，借着这深秋的晨光，静悄悄地驶离了深圳市。

从东到西，沿途有十个试点，但东部的五个试点只把设备和随行工程师卸下，只做安装前的组装准备工作，不正式运行。此行目的地主要是西部的五个试点，霍传飞和张磊必须同时在场，和工程师共同商议进行设备安装调试,并形成报告,再将经验辐射分发到包括南北部十个试点在内的具体负责工程师手中,这样就能把错误率降到最低,提高整体效率。

这些都是提前规划好的,张磊又在心中捋了一遍,车每一次停火补给,他都会跟霍传飞碰面交流一下。

"明早就到金穗市,跟崔总汇报一下吧。"张磊对霍传飞说。

霍传飞吸了几口烟:"我这就剩半条命了,还要迎合这帮孙子,你打这电话吧。"

无奈,张磊只好作了汇报。

崔挽明人还在新村,张可欣买回来的自来水管道已经拼接完成,下面的人正带着村民开始下管深埋。事情没完,崔挽明不敢提前撤退,新村这地方太穷,如果不额外关注,很可能前功尽弃。他甚至在想,对于这个试点的选择是否是正确的决定,如果选择一个交通方便、物资丰富的地方,项目实施恐怕会顺利很多。可反过来想,那样的试点或许不具备足够的冲击力,碱巴拉项目要做的就是创新的大事,新村起点低,一旦做成,很可能成为项目示范的核心典范。

为了此次设备安装指挥工作的顺利进行,通过县农业农村局,张可欣把指挥部从新村搬到了县委大院,这里网络条件好,设备齐全,主要是方便视频会议。

崔挽明把协调二十个试点工作的总任务交到她手里,压力可想而知。还没等张磊和霍传飞上车,张可欣的电话就过来了。

"你们那什么情况了?听东边的几个试点说,设备已经卸下了?我这边用不用做点什么?"

霍传飞回道:"放心吧,张总指挥,一切按照计划进行,你这边赶紧跟进,千万跟工程师协调好,东面的几个试点,只可进行设备组装,不可进驻试验地。各个试点的安装示意图已经发到你邮

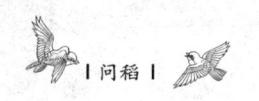

箱了。"

"这个我知道,你们辛苦了,我就想问,你们去西部,第一站到的是黄所长那儿。但从早上到现在,我一直联系不上他,一切信号都中断了,你们什么情况,联系黄所长了吗?"

张磊在旁边一听,赶忙掏出手机给黄旭拨过去,果不其然,他这边也显示占线。顿时心里一慌,和霍传飞对视一眼,回复张可欣:"你别着急,等我们消息。"

挂掉电话,张磊马上查看了那边的天气情况,脸色一下就沉了下来。

"怎么了?"霍传飞抢过电话,惊诧道,"什么情况,昨天看天还好好的,怎么就下起了大雨?"

"是啊,新闻说那边雨太大,信号塔受到了损坏,信号暂时没有了。"

"还有更糟糕的。"霍传飞翻看相关新闻,补充道,"沿途公路很多地方都坍塌了,看来进度要延误了。"

确认消息无误后,霍传飞先把消息反馈给张可欣,然后才联系崔挽明。

这确实是猝不及防的事,面对这样的情况,崔挽明并没有改变计划的想法:"按计划进行。"

他本想负责好各试点的水利改造工程,没想到权力刚下放到张可欣手中,就遇上这么棘手的事。尽管他要求张磊、霍传飞按计划进行,但此刻他的头脑里没有一丁点的应对办法。尤其西部条件恶劣,如果困在途中,出了任何意外都是他无法承受的。

把手里剩下的工作交给村支书雷宁后,他马不停蹄地赶到县里的指挥部,他能猜到,此刻的张可欣定是手足无措了。

着急的不止崔挽明他们,远在西部的黄旭此刻也一脑袋大包。

大雨降临，所里的试验地遭到了洪水浸泡，他一方面要组织职工抢救水里的科研材料，另一方面又牵挂着张磊他们的行程。如今全域信号中断，手机和网络都用不了，外面什么情况他根本不知晓。按照他的指示，所里的小王和小孙已经到市里想办法发传真，把这里的情况通过金种集团总部转告给张磊他们，好让他们做好行程规划。

带着复杂的心情，面对张总和刘副市长带队欢送的仪式，张磊和霍传飞一点心情都没有。礼貌地下车跟领导合影寒暄，点头称是，握手保证，草草完事后便又上了车。

领导还不清楚也没有必要把握这么多细节，所有的难题都在具体负责人手里，这是千百年来不变的道理。

为了尽快拿出方案，张磊和霍传飞上了一辆车，方便商量和协调。

"怎么办？看崔总的意思，也没有具体的解决措施，咱们是改变计划，换个试点，还是按原计划进行？"霍传飞对试点情况没有张磊了解，便向他询问。

张磊皱着眉头，又摇了摇头，呷呷嘴道："不太清楚崔总的意思，听他的口气，怕是想让咱们按计划进行了。要是不同意，早就挑明了。看来是要咱们自己拿主意了。"

霍传飞愁得闭上了眼："将在外军令有所不受，更何况没有任何命令，你拿主意吧。"

感受到霍传飞对这件事的态度，张磊不好说什么，毕竟不是他的下属。他从兜里掏出黄旭托人发过来的传真，又看了一遍。

"生产部王帅还算机灵，这份传真没经张总的手，他从办公室直接拿过来的。情况你也了解了，恐怕比新闻上报道的还要糟糕。看来，如期推进是不可能了。"

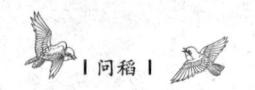

"这是天灾，怨不得人，崔总要是同意，咱们即刻掉转车头，先在东边把示范点搭建起来，也不是不可以。"霍传飞补充道。

正在两人愁眉之际，崔挽明的电话过来了。

"你俩都在吧？这样，我长话短说。现在我跟张可欣在一起，情况我已经了解了。黄旭那边也想办法联系上我了，他的意思是暂停行程，塌方地段何时修好还不好说，贸然进去恐怕会带来隐患。我的意思，保护设备最重要，工期延迟不会太久，秋雨再大也不会拖太长，你们沿途找个地方休息两天，只要路一通，马上出发。我们也借着这个时间，再修改一下工程实施方案，前后一弥补，耽误不了几天。"

崔挽明之所以不早作决定，正是因为没看到黄旭那边的实际情况。现在跟他联系上了，自然有了定夺。

崔挽明的来电太及时了，手足无措的张磊和霍传飞再也不用纠结了，毕竟崔挽明是总负责人，他的话就是军令。有了指挥棒，不管事情对还是错，都跟他们无关了。

不过话说回来，这么多的设备就这样堆积在车里，要说不在意，那是骗鬼的话。但张磊的担忧在霍传飞看来纯属多余。

"休息吧，不要神经兮兮了，车上的东西安全得很，你担心什么？这个东西是咱们量身定制的，谁拿去了也没用。"

霍传飞的话看似有道理，但张磊还是不放心："这里前不着村后不着店，白天你看到了，这个镇子破破烂烂，什么人都有，咱们这么大个队伍开拔进来，本来就很显眼。这里的治安情况什么样，咱们一点不清楚，还是提高警惕为好。你先睡，前半夜我值班，后半夜你换我。"

虽说是同事关系，但这个时候，张磊不能再任由霍传飞散漫了，出了问题，谁都担不了。他也就作出了安排。

霍传飞把身子翻过去，抱着肚子睡了过去。

司机师傅和随行工程师们早已经酣睡过去，旅店外面寂静的马路边上，满载装备的车辆漆黑一片，夜里的冷风一吹，像一尊尊硕大的石头。

张磊在周围探查了一遍，已经十点多了，镇里的灯火基本熄灭，寻常人家早已睡去。只有不远处的一家KTV还在酣唱不止。那声音夹带着浓烈的酒精气息，让张磊感到很不安心。KTV门口停着几辆破旧的摩托车，从装饰来看，像是青年男女才会有的。

他关了手电筒，退回到车的副驾驶，双手交叉放在袖筒，死死地盯着那道红绿霞光，不敢有丝毫怠慢。

大约过了四十多分钟，吵闹声才渐渐平息下来。张磊的眼睛已经挺不住了，刚要闭上，摩托车的大灯直射过来，将他的眼睛刺得很不舒服，他赶忙用手掌挡住，眯着眼试图看个究竟。

摩托车上几对烟酒酣畅后的青年男女随即过来，左右的灯光都集中到货运车的驾驶舱，将张磊完全地暴露出来。

他在心中默念，希望这行人赶紧离开，不要闹事。但往往这时候，越是害怕，事情便越是找来。

打头阵的摩托车先停在了货车前面，后座上下来个妙龄女子，穿着清凉，和这深秋的夜叫板着。她戴着皮手套，径直来到副驾驶车窗前，敲敲车窗。

张磊张开嘴，隔着玻璃看了眼外面，姑娘的面盘在灯光车影的覆盖下，斑驳瘆人，把张磊吓了一跳。

"谁？"

姑娘一听，捧腹大笑："说你呢，下来。"

她虽然笑着说，但听不出什么好意。

张磊感到一丝不妙，把车窗摇下来："你们要干什么？"

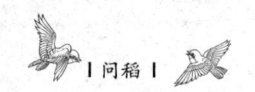

姑娘竖起大拇指:"龙哥让我问问你,在这儿干什么呢?谁让你们把车停在这儿的,不知道这儿是谁的地盘吗?"

一听这话,张磊心里有数了,果然是一群小混混。

为了不惹事,他放下姿态,故作示弱:"那能不能让龙哥把车灯先关了,我眼睛实在睁不开了。"

正说着,那位龙哥便走了过来:"这点事都问不明白吗?"

显然,他有些不高兴了。姑娘赶紧退到后面,手插进裤兜,准备看热闹。

张磊知道,对方如想闹事,躲在车上是躲不过去的,索性下了车,面对面解决问题。

"龙哥,你好。"张磊伸出手,想礼貌待人。

对方看了他两秒,手还是垂在两侧,歪着头吐了口唾沫:"你们在这儿干什么呢?这么多车,你们一来,让镇里的车怎么过?赶紧走,离开这里。"

一听这话,张磊心里的火一下就上来了,但又不敢往外烧。他冷静地解释道:"我们确实是路过,在这儿住一晚,旅馆没有停车场,只能路边将就一晚,放心,明天一大早我们就离开,不会影响居民出行。"

对方一听,急了:"我的话你听不明白是不是?我让你们走,现在,马上!你看看我身后这么多朋友,这么多车要通过,你们拦着道,我们怎么过去?"

张磊苦笑一声:"兄弟,你看,路还有很宽的距离,别说摩托车,就算私家车也能正常通行,不会拦着你们去路。"

张磊自知辩解可能是无用的,地痞流氓要滋事,不需要任何理由,什么事也都能成为理由。但对方人多,又在人家地盘上,这时候万万不能起冲突,一旦把司机师傅和工程师连累进来,是会出大事的。

这样一想,他机灵地从身上掏出两包烟,又拿出五百块票子递过去:"兄弟,你看,我们山高路远地来到这儿不容易,叨扰到各位实在是不好意思。你们别跟我们一般见识,这点心意就当给大家买杯解酒茶喝。"

这位龙哥张嘴正要回击,只听从 KTV 那边驶来一辆巡逻警车。一把将烟和票子抢过来,龙哥把脸贴到张磊跟前:"行,你小子识趣,今天就不给你找不快。"

大手一挥,摩托车扬起青烟,呼啸着离开了镇子。

巡逻民警把车停了下来,跟张磊了解起情况,张磊将事情原委告知民警。对方无奈地对张磊说道:"这些小年轻啊,都是镇上和附近村镇的,无所事事,成天惹事。放心,我们二十四小时值班,有困难随时找我们。"说着,把当夜值班队长的电话给了张磊。

警车离开后半小时,已经进入凌晨,张磊的心还七上八下。此时的夜已经没有半点声响,就连狗儿都鼾声四起。他锁上车门,把闹钟调到两点半,闹钟一响就跟霍传飞换班。

霍传飞本就觉得张磊大惊小怪,经他这一折腾,脾气更大了:"我说你差不多得了,多大点事,神经兮兮一路了,你不疯我都要疯了。崔总派你来是给我解决问题的,不是给我添堵的。"

面对霍传飞的说辞,张磊不想解释什么,只把晚上发生的事说了一遍:"这事可大可小,你要不愿意值班,不勉强。"说着转身准备重新回到车上。

霍传飞似乎也意识到什么,毕竟是他的同事,万一日后张磊在崔挽明面前提起这事,吃亏的还是他。

出于这层考虑,霍传飞忙把他拦下:"行了行了,马上天亮了,你休息休息,我过去就行。"

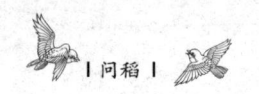

张磊把手电筒交到他手里，将信将疑地回到了旅馆，头晕目眩，一番折磨后，终于睡了过去。

也不知过了多久，院子的吵闹声将张磊惊醒起来，也许是太累的缘故，他睁开眼的时候，额头上布满了大汗。

肖经理忙不迭地跑进来，站在他床前，脸上透着惊恐和难堪。

一见肖经理这表情，张磊顿感大事不妙，从床上蹦起来，一把拉住肖经理的胳膊："出什么事了？"

肖经理眉头往上抬了抬，十根手指交叉抖动起来，颤回道："张哥啊，出大事了，两车装置让人盗走了一大半。"

"啊？"张磊脸色煞白，额头上的汗水汇作一股激流，流到了耳根。

他心想这下完蛋了，一想到昨晚上发生的事，心里明白了几分。此刻的他恨不能给自己几嘴巴。

"霍传飞人呢？"

肖经理指了指外面："院子里，等民警过来做笔录呢。"

张磊扒开肖经理，一个箭步飞了出去，径直顶到霍传飞跟前，不客气道："怎么回事，让你值班，你怎么搞的？东西怎么会丢呢？"

发现东西失窃的时候，霍传飞的魂魄就已经散了。张磊这么一逼，他整个人几乎颤抖起来，原本蹲在地上的他一下子站了起来。眼睛干涩，挤不出半滴泪水，死死地盯着地面，不敢直视张磊。

"我实在太困，本来我想睡几分钟不耽误事，可谁知一觉睡到天亮，我……"

张磊一听是这个情况，整个人都爆了，一把抓住他的领口，喝道："你啊你，万里江山走了一多半，你就差这么一会儿了？东西被偷了，你就这么干坐着，不想想办法？"

"我……已经报警了，我……知道错了。"

张磊握紧的拳头还是松了下来:"你自己跟崔总请罪。"

"肖经理。"张磊大喊一声,见他颠跑过来,便开始布置任务。

"别管什么司机工程师了,咱们分头行动,挨家挨户走访,看看有没有目击证人。这里没有监控视频,警察来了也无济于事,咱们不能等,你去安排。"

肖经理知道自己的职责所在,要是设备没运到地方就出了问题,他跟公司都有不可推卸的责任。这件事他不冲在前面,没人替他担责。在张磊的建议下,他带头给大家分任务,开始了挨家挨户的走访。

这个时候,警察也赶了过来,张磊赶紧上去,急忙握手拜求:"警察同志,你们一定要抓紧帮我们把东西找回来啊,这些东西真要丢了,我们这些人全都完了。"

他抬头一看,正是昨晚的值班民警,诧异道:"是你们?"

对方也认出了他,迟疑了几秒道:"昨晚上就差点出事,没想到还是发生了,实在抱歉,这是我们的管辖区域,出了这样的事,我们也有责任。请你们放心,接到报案我们就已经锁定嫌疑人了,现在分队正往那边赶,要是有结果,马上通知你。"

张磊连忙感谢:"好好,太好了,我做点什么?或者你告诉我分队同志在哪儿,我一刻都等不了,现在就想跟过去看看。"

"我也一起去。"霍传飞跟着应声,脸上的汗水渐渐风干。

"你们去了也没用,还是在这等结果吧,你们谁报的案?咱们先做一下笔录。"

张磊挪到一旁,走到案发现场,查看了一下被损坏的车辆。负责这两辆车的司机守在一旁,见张磊过来,便报告情况:"七零八碎,加起来丢了小半车的东西,车门还给撬坏了,这些畜生,我要见着,非扒了他们皮不可。"

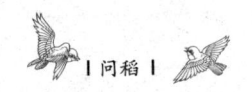

张磊接过丢失设备统计名单扫了一眼，基本有了了解。丢的东西不成系统，什么都有，即便拿走了也无法直接利用，顶多能当作破铜烂铁硬塑料。

这样看来，和昨晚那帮年轻人脱不了关系了。

带着这个想法，他重新回到民警身边，试探性地问道："同志，是不是昨晚那帮小混混干的？"

民警同志严肃道："不好说，现在还没证据，不能臆断。"

正焦灼的时候，分队那边来电话了。民警挂掉电话，准备要走，张磊一把抓住他袖口："同志，我跟你们走一趟吧，是有结果了吗？"

迟疑了几秒钟，民警回道："也好，跟着过去吧，万一是他们，方便立案调查。"

霍传飞借势也跟了上车，沿路一句话不敢说，全程低着头，比强盗小贼还要心虚。

到了派出所，执勤民警走向扣留室，让张磊等在外面。张磊只好服从，全程把耳朵贴在门缝，好第一时间知道消息。

民警和这位龙哥已经是老朋友了，他到派出所的次数比回家的次数都要多，一来二去就更滑头狡诈了。

"警察同志，我都说一百遍了，东西不是我拿的，你们可不能乱加罪名啊。"

站在旁边的队员从手机里翻出照片递给他："你还狡辩，这些东西就在你们活动室外面，还不承认？说，几点几分干的？"

执勤民警接过手机扫了一眼，点了根烟："小龙，我给你两个选择，第一呢，坦白从宽，接受治安处罚；第二呢，货物的主人就在外面，我把你交给他们，由他们先跟你谈，你看如何？"

张磊听到这儿，也了解并确定了情况，一把推开门，不等民警反应过来，一拳打到了对方脸上。

"混蛋,什么都敢偷,不想活命了?"

"干什么干什么?松开。"民警一把拉住张磊,不让他上前。

小龙见是张磊,把头扭到一边,不屑的样子。民警一把将他头拧过来:"怎么,现在知道没有面子啦?赶紧交代问题。"

小龙冷笑一声:"你那破东西也不是值钱玩意,我也不打算要,借来看两眼。你拿回去吧。"

张磊一听这话,急了:"警察同志,你也看见了,这小混蛋自找的,今天你别管,我替他爹娘好好教训他一下,没规没矩,扰乱治安还趾高气扬,东西你怎么搬走的,怎么给我送回去。还有我们的车也被你们损毁了,钱必须赔偿。"

"张磊啊,行了,剩下的事交给我们就行,这个混混是块臭石头,油盐不进,没爹没妈,家里剩一个年迈的老人,不孝顺不说,还处处惹事。要不是乡亲帮衬过活,早就活不了了。"

张磊一听这话,有些不满意:"警察同志,这么说,我们的车辆损失费要不回来了?"

"放心,这个钱镇上来出,东西我找人给你们拉回去,你们负责清点,最后报给我们损失费就行。至于这个人,按照条例先拘留,根据你们损失情况再决定升不升级事件性质。"

听民警这么说,张磊也就放心了,车辆损失倒是小事,怕就怕一些关键的设备损坏了,不是每个设备都有备用的。真要在关键器械上出了纰漏,可就是大麻烦了。

"先这样吧,我们这就到现场清点,先不拉回去,核对完了再说。"

真是倒了大霉了,出门就一直不顺,烦心事一件接一件。好在东西找回来了,否则崔挽明那头是交代不过去了。

霍传飞两人赶到现场,看着满地狼藉的设备零件,心都快碎了。

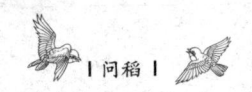

事已至此，再多责备都没用了。两人花了三个小时，才把清单上的东西核对齐备，不丢东西就是万幸。

正打算走，从屋里走出一个年轻女子，张磊一眼就认出她来了："是你？"

女孩有些自责，手里拿着两瓶水，递给他们俩："昨天晚上的事，小龙是被逼的，他不想招惹你们的。"

张磊接过她的水，随即放在一旁，疑惑地问道："被逼的？谁逼的？"

女孩的眼神开始躲闪，转身便要回屋，被张磊一把拦下："把话说清楚。"他似乎感到了事情的微妙，想搞清楚藏在背后的原因。

女孩抬头看了他俩一眼："进屋里吧。"

两人跟着进了屋，屋里七零八碎，全是生活用品和垃圾，哪像是女孩住的地方？连个落座的地方都没有。

"说吧，什么情况？"

女孩靠在墙上，看着院子乱糟糟的枯草，眼里透着一丝绝望。她从桌上的一堆零碎中拾起一根烟，含在嘴里点上。

"我们在KTV玩得好好的，突然来了个人，这个人出手很大方，不但帮我们买了单，还点了很多酒水。"

"这个人逼你们干的？"张磊询问道。

"没错，到现在也不清楚他长什么样，他始终戴着口罩，说话声低沉。替我们结完账，又给了龙哥一万块钱。"

"让你们偷我的东西？"

女孩点点头："我当时劝龙哥，他不听。没想到货刚到手，还没等转出去，警察就找来了。"

张磊好奇地问道："运到什么地方去？把你们交货地点告诉我。"

"你觉得现在还能交易吗？事情已经暴露了，对方肯定跑路了。

龙哥这次被坑惨了。"

冷静一想，确实如此，警车在镇里鸣笛四起，人恐怕早就被吓走了。

"这些情况为什么不去派出所说？"

女孩苦笑："全部交代？那一万块钱好处费就没了，现在这情况，龙哥顶多在里面待十五天，要是把那人得罪了，会有麻烦的。我们虽然没正经事，但也不轻易找麻烦，龙哥一人受罚，等他出来一切都好了。"

"十五天拘留？你怎么知道就不会判刑？这个要根据盗窃物品价值多少来量刑。"张磊说道。

女孩扔掉烟头，看了眼张磊，眼睛里泪水开始打转："大哥，我替龙哥给你道歉，既然你们没有损失什么，能不能原谅龙哥一次？他一时糊涂做了错事，请你高抬贵手放过他。看得出你们的东西很贵重，真要按物品价值来量刑，恐怕他真要入狱了。到时候，龙哥奶奶怎么活命？"说着，女孩有了哭腔，身体软了下来。

原来她是怕这个，张磊虽然对小龙这种人恨之入骨，但一想到幕后真凶还没浮出水面，一想到还有个老人家等着赡养，一下就心软了。

"这个事我会考虑，你不要着急，不过，有件事你要答应我。"

"大哥，你说，只要我们能办，一定给你办。"

张磊看了眼霍传飞，笑道："姑娘，小龙要是十五日之后出来了，你们帮我找到昨晚联系你们的人，等我事情办完，我再来找你们，我要揪出这个人。不要跟我耍滑头，小龙会不会再进笼子，就看你了。"

这并不是威胁，而是一种交易，更是对他们的救赎。张磊料定他们不敢再乱来，临走的时候，从兜里掏出五百块钱塞给女孩："替

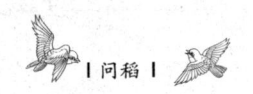

我看看老人家，再好好收拾收拾自己，挺漂亮一姑娘，没个人样。"

和派出所那边交代完后续，车队才徐徐离开红岩镇，这时候已是下午两点多。

此行向西，张磊感到了一种前所未有的压抑，再看天气预报，西原市那边已经转晴。但暴风雨何时再来，谁也不清楚。

还有一天半才到西原市，好在沿途还有几个试点，张磊命受损车辆的设备先行卸下，留下最后两车跟着他进西原市。

虽然离开了这个倒霉的地方，但那个藏在背后的"破坏分子"始终是个谜。张磊感到，这个人不解决，恐怕会麻烦不断。他隐约能感觉到，这个突发事件的针对性极强，就是在干涉项目的推进，至于什么人会如此下作无聊，他猜不到。至于交代给女孩的任务和嘱咐，那也只是一个不敢预期的试探。他没作太大的期许，若不是手里工作着急，说什么也要留在镇上把问题理清才能离开。

但这些事现在无暇顾及了，眼下紧迫的事便是顺利到达西原市和黄旭碰面。设备安装的第一个试点便如此坎坷，倘若不解决掉这个问题，不敢想象之后的工作如何开展。

当然，镇上发生的事张磊并未报给崔挽明，既然东西找回来了，也就没必要再给领导添负担。不过，沿途中霍传飞的心情一直都不太顺畅，虽然和张磊同在一辆车上，两人却没有什么交流。

这个突发事件让霍传飞的内心遭受了一次不小的折磨和阵痛。倘若局面得不到挽回，他在金种集团的事业恐怕就此终结，在同行业中也恐怕难以再混迹下去。这绝对称得上是一次致命事件。

不过，在张磊的冷静处理下，一切都挽回过来了。因此，霍传飞从内心是感激他的，但自知做了错事理亏，张磊不跟他交流，他始终不敢开口说话。气氛自然就沉闷了许多。

这样也好，人是需要反思的，这样一件不大不小的事件，对霍传飞的成长来说足够有意义。

　　瓢泼大雨后的山川秋色显得有些黯然。即便是落叶枯草，再没有一叶知秋的美感，有的只是泥泞和腐朽的杂糅，陷在雨水冲刷后的泥土里，整个世界都沉静下来了。

　　近了，戈壁的影子已然浮现在车队面前。渐渐地，车队也竟成了戈壁的一分子，被紧紧包裹其中。

　　发动机的声响在空旷无垠的大地上沉重地咆哮着，被雨水浸泡了数天的大地散发出一股奇怪却又沁人心脾的气味，那是石头缝里钻出的味道。

　　虽然气温有些低，但张磊还是摇下了车窗。他把手伸出窗外，抚摸着天地交割处的那般温柔，感受着自然的平实。

　　渐渐地，阳光照在他们脸上，僵硬了许久的车队终于有了一丝温暖，在这透着秋凉的氛围中又活了过来。

　　坍塌的公路好几处都已经清理完毕，在距离西原市一百公里的地方，路政还在抢修。道边汇集了众多排队待过的车辆，大家停下来抽着烟，认识不认识的都在闲聊扯淡，好像这自然的灾难反倒成了这些游客打发倦意的话题，但竟无一人上去帮忙。

　　等张磊车队赶到的时候，队伍已经排出去了三百多米。司机停下车，张磊随即下去观望。霍传飞和肖经理也跟着下了车。

　　在得知情况之后，张磊走到坍塌地点，看了眼肖经理："大家伸手帮帮忙吧，照这样下去，恐怕天黑也通不了车。"

　　"没错，通路靠大家。"霍传飞插空接过话，卷起了袖子。

　　肖经理咧嘴一笑："张哥，要不我去把师傅们也叫过来？"

　　张磊摆摆手道："师傅的手精贵，留着调试设备用的，咱们怎么好意思吩咐人家？"

　　这话也在理，肖经理没有再纠结。三人刚向前要伸手，就被带班的同志拦下来:"这里危险,随时会有落石,你们赶紧退后,不要靠近。"

张磊抬头看了看滑坡的山体,心中有些迟疑,但还是坚持道:"多一双手多一份力嘛,我们也想早点通车,大家都等着急了。让我们加入吧。"

"着急也不行,出了安全事故谁负责?等着。"

这下就没招了,看来只能等了。

可这一等就是两个小时,在这排队的基本都是不知情况前来旅游的人,附近十里八乡的人早就不来这条道上了。

黄旭这两天带着所里的干部员工忙于抢救地里的科研材料,小王和小孙负责接待张磊一行,早就在市里订好了房间,等待他们下榻。

奔波了数千公里,终于到了。要说吃饭,再美味的佳肴张磊他们现在恐怕都难以下咽。车一到地方,张磊想到的第一件事便是用于安装设备的试验田情况如何,有没有被洪水侵蚀,还能不能继续利用。

带着这些疑问,他和霍传飞趁着夜色打了个车,直接杀到了地头的公路。两人下了车,一路小跑,跳进田埂,手里拿着手电筒,从远处看,像两只鲜活的野猫。最后,这两只猫停在了目标地跟前。看了半天,额头已布满汗水,张磊喘着气:"看见没,还可以,还可以。"说着,累得一屁股坐了下去。

得知情况的黄所长也已经赶了过来,隔着老远就开始唤他俩:"哎呀,两位,大晚上的上这干什么?干工作也要等天亮再说啊,黑灯瞎火能看见什么!"

张磊见状,不好再坐着,起身跟黄所长握了握手:"黄所长,这一次幸好有你啊,要不是你及时反馈灾情,我们的工作就要出大问题了。"

黄旭也是浑身疲惫,这段时间几乎都没怎么合眼,搂着张磊肩膀:"走走走,不说这些,都是为了把事情做成嘛,你们要是能改良我们的盐碱地,我就是不吃不喝也要配合你们工作,这点小事不算什么。"

就这样,位于西原市郊外,西原市农科所科研基地附近的这块农用地,正式开始了物联网系统的安装工作。

按照部署要求,地块已经清理出来。变压器、深水井、力工、工程料也都准备完毕。剩下的就是设备组装和调试,张磊这边也已经和张可欣开通了现场视频连接。参加视频会议的还有各试点的负责同志和相关技术人员,最重要的,张总和刘副市长也都抽空进来视察。因此,这个试点不能有半点马虎。

首先是地下检测系统的埋入,提前规划好的片区,已经预留了管道口和深渠。地下离子检测装置,水温传感器,土壤环境检测模块,均需要埋到管道。然后才是地上的滴灌系统,以及上下一体的智能芯片控制箱。

这个模型,王春生已经在海南的盐碱地里做了数次试验,肖经理到这来,也能轻车熟路地指挥了。好在提前按照不同试点地貌地块,匹配打造了相应的预埋装置。看到安装顺利进行,大家也都放心了。张磊心中的紧张才松缓下来。

同来围观的老乡不计其数,他们要在这儿搞智慧农业的消息早已经传得沸沸扬扬,加上张磊之前也在这儿签了一些盐碱地种植订单,老乡的兴致就更高了。大家看到这些精良的装备埋进了土里,都议论不休,大都摇着头不敢相信,唯有这块地的主人对此事坚信不疑。因为他是既得利益者,为了这一个小小的试点,投入可谓数百万,光是土地征用费就给了他五万块。

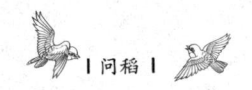

这也是乡亲们最羡慕的地方，可惜试点毕竟是试点。用科学的敲门砖打破老百姓传统的农业观念是第一步，真正实用的则是订单种植中的栽培技术和耐盐碱品种的完美搭配，这也是碱巴拉计划的第二步，还是拉动整体局面的关键一步。

崔挽明也在想，前期在试点上投入这么多资金到底值不值。虽然经过了公司同意，但崔挽明清楚，试点在老百姓眼中，很大程度会成为一个面子工程，因为资金投入巨大而不能普及推广，就只是理想模型，可远观而不可亵玩焉。不过，这何尝不是技术上的突破呢？别的不说，一旦试运行成功，这个物联网系统所衍生的技术产品对于智慧农业的发展和盐碱地改良的更多可能性将会是一次大的技术飞跃。涉及的技术也将成为我国自主研发的专利，这对科研和进一步的改进都具有重要意义。

这样一想，试点的意义不可谓不大。至于能否成功，要等到来年水稻种下去才知道，毕竟马上就入冬了。

连续奋战了十天，这个试点工作才真正结束。张磊和霍传飞又花了两天时间整理了整个流程细节，汇集成册，发给了崔挽明。由崔挽明修订之后，再下发到各试点作为参考。

根据安排，霍传飞被派回东部试点负责跟进，张磊则继续留在西部。随着进度推进，南北方的试点也相继开始了活动。

作为总工程师的张可欣最近忙坏了，不仅要负责安装事宜，时不时还要接待销售经理。虽然侯延辉带队的销售小组已经接受过秦远征和她的专业培训，但具体到细节还是会有问题。可这次来的不是别人，而是侯延辉本人。

他到的时候，崔挽明正打算走，安装工程已经步入正轨，崔挽明也能全身心投入到水利改造上面。而且这件事恐怕会持续到来年春天才会有定论，他不得不亲力亲为保证效率和质量。

"你小子不是在外面跑宣传吗,怎么有空过来?"

侯延辉还是一张冷峻的笑脸,看着一旁的张可欣,对崔挽明说:"来慰问你这大领导嘛,这么辛苦,不得来看看啊!"

崔挽明看了眼张可欣,道:"行了,我还是赶紧走吧,别耽误了某些人。"

张可欣听出了言外之意,尽管竭力掩饰,但还是露了怯,赶紧把脸转到一侧。

看着崔挽明的车渐渐远行,侯延辉意味深长地说道:"这个人啊,太刻苦,他有多久没回家了?"

张可欣愣在一旁还没回过神来:"啊?崔总他……挺久了。"

侯延辉看了眼她:"你也瘦了。"

"啊?"张可欣又是一愣。

第十五章
布点

要不是侯延辉主动来访,张可欣都快把这位昔日领导忘了。以前在一起做事的时候,总侯哥侯哥地叫着,现在成了崔挽明手里的一员大将,见了侯延辉,反倒多了分拘谨。

进了张可欣的作战室,侯延辉先扫视了一番,然后关心地问道:"不是我说你,要说你能干,那没得说,但起码你得照顾好自己啊。看看你,这都什么季节了,还穿着单衣,办公室一件厚衣服也不准备。崔挽明怎么当领导的,他要晚走两分钟,看我怎么数落他!当初他可是跟我保证过的,结果把你交到他手中,就这么用人?"

侯延辉的语气中虽然带着玩笑的成分,但在张可欣耳朵里,这样的话多少有些暧昧。上一次让她有这种感觉还是她跟李薇薇冲突的时候,侯延辉主动站出来替她出气,还给她买了衣服。没想到现在,这种感觉又来了。

她试探性地辩解道:"侯总,我没有你想的那么脆弱,以前干销售跑市场的时候,什么苦没吃过?再说,我一天到晚都是事,忙得浑身冒火,根本就不冷。至于崔总,你更不能埋怨他,谁不想天天在家待着陪老婆孩子?这不是项目的关键阶段嘛。咱们是国家级龙头企业,有点牺牲精神很正常。"

侯延辉摇摇头:"白眼狼,你啊你,就替崔总说话吧,好习惯没学到,加班吃苦的精神倒是学到家了。我看你照这样下去啊,要把自己耽误了。"

"侯总,那可不怨我,当初是你主动把我调到崔总手底下的,现在后悔了吧?怎么,遇到难题了?"张可欣不想顺着侯延辉的话往下说,赶紧把话题拉了回来。

"不管怎么说,穿暖衣服才能干事业。正好路过商店,给你挑了两件。"说着,将手里的袋子往凳子上一扔,伸手帮她收拾起桌上的凌乱文件。

张可欣一下就愣住了,半天说不出一句话。

"不不不,侯总,我不能要你的东西,我有衣服。"说着捡起袋子要还给侯延辉。

"我说你怎么那么啰唆?两件衣服的事!就当你为公司呕心沥血,公司对你的慰问了。"

张可欣的手指掐着袋子,脸上泛起了红晕:"这……公司慰问也不能让你掏钱啊。"说着就要掏钱给侯延辉。

"张可欣,你干吗?"侯延辉提高音量,无奈道,"我发现你这个人怎么变得婆婆妈妈的了,怎么,不干销售了,干练豪爽的性格也退化了?几个钱的事,推来让去的,收起来,别整难看事。"

这样一来,张可欣不好再说什么,只能服从:"好吧,侯总,无功不受禄,有什么事我能做的,说吧。"为了不把话聊死,张可欣机智地化解了尴尬。

侯延辉坐了下去,脖子往后一仰:"盐碱地栽培技术推广可不好干啊,以前咱们卖的是实打实的产品,现在让我们卖技术。技术这东西看不见摸不着,关键公司还没有成功案例可参考,大家反馈回来的信息都不太好。"

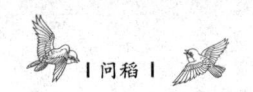

张可欣沉思了两秒："不应该啊，我看甘霖自己在下面跑政策配套推广，反响挺好的。你们是不是哪块没做好？"

侯延辉对于销售手段也算是精通了，干了这些年，还是头一次遇见这样的状况，一时也让他不知所措了。

"崔挽明这小子，答应我的产品我到现在都没看到，本来这次过来是找他谈这事的，一看他这么忙，还是改下次吧。你也清楚，像咱们做销售的，特别是在我手下这些人，虽说手里有经销商和客户资源，但不管怎么谈，人家最看重的还是产品，让我空手套白狼，这个时候可难了。"

"没错，侯总，这确实是个难点。你们跟甘霖还不一样，她是带着政策在卖技术，有政府出面帮着解决，面对的都是些小客户。你们不一样，手里的资源都是大客户，看不到产品确实难迈出这一步。不过你也别着急，前几天崔总还说呢，海南的种子好像要回来了，可能就在最近。"

"有这事？我怎么没听说？"侯延辉突然就精神了。

"我也不太清楚，崔总接了个电话，应该是海南那边打过来的。"

"崔挽明这小子，这么重要的事捂在肚子里不跟我说，太不够义气了。我们可都是为了他的碱巴拉项目在卖命，他可好，处处谨慎，不像话。"

张可欣微笑道："侯总，这个事你要理解，何总在海南干的事就是教训。崔总是不想再重蹈覆辙，这批种子对他来说至关重要，不能出差错的。"

侯延辉也理解这种做法，点头称是。

"海南育种基地谁负责，还是他那个学生？叫什么……"

"夏中秋。"

"对对对，我记得他进金种还是罗总找的人事部走的后门。这样,你把他联系方式给我,我问问情况。"

本来张可欣是不想介入崔挽明的计划的,但侯延辉也不是恶人,也就把联系方式给了他。

此时的夏中秋和李大宝正忙着收获晾晒,这个季节的水稻不是正季,因为前期温度太高,导致大量花粉败育,所以产量一般。因此,为了保证种子发芽率,晾晒成了关键,温度太高,直接曝晒在水泥地容易造成低发芽率。因此,夏中秋给晾晒场增添了不少晾晒布,因场地有限,晾晒厚度过大,需要人工随时翻晒。这成了李大宝的主要工作。

接到侯延辉电话的时候,夏中秋一脸愕然,销售部怎么会联系他?得知来意后,夏中秋直挠头,崔挽明一直嘱咐,这里种子的情况不能对任何人说。现在领导来电询问,到底说还是不说,真是难为死他了。

不过,好在他思路清晰,直接把侯延辉回绝了:"侯总,实在抱歉,种子什么时候发回去,要等崔总通知,这里的情况暂时不方便告知,请见谅。"

侯延辉碰了一鼻子灰,还是在下属面前,这是他未曾料想的。张可欣一看这个情况,忙安慰道:"侯总,你看吧,我就说,崔总做事有他自己的想法,你就不要给自己找不快了。"

这哪是找不快,侯延辉都快被技术推广的事折磨疯了!再没有品种的消息,恐怕他这个职位就要落空不保了。情急之下,给崔挽明打了过去。

"你到哪儿了?要是没走远,你回来一趟,有事跟你商量。"言辞中带着一股火药味,再也不是客客气气的侯总了。

崔挽明一听,还不清楚状况,回道:"侯总,有事电话里谈吧,我上高速了,不方便掉头。"

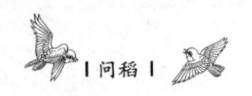

"好，我问你，海南种子哪天发回来？"

崔挽明一听，明白了八九分，直言道："暂时不发回来，我打算再繁殖一季，这样种子量就上去了。今年种子育性不好，我担心量不够明年用。"

一听这话，侯延辉都快疯了，大喊道："崔挽明，你还是不是人？这可是你答应我的啊？你现在言而无信，摆我一道，你让我的人怎么工作？"

崔挽明知道他着急，但也是没办法的事，情况确实如他所说，但为了稳住侯延辉，还是松了口："你急什么，我打算给你发回来两百斤，你不就是要看看品种嘛，给你做样品足够了。另外，我让夏中秋做好了生长季的图片汇总，汇成了幻灯片，一并发给你。还有，深圳那边灌溉系统相关材料和电子材料我也都给你，你先应付一阵，我不强求你拿下什么大客户，这个阶段，咱们的目标是造势，千万不能打一枪换一处，要打就把它给攻下来，咱们不做赔本买卖。"

"你搞清楚了，卖种子签订单，就在这个冬天，这时候你不把种子拿回来，我卖空气啊？"

"侯总，我说了，咱们当前的目的是造势，首战一定是全国二十个试点，咱们没有八个脑袋，事情不能冒进。等试点成功了，加上你们前期的工作，到时候自然有人来找你，但不是在今年。还请侯总沉住气啊。"

崔挽明此时的决定让侯延辉一下子更加着急起来，这可不是他之前的计划，而自己还傻傻地按照崔挽明给他定的计划行事。

他把电话撂了，虽然崔挽明的话在理，但这种被欺骗的感觉实在不好受，他甚至感到了极大的侮辱。

张可欣站在一旁，对电话里发生的事听得是一清二楚，随即安慰道："侯总啊，你冷静冷静，生气解决不了问题。"说着，给他倒了杯热水。

"崔总这个人以前我不了解，跟他时间长了我也揣摩出了一些东西。他这个人，做事有自己的想法，计划对他来说不是绝对的，有时候灵感一来，随时改变主意。别说你，我也很长时间才适应过来。销售部现在不干实事，这种话即便有人说也不要在意，要知道，只要韩总不到张总那找崔总的麻烦，你呐，就按部就班地干着现在的事。谁都知道，崔总是项目的总工程师，虽说罗总负责牵头，但落到实处还得是崔总，你和崔总关系也一直不错，咱们就相信他一次，我想不会有错的。"

张可欣的话让侯延辉又爱又恨，爱是因为这话里话外多少透着对他的关心，谁没事愿意安慰人？都是伤口撒盐的事，能不做就不做。恨是因为张可欣还是向着崔挽明，否定了他的意愿。但现在看来，不听崔挽明的还真不行了。

"行吧，看在你分上，我就不跟他计较，二百斤种子也行，打好包装，加上宣传资料，把这个寒冬度过去。他的意思不就让我撑住局面嘛，只要不崩盘，他就不会把账算到我头上来，你说是这意思吧？"侯延辉看着张可欣，喝了口热水。

张可欣抬手一看时间，快一点多了："走吧侯哥，今天我请你，一起吃个工作餐。"

侯延辉一听，脸色渐渐舒缓过来。

崔挽明挂断电话，心中百般不是滋味，对于侯延辉的态度，他从心里是认可的，也知道他的难处。但他作为全局把控者，没办法面面俱到，而且种子量的问题事关来年的推广面积，不能为了搞品种宣传就把价值千金的种源全部发回来。

也就是这个空闲时段，他才有时间给家人去个电话。

说实在的，林潇潇自从来到金穗市，可谓付出巨大。崔卓虽说

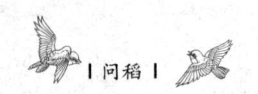

有保姆照顾，但家长里短的事务都由林潇潇操心，至于她的工作，她反倒觉得是顺带了。这样的牺牲是林潇潇不曾想到的，她从心里面也有过抱怨和委屈，但看到崔挽明拖着累倦的身体从外面回来，她又把肚里的话压实了。不过，接到崔挽明来电，还是有些莫名地惊喜："大忙人，在哪儿呢？还在新村？"

崔挽明笑呵呵道："没有，换战场了，还有好几个试点的水源问题没解决，我还要挨个跑一趟。你怎么样，忙吗？"

林潇潇从办公室走出去，来到楼梯口："我还好，有几个案子，不是太棘手，起码最近没有加班任务。你最近打算回来吗？"

"回来？"崔挽明迟疑两秒道，"我得跑完试点，起码把工作细节布置下去，怎么，有事？"

"下个月崔卓过生日了，这几天闹着要找你，姜阿姨反映孩子情绪很大，晚上你给孩子来个电话。"

林潇潇不说，崔挽明都忙忘了："是啊，你看我，把这个事给忘了。下班你去接孩子吧，带他吃点好的，接到他你就告诉我，咱们视频。"

也只能这样了，还能如何？崔挽明的工作任务，加上他工作狂的性格，想让他天天按时归家那是不可能的，只要他心里还有这个家，就算不错了。

从心理上作出这样的让步也是林潇潇选择来金穗市的原因。只是这样一通电话让崔挽明的内心又陷入了痛苦。这种感觉似曾相识，也就是这个时候，他才意识到，这么多年过去了，他从来没改变过。当年若不是自己投入太多时间在工作上而无暇顾家，海青或许就不会陷入歧途入狱。所有的一切都因他而起。

他有些害怕，担心这样的事再度发生，他难以再承受一次相同的遭遇。他在心中告诫自己，碱巴拉项目完事后，要放掉手里的事，崔卓缺失母爱，这在他幼小的记忆里是一道残酷的伤痕，随着时光的推移，疼痛感可能会渐渐显现出来。

崔挽明不想面对日后家庭危机的爆发。他闭上眼，提醒司机把音乐调低，他想好好睡一会儿。

侯延辉和张可欣吃完饭，也急着离开了。侯延辉要回一趟公司，这段时间一直在外面带着大家跑市场，该回去一趟。既然崔挽明的种子回不来，他没必要一直留在外面。

经过张可欣的劝解，他也似乎理解了崔挽明的做法。作为一个销售，不论思想还是行动都聚焦在产品上，这不足为奇。但崔挽明让他明白了做事的策略和轻重缓急。要知道以前打销售战，那是刻不容缓和时间赛跑的事，现在让他放缓步伐，还真有些不习惯。

不过，着急回总部，最为重要的原因是他接到了张总的来电，有一项重要的任务需要他回去和技术部对接。

具体什么事，电话里没有挑明。侯延辉也在想，技术部和销售部一直没什么业务往来，技术部做的是业务拓展，在外面接项目的时候多，即便是为公司设计产品，那也算是开发端。而他们销售部的工作基本和技术部是脱离的。能有什么任务需要对接呢？

直到见到耿爽，侯延辉心里才有了几分眉目。会议很紧迫，没有给侯延辉太多时间准备，身边连个秘书都没有就被耿爽请到了技术部会议室。会议没有上层领导，按照耿爽的话，这次会议就是在传达上面的意思。

侯延辉作为销售部的高管，感觉耿爽没给他足够面子。崔挽明那里就没把他当回事，在耿爽面前也要受轻视，这让侯延辉十分不爽。

"我们销售部一直在外面，时间也很紧迫，耿总有什么事直接说就好，没必要搞这么正式的会议。"

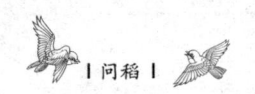

耿爽盈盈一笑:"侯总,时间紧迫的可不止你们,要知道,现在公司上下都没闲着。请你回来也是迫不得已,还请你理解。"

侯延辉两手一摊,放松身体,扫了眼在座人员,全是他们技术部职员,冷笑道:"耿总,你这是要给我下马威了,说吧,什么事。既然是张总找我回来,职责范围内我肯定配合。"

"好,想必侯总也听说了,我们部的晨海成功做出了转基因苗。张总的意思想把这件事形成效应,打造成商品的一个亮点,想劳请销售部在业务方面有所倾斜。"

侯延辉抿嘴一笑:"耿总,是这样,你看,技术部能有此突破,公司上下都为之兴奋。这也算是项目的重大突破。但不管怎么说,这种看不见摸不着的东西,我很难做出亮点让老百姓接受。说实在的,我们一直也没放松把技术内容放入销售环节。但老百姓接受能力有限,你跟他们讲基因编辑,讲分子育种,他们根本听不进去,很多时候,大家都认为是故弄玄虚,反而影响了销售。"

"不不不,我想侯总误解我意思了,我这个事不影响碱巴拉项目推进,也知道销售部的同事一直在做技术推广,这确实不容易。张总的意思是,既然我这边把技术做成了,他想做一次业务拓展,把技术拿出来和更多的公司合作,实现共赢。"

侯延辉有些无奈,疑问道:"张总的意思?我这边的人都在碱巴拉项目上,根本抽不出闲人,怎么去拓展业务?况且我们这边对这项技术根本不熟,做起来一时半会儿也到不了火候。我实在力不从心。"

看侯延辉想搪塞抽身,耿爽的表情严肃起来:"侯总,我也理解你的苦衷,既然是上面的决定,我也很为难。不瞒您说,我这边的人也捉襟见肘,加上技术推进刚有眉目,还不成熟,贸然拿出去做业务,恐怕也不稳妥。但上面定的事,你我在这儿抱怨起不到任何作用。"

耿爽三番两次拿顶头上司压侯延辉,他哪受得了这个?从椅子上站起来,双手放在桌上,俯身笑对大家:"既然大家都有难处,我看这件事还得从长计议。"

侯延辉夺门而出,根本不把耿爽当回事。不过,更让他恼火的是,张总为何在这个紧忙的时候要抽调销售部做这件事?真的这么紧要吗?

从销售部出来后,他直接来到韩瞳办公室,满脸的情绪。

"哟,我们的侯总回来了?怎么不提前说一声,我好去接你啊。"韩瞳一边摘掉眼镜,一边起身给他泡茶。

"韩总,你别跟我卖关子了,赶紧告诉我,到底怎么回事,张总他……"

"急什么?怎么,和耿爽闹不愉快了?"韩瞳笑道。

侯延辉有些不屑:"韩总,我跟她闹情绪?还不至于。你说咱们销售部现在本就人手不足,让我们配合碱巴拉计划,这个无可厚非,现在技术部也要派任务下来,不是我找事啊,实在是手里没闲人,这个活接不了。"

韩瞳当然清楚侯延辉的脾气,不对路的人想找他办事,几乎不可能。耿爽最近在公司的名声也不太好,不但把储健和李薇薇挤对走了,还想凌驾于他侯延辉头上,简直痴人说梦。即便是张总的意思,他也拒不照办。

另外,让侯延辉感到费解的是,耿爽的技术专利一直是很保密的东西,储健和李薇薇之所以被排挤出去,就是因为三番两次想要接触这项技术,触犯到了耿爽的底线。现在公司突然决定要把技术分享出去用于拓展项目,这不符合逻辑。这项技术对于公司来说,享有独立的应用权,产生的利益远远胜于业务拓展,这毕竟是技术

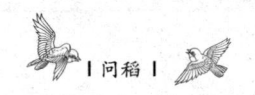

核心，在业内独树一帜。一旦产生合作，技术价值便会一落千丈，这对公司未来发展是致命的。

这么明白的道理，侯延辉都能想到，张总不可能不清楚利害关系，再说，耿爽的技术源自中擎，她来金种属于技术入股。技术如要分享出去，没有中擎点头，事情万万不能成。

这样一想，侯延辉脑袋里有了对事件起码的推断。这或许是中擎和金种达成的某种共识，难道真的要大公无私地分享技术，做人类口粮安全推广的良心大使？想到这儿，侯延辉不敢苟同地笑了笑。

至于帮不帮耿爽这个忙，在他这里恐怕还要看公司的态度。总之，不到最后关头，他绝不会答应耿爽的请求。

也就在第二天，夏中秋从海南发回来的种子就到了金穗市。因为有了崔挽明的嘱咐，这两百斤种子没有直接邮寄到公司，而是到了侯延辉的住址。

收到快递信息，侯延辉翻出销售部微信群的名片区，扫了半天，想找一个靠谱的人来跟他一起包装种子。看了一圈，不是外派出去了就是有别的任务，再不就是不够信任。只有一个人引起了他的注意。

王帅恐怕是销售部最不起眼的存在了，这个人性格软弱，说话婆妈，在团队里没什么知心朋友。唯独跟张可欣关系还算可以，但也达不到朋友的地步。业绩上不出众，但也算不上废柴，也就是极为寻常之人。

侯延辉在心里掛酌了半天，给王帅拨了过去。

整个销售部，最无聊的人就数王帅了，自从张可欣被崔挽明要到了手下干项目。他在销售部几乎就没有可以对话的人了。又因为部门没给他安排碱巴拉项目任务，现在和所剩无几的几个同事窝在办公室搞数据分析，活得窝囊至极。

侯延辉的这个电话简直让他起死回生,要知道,从他入职到现在,侯延辉跟他正面交谈过的话加起来都不到十句,更别提主动打电话给他。可想而知此时的他是何心情,一看来电,抓在手里的鼠标都不稳当了。他以极快的速度扫了一眼周围的同事,确定没被发现,快速拿着手机离开了办公室。小偷行窃都没有他这么谨慎夸张。

来到楼梯口转角处,王帅捂着电话,小声道:"侯总您好,我是……"

只听那头嗷一嗓子:"王帅,你半天不说话,搞什么鬼?"

王帅抓了抓脑袋上稀疏蓬松的头发:"侯总,您说,我听着。"

侯延辉看了看时间:"你那头忙不忙?过来帮我做点事。"

"侯总,不忙,我不忙,你在办公室吗?"王帅伸头侧身看了眼侯延辉办公室,发现没人。

"我看你也没什么事,整天不务正业。这样,我给你发个地址,你现在立马过来,从公司仓库拿点塑封袋和记号笔。记住,别搞得鸡飞狗跳,稳重点。"

侯延辉话毕,把地址发到了王帅手机,就开车到了他安排的地址等王帅。

王帅一听侯延辉让他别声张,一下就紧张兴奋起来,在心里不断暗示自己:看来侯总这次要重用我了,一看就是有重要任务,连地址都这么隐秘偏僻。

没错,这家名为谷雨米业的大米加工厂坐落在城郊处,多年前是金种的合作伙伴,后来金种发展起来后就不再用外面的加工厂。这里的老板和侯延辉也算是老关系了,上这儿做一下稻谷清选和米样包装也是举手之劳的事。重要的是,这里避开了公司的眼睛,秦远征给崔挽明拿的这些耐盐碱种源从一开始就有人盯着,廖常杰在三亚的所作所为也算前车之鉴了。虽然何秋然被罗思佳派到国外了,

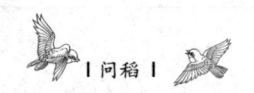

但还有没有人惦记这些种子，谁也说不好。所以，现在每走一步，安全最为重要。

本来他认为没有必要，两百斤种子，只要他不说，可以直接在公司作业间交给工人完成，他一个领导，犯不着亲力亲为。但这种事就怕出意外，一旦这批种子出了问题，他们的宣传做不好不说，还有可能滋生额外的麻烦。出于稳妥，只能来这里。

王帅挂断电话，收拾好工具，一刻不停便打车到了这里。这要平时让他花钱打车，打死也不可能，而且在侯延辉这里，这笔开销根本解决不了，完全由他自己买单。即便这样，王帅也认为非常值得。

等他进入米产加工车间的时候，侯延辉已经干上了。见领导灰头土脸的，王帅顿感自己来迟了，手忙脚乱地跑了过去。

"侯总，你怎么亲自上手了？哎呀，你赶紧站一边，这种活我来就行。"

站在一旁打下手的米厂老板范翀笑呵呵道："你这个领导啊，怕我把他东西弄坏了，这米精贵着呢，你看看，连我都插不上手。你还是快来吧。"说着，把手里的筛子递给王帅。

侯延辉的眉毛上落了一层细细的米粉，看上去多少有些苍老，他弓着腰正在给大米过筛，侧脸对王帅说道："你小子，磨磨蹭蹭。"说着一把将包装袋抢过来。

王帅哪敢让领导干活，赶紧上去抢："侯总，你就别让我为难了，这种活你还是别伸手了。交给我就行，你和范老板喝茶去，等我完事了再去找你。"

侯延辉直起身子，扭了扭脖子，又看了眼范翀："走吧走吧，我在这儿，他反倒别扭。看来我跟下属关系没到位啊，老范，看见没，还是太拘束。"

范翀哈哈大笑："小王啊，别看你们侯总爱开玩笑，跟你说，侯总可不是谁都找来干活的，能叫你过来，那是信任你。"

王帅一听，心里越发膨胀了，赶紧点头称是。问明白侯延辉的要求，便自己干了起来。一开始还挺有劲头，随着身体开始发热，大脑也逐渐躁动起来。身心活跃的王帅突然觉得有点不对。

侯延辉这么大老远把他叫过来，就为了这点事儿，何必呢？公司也不是没有工人。不过，他脑子随即一转："不对啊，侯总什么时候伸手干过这活？"

随着疑问在心中升起，王帅机灵的脑袋也开始爆炸起来："难道这是个好东西？"

不管怎么说，琢磨侯延辉不会有好处，毕竟是他的领导，想让他知道的事自然会让他知道，他越是铆足劲儿地猜疑和揣摩，最后往往越会自讨没趣。

这都没什么，最让王帅感到泄气的是，这种没有含金量的苦力活，侯延辉根本记不住他的好，看来这活是白干了。

大约半小时后，侯延辉又回来了。他手里拿着一张新打出来的单子，上面都是邮寄地址和联系人方式。

"小王，大米按两斤一袋塑封好之后，把邮寄地址写袋子上。今天咱俩就邮走。"

王帅接过来扫了一眼，没敢细看便放在一旁，回了侯延辉的话接着干活。

大约一个半小时后，新磨出的大米过完筛就分装完成，与之匹配的还有一份没经研磨的种子。两人来到快递点，按照一式两份的规格将东西发了过去。

等事情利索之后，侯延辉才不经意地问了王帅一嘴："这大米怎么样？"

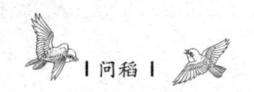

王帅心里一咯噔,不敢揣测,立马点头称赞:"侯总,好米啊,挺好。"

侯延辉驾着车,目视前方:"好就行,知道用来干吗的吗?"

王帅心中没底,其实根据收件人他就能判断个大概,这批东西邮给了金种在全国各地的销售代表。但至于干什么用,现在侯延辉正参与到碱巴拉项目中,肯定是用在这里头。

但他不清楚的是,在侯延辉心中,到底希不希望他清楚这些事,所以他含糊其辞地回道:"侯总,我哪儿知道啊,不清楚。"

侯延辉看王帅的脸有些拧巴,笑道:"你小子,不管你知不知道,既然跟我出来干活,不能白干。这批种子和大米是夏中秋从三亚发回来的,也是崔总第一批耐盐碱品种,样品发下去就是给销售代表跑业务用的敲门砖。"

话到此间,王帅全清楚了,马上咧嘴道:"呀,侯总,这是大好事啊,咱们终于有品种了,这下好了,部门同事可以大显身手了。实在太好了。"

侯延辉听毕,半天没回王帅,把他晾在一旁,心里一下就发毛起来。半天才说:"这个事你知道就行,知道你嘴巴闲不住,回到公司都老实点,别什么都往外说。"

侯延辉还是怕王帅看不透自己的心思,只好直言。有了方向,王帅就好办事了,他的心一下就畅通了。可他不明白的是,这件事为何要隐瞒呢?这中间到底有什么阻碍?

这批种子的重要性不言而喻,自从何秋然在三亚对这个品种有了动作,侯延辉就谨慎起来了。种子邮出去之后他马上给崔挽明去了电话。

"崔总,种子分下去了,放心吧,我这边没问题了。你主攻水稻盐碱地,我这边呢,按照公司布置,旱田作物的盐碱地改良种植也要铺开。你这里大的工作没什么了,我就先把精力放在旱田。有事咱俩再沟通。"

"侯总,辛苦了。大恩不言谢,回去请你吃饭。"

崔挽明撂了电话,赶紧给夏中秋打了过去。

"怎么样,还剩多少种子,测发芽率了吗?"

"放心吧老师,种子没问题,少说也有四千斤,加上秦远征后来提供的几个品种,可能有六千斤左右。已经全部入库,等你把繁殖地确定下来,我马上安排播种。"夏中秋也随时待命,不敢马虎。

崔挽明心中一喜,六千斤种子播下去,少说也要四百亩的地才能够插秧,这么大的量要繁殖起来,来年三月份少说也有一百吨以上的产量。这样的体量,足够推广了,即便盐碱地消化不了,用于好的地块推广也不愁种子卖不出去。

不过,让他发愁的是,这四百亩的地上哪儿找去。在三亚这寸土寸金的地方,要想找到这么大面积的水田,谈何容易!加上冬季本身就是南繁最火爆的季节,全国的育种家都来这儿争抢土地。要面对这样一种境况,崔挽明一下就高兴不起来了。

"等我通知,做好防鼠工作。另外,李大宝你给我好好带,别再惹事。"

对于李大宝,崔挽明心里没底,这人单纯,性情直,但也容易滋事。对于他这样没有社会经验又不懂人情世故的人,要想把工作干好,谈何容易!

在崔挽明心中,他绝不想让任何一个信得过的人仅仅成为一个干活的机器,而希望他们都能在岗位上有想法和业绩。只有那样才能实现人生抱负和价值。

"崔总,你放心,自从上次那件事之后,大宝变化很大,他还说等回去之后,要跟你下地学育种技术呢。"

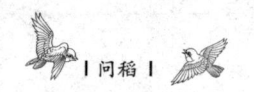

听到这话崔挽明固然欣慰，但在他内心深处，却藏着一个令他难堪的想法。

没错，自打他把李大宝安排到三亚的那天起，就没打算再让他回来工作。那儿将会是李大宝长久的阵地，基地也需要这样一个人。最重要的是，崔挽明认为在他身边的每一个人，都不可能有李大宝那样的奉献和吃苦精神，留在三亚是要打硬仗的，不是高谈阔论的理想派和一般的实干家就能站好的岗位。

/ 第十六章 /
起底

看着李大宝卖命地在收拾田里的防鸟网,夏中秋不由感慨良多。很显然,离开新村之后,李大宝的人生发生了惊天巨变。

他终于摆脱了穷乡僻里的狭隘,站在了宽广的四野下,耕耘着自己的命运的土地。或许他不会在意接下来的生活能有多大改观,但最起码现在的工作让他觉得很有意义,即便是同样的种地,一想到这是科研工作,内心就充满自豪。

夏中秋看着李大宝的状态,不由在想,或许他不会介意长期留在这里。他曾经在新村的床榻上睡了二十年,那都不觉得腻味,这里能闻到海的味道,能看到飞鸟流云,岂不比新村胜出百倍!

当然,夏中秋还不知道崔挽明的想法。

晚饭后,夏中秋跟李大宝聊起了天:"大宝,这里的工作也快结束了,崔老师那边还没安排下来,你想不想回一趟老家?"

李大宝穿着皱皱巴巴的短袖,靠在院子里的杨桃树下面,伸手拽了一个果啃了起来。

"回去?"李大宝摇摇头,"这里多好,崔总让我回去我都懒得回。"

李大宝的回答让夏中秋意想不到,反问道:"你真不想回去看看你爹你妈？"

"看啥，有啥好看的，看两眼他们就能富起来？就能把日子过好？我不回去，等我在这儿攒了钱，啥时候够盖房子，我再回去。"

得了，到头来还是要回去，只不过时机未到。不过，李大宝也算是个有理想的青年，即便他的眼光还依旧狭隘，但起码有一个属于他世界里的理想，这是一个有可能触碰到的理想，他还正值青春啊。

虽然李大宝只是过来帮忙的，但崔挽明也帮他争取了金种用工的最好待遇，一个月四千五百块钱，这可是他爹在新村一年的收入。现在他要回去，掏出手里的票子能把他爹吓得半死。

夏中秋看着李大宝大口啃着杨桃，心里有说不出来的羡慕。

他还不知道自己的理想在哪儿，他之所以来到金穗市，是看到崔挽明手里缺人才自告奋勇的。他从市农科院的职位上下来，投身到企业做起了杂事，放谁身上都会有不舒服的地方。但最让他难以忍受的是他不知道这样的日子要持续到什么时候，特别是他心里有了甘霖之后，仿佛一夜之间就长大了。

没错，来金穗市之前，他顶多算得上一个工作积极认真的青年。现在他突然多了份责任感，不管甘霖接不接受他，他都认为自己该具备足够承担爱情关系的条件了。

很显然，他的工作不算体面，也挣不了大钱。最重要的是，崔挽明把他安排到这里，距离甘霖实在太远，这样下去，怎么利于他感情的发展？他一开始还抱着膝盖坐在小凳子上，一想到这些，干脆把凳子扔一边，整个人躺了下去。

这里的天是真不消停啊，一会儿一架飞机，也不知道天南地北的人为何蜂拥至此。他都快在这儿愁死了，大家还争先恐后地赶来。

想到这,他决定过了这一年,等把四百亩水稻伺候到收获,他必须得跟崔挽明摊牌了。

正在他犯愁的时候,突然来了个电话,居然是甘霖的妈妈。

这足够让夏中秋喜出望外了,忙不迭地接起电话,这才知道,原来甘霖妈妈是给他送生日祝福来了。

他居然忙得连自己的生日都不记得了,那些身边的同学朋友,没有一个人记着,反倒是有过一面之缘的老人家,记住了这个日子。

不管甘霖对他的态度如何,老人家的做法让他足以感动。他谢过老人家,又询问了她身体情况。挂完电话,他骑着电动车去了趟水果市场,给老人家邮寄了满满一大箱。

李大宝虽然看不透夏中秋的心思,但对这个跟他相差无几的"顶头上司"从来都言听计从,特别是每逢工资发到手的时候,他更懂得了感恩。

他也清楚,夏中秋在金种集团南繁实验中心还有任务,那里的日常生活和科研耗材都得夏中秋负责。想到这里,李大宝竟破天荒地跟夏中秋主动说起了话。

天已经黑透了夏中秋才回来,刚一开门,才发现门口蹲着个人,把他吓一大跳。

李大宝摸着脑袋说明来意:"中秋哥,你回实验中心忙吧,地里也收获完了,剩下的翻地任务我自己来就行。"

"你能行?知道联系谁来翻地吗?"夏中秋问道。

李大宝摇摇头:"我是不知道,你告诉我不就行了,我现在也有电话了。"

夏中秋此刻的心已经够乱了,他暂时不想跟李大宝谈这些事。不耐烦地回道:"大宝,你先回去,这个事明天再说,我会安排的。"

李大宝还想再说两句,夏中秋的门"咣当"一声,只留他消瘦

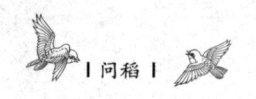

的身影停在走廊。

崔挽明又何尝不烦呢！一来，四百亩地在三亚之所以不好找，是因为很难有这么大面积的地块连在一起，若是凑零零碎碎的地块，太分散不好管理；二来，这么大面积的制种工作恐怕会引起太多同行的关注，在林海省工作了那么多年，他在这方面可谓相当谨慎了。

他思考了好几晚上也没找到好的办法，此时的他已经来到青岛一带。只可惜秦远征配合侯延辉的团队在下面搞技术培训，要不然种子收获的事一定得跟他好好分享一番。

只不过秦远征是个老实人，崔挽明为了保险起见，没敢跟他说二次繁种的事，怕他不小心说漏了嘴。

正值十一假期，崔卓在家又闹得不行。没有办法，林潇潇只得请了假，带着崔卓到青岛和崔挽明见面。一家三口也算是难得地团聚了，重要的是，借着这个时机，崔挽明能好好地陪陪崔卓。

林潇潇早就做好了思想准备，崔挽明就是再忙也要把他拉出来放松几天，这样干工作，机器都受不了。作为家人，已经很窒息了，而他自己却察觉不到。

儿子和爱人的到来让崔挽明十分惊诧，他这头刚安排好工作，林潇潇就站在了跟前，一点预兆都没有。

"你娘俩真行啊，这么老远，一句话不说就跑过来，想吓死我啊？"说着，一把将崔卓抱起来，想要亲他一口，孩子脖子一扭，躲了过去。

"你看看，孩子都认生了。"林潇潇抱怨道。

崔挽明抚摸着崔卓后背："儿子，想爸爸了吗？"

崔卓转过头来，一把揪住崔挽明耳朵，使劲一拧："妈妈说了，让你回家，你再不回，就揪你耳朵。"

崔挽明大惊，看着林潇潇，用唇语说道："妈妈？"

一直以来,崔卓都称林潇潇为林阿姨,两个大人甚至也不奢求孩子能改口。但就连林潇潇也不知为何,在她带孩子上飞机的那一刻,崔卓竟喊了一声"妈妈"。

林潇潇露出幸福的笑容,肯定地对崔挽明点了点头。

"儿子,跟爸爸说,想吃什么玩什么,今天我和妈妈带你去。"

也只有这种时候,他才能体会到家庭的快乐。平日里,他的生命只属于工作,似乎在这个世界上,工作才是伴随他生命意义上的东西,而家庭,看上去更像是一个暂住歇脚之处。

今天他心情大好,儿子和林潇潇的感情又近了一步,标志着他们这个小家庭越过了重重障碍,终于无缝衔接到了一起。

"不是一天,爸爸,你要陪我多玩几天才行。"

"好,玩,我们陪你。"

此刻的崔挽明一家正站在距离青岛市一百公里以外的阳城,他所在之处正是秦远征的老家。在这里搞一个试点,对于调动周围海水稻种植积极性将起到重要作用。

一家三口站在荒芜的田埂上,眼前是被海水侵蚀过的盐碱地,大片大片,一个个死泡子,看不出任何生机。但在崔挽明的身边,生命的成长之声正在炸裂。

他回身刚要跟同事打招呼,那边笑呵呵地朝他摆摆手:"崔总,剩下的事交给我们,放心吧。你也该歇一歇了,好好陪孩子吧。"

崔挽明没有再说什么,一只手抱着儿子,一只手牵着林潇潇,往公路边走去。

刚到路边,身后负责试点管理的同志便小跑上来,气喘吁吁道:"崔总,你把车开走,在这地方,没有车,你玩不好。"

崔挽明摆手拒绝:"那怎么行?我用了车,你怎么办?绝对不行!"

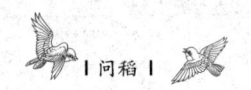

"崔总,你担心我干什么?我们人多,车有的是,怎么也能对付。再怎么说,不能让孩子遭罪。"

崔挽明停顿一秒,看了眼林潇潇:"要不开着?"

林潇潇道:"别问我啊,我也不是领导,做不了这个主。"

崔挽明对那人谢道:"大国,那好,这车我借用几天,油费和车损算我的,回来感谢你。"

"崔总,你就开吧。"

站在盐碱地的工人看着崔挽明离开了,都纷纷议论起来:"这就是买走秦远征种子的老总,人真好啊,一点架子都没有。别的不说,儿子媳妇这么远跑来见他,一看啊,有日子没回家了,不容易啊。"

大国叹了口气:"也不知道这个试点能不能行,我看崔总是信心满满,我是任重道远啊。"

此人名叫秦大国,是秦远征的侄子,为人厚道忠实,从小在秦远征跟前种地,也算是七里八乡的能手。这次把试点的工作承担下来,也正是出于秦远征的品种被崔挽明买走的缘故,一来是感激,二来嘛,也觉得崔挽明有眼光。跟这样的人合作干事,不愁不成功。

现在再看,崔挽明手下的可用之人已经各自带队,成了能打硬仗的队伍。若不是工作任务重,大家聚在一起共同攻坚克难,很多事都能迎刃而解。

但各领山头也不是坏事,这对项目后期的推进具有潜在作用。届时更是用人之际,手下这些年轻人正好派上用场。

不过,崔挽明清楚的是,现在是碱巴拉项目的关键阶段,团队里的任何人出现差错,其后果都不是谁能承受的。

正如此刻张磊的心情那样,自从在红岩镇遭遇了盗窃,张磊到现在都没彻底静下心来。

西部地区的盐碱地改良本就是一大难题,其中最重要的问题在于水资源的缺乏，因此，难以用稀释盐分的方式进行。所以，王春生和魏莱对西部地区的物联网灌溉系统方面的考虑主要放在微生物对土壤的修复以及降低钠钾离子比值的策略上。这样一来，设备涉及的芯片价值就可想而知了。

这也是张磊最近在琢磨的问题，什么人在背后出钱惦记他们的好东西？物联网同行，还是金种集团的竞争对手？又或是金种集团的内部人员？

这三者都有可能，要知道，整个项目涉及的技术体系目前仍在保密状态，项目完事，技术专利申请下来的时候，才会考虑面向社会公布。至于能否量产，要看碱巴拉项目引起的社会效应和客户量。但往往，越是刻意保密的东西越会引来额外关注。

从西原市离开，赶往下一个试点的途中，张磊的心始终惴惴不安，现在安营扎寨了，还是难以睡着。

前思后想，还是跑到了试点基地的设备储存室。这里虽然有人二十四小时值班，但他明白，到了夜里，一般都是灯亮着，人早就睡得不省人事了。这种临时的工作费力不讨好，落到任何人身上都不会全身心去付出。

由于是临时搭建的活动板房，窗户也显得较为狭窄。张磊慢慢走到窗前，站在两米开外的地方扫了眼里头。果然，里面的大哥已经睡得天昏地暗了。这是镇领导特意安排下来的人，张磊不好意思打扰，自己拿着手电筒去仓库检查了一遍。

他打开仓库门，准备进去检查一番，可还没过五分钟，身后一声呵斥传来。

"什么人？"

张磊心一惊，转身一望，只见一根两米长的棍子伸在他胸前，对方的手电筒照在他眼睛上，让他视力顿失。要不是他手拦着，棍

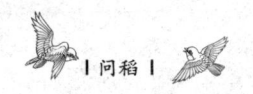

子就要顺着脖子砸到他头上了。

他赶紧报上大名："我，张磊。你谁？"

"呀，大水冲了龙王庙了，这大半夜的，怎么是你？出问题了？"

手电筒移开，那人走了过来，确认是张磊。那人摸着头不好意思道："还以为进贼了，咳，误会了。"

"叔啊，我刚才看你还睡得正香呢，怎么过来了？是我吵醒你了？"

老汉五十多岁，活动板房白天吸收了太阳光，晚上十点多还热得要死，他那是闭目听广播呢，哪睡得着！

"我倒想睡，这条件，咋睡？你看吧，我回去了，记着锁门。"

有惊无险的小插曲倒也让张磊对老汉多了一分放心，设备都没有问题。是他多心了。

坐在仓库门前，望着满天繁星，张磊的脑子昏昏沉沉。他也老大不小了，天上的星星都懂得成群结队，他自己还单着。

细数身边的男同志，但凡他这岁数的，几乎也都自己独过。他不知道留在金种能不能看到生活的另一种可能，时至今日，连一个心动的姑娘都没得见，不知是自己愚钝还是天意弄人。

没错，像这种小小的情绪，经常是他们这种人会思考的问题，尤其是长期处于同一工作状态下，这种心情会隔三岔五地来光临。

掰着手指数数工作日程，起码还有两个月，也就是到来年开春，手里的活才能告一段落。自从他在西原市完成了设备安装，剩下的试点就可以按部就班地进行，心理上也没了太多压力。

思维一放空，杂七杂八的想法就进来了。

他确定自己有些懈怠了。这根警惕的绳子一下就从他身体里抽动起来。只觉得屁股一凉，他赶紧从地上坐了起来。

第二天天没亮，他便再次来到试点基地。工人们相继到场，具体的施工流程提前都熟悉了好几遍，相关部署也已经到位，他不用大费周折地挥拳指挥，一下就轻松不少。

就在他监督大局的时候，百米开外驶来一辆车，远远地将尘土扬得老高。张磊眯眼扫了一下，不知怎的，心里仿似被这车给堵上了。

来的人名叫潘风，在金穗市的时候，找过崔挽明推销自己的智慧农业系统，但被拒之门外。后来又来过几次，也被张磊搪塞出门。潘风的出现，让张磊哭笑不得。

"哥啊，你真是阴魂不散啊，跑这么远来找我，疯了？"

潘风笑呵呵回道："张哥，我是两天前就听说你到这里了，正好我在这边有个宣讲会，今天闲着，就过来拜访一下你。怎么样，挺顺利？"潘风伸着脖子探视着试验田的设备。

"看什么看？跟你说，这东西别瞎看，还有没有点行业规矩？这东西不是你们公司能搞出来的。我没空跟你闲扯。"

张磊对付潘风早就轻车熟路了，像这样的厚脸皮销售，就得用不客气的态度予以击溃，否则他会不断地在你跟前转悠，烦都烦死了。

"不至于，哥，当初没机会跟你们合作，这是我的损失，你们这次可是下了大力度。你还不知道，整个智慧农业群体都要爆炸了。这不，我们公司发疯一样把我们撵出来跑市场，活着不易啊。"

"少在我面前卖惨，谁不惨？看看我。"

潘风一下窥探到张磊的心底，上前一步道："怎么样，哥，上我宣讲会上走一趟，看看我们的产品？你们这么大的工程，后期肯定需要细节调整的，我们出了几款产品都不错。"

"用不着，就算要调整，我们有尊科远智和云生国际，他们会负责到底。"

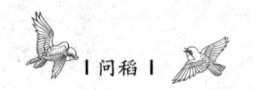

话虽如此，潘风还是不死心："不一样啊，什么叫远水解不了近渴？这么多试点，出了问题都需要人去跑，涉及行程这么复杂，其中的车马成本、人力物力都是钱啊。后期这块你要找个人承包下来，你们不也解放了嘛。"

有时候张磊对潘风的敬业精神真是佩服得五体投地，他要有潘风一半的厚脸皮精神，很多事都更能从容应对了。但这批设备的后期维护和监管，公司自有安排，即便崔挽明在这儿，也要跟公司提案才能定夺，岂是他能决定的？

"好了，别啰唆了，潘经理啊，你是个实干家，会成功的。"

看张磊实在无心搭理自己，潘风只好转移话题："我闲着也是闲着，多一个人多分力。"说着卷起袖子就要走向工人。

张磊一把将其拽住："你要干吗？那是你能去的地方？差不多得了，潘风，实话跟你说，这些设备不能对外人开放，看一眼都不行，尤其是你这种小同行。我话还没说明白吗？"

潘风这才就地住手："好吧，既然张哥你看不起弟弟，我也不打扰了，可惜了，这么大个摊子，找一个专业团队来做多好。"

潘风留下意味深长的一句话上了车，张磊手里拿着潘风方才递给他的产品宣传手册。等潘风走后，他站在埂子上翻阅起来。

果然，这家公司做的东西虽然不系统，但一研究看得出，这是一家服务类企业，专门针对智慧农业系统后期开展服务。可让张磊奇怪的是，这里面的部分产品居然跟他们手里这批东西十分相似。他不由在心里感叹道："如今这世道，就怕你没有东西，你要是不捂好了，一旦露出半个角，马上就会被人剽窃过去。"

看到宣传册上的东西，张磊也有种莫名的不安。潘风此次前来，或许已经挑明来意，就是打算拿下这批设备的后期维护业务。但倘若如此，为何要找他谈呢？他一个做不了主的角色。

张磊带着忧心忡忡的情绪等到下班,突然接到一个陌生电话,一听才知,是红岩镇遇到的那对情侣。女孩在电话那头说明来意,告知张磊让她查的人有点眉目了。

"你和小龙在哪?还在红岩镇?"张磊竟有些激动。

"嗯。"

"你等我一分钟,先别挂。"

退出通话界面,张磊马上查了一下自己距离红岩镇的路程,驾车需要三小时。还行,在他考虑范畴。

"在那儿等着,见面谈。"

"不用了张哥,人是找到了,但他不在红岩镇了。我这里拍到了一张照片,发你看看,等你忙完手里事再过来。"

张磊打开照片,居然是潘风。

所有的一切都明晰了,这小子果然狼子野心,胆大包天居然敢跑到面前来,太不把他当回事了。

既然如此,就别怪我不讲情面。

这个幕后黑手现在终于水落石出。

晚上回到住处,看着潘风的宣传册,张磊越想越来气。

欺人太甚,简直嚣张至极,偷盗不成,居然敢亲临现场!这种人不将其绳之以法,愧对法律法规。

这样想着,他照着宣传册上的电话号码拨了过去。

潘风手机里早就存了张磊的号,一看来电,眼睛都亮了,虽然还在外面吃喝,但马上就从桌上撤了下来。

"哥,大半夜地找我,是不是想通了?"潘风还是一副厚颜无耻的样子。

张磊沉稳地说:"我看了一下你们的服务体系,还别说,有些东西是可以商榷的,到时候我跟崔总提一句,至于行不行,那就靠缘

分了。"

有了这句话,潘风一下跳了起来:"哥,你真是我亲哥啊,这样,你把住址发给我,我现在接你,正好我们好几个技术在这边吃饭,一起再谈谈。"

张磊不紧不慢地回道:"太晚了,这样,明天的宣讲会我准时过去,先听听再说。"

潘风这次出来的任务很重,公司虽然秉持做技术维修服务的理念,但也在产品开发上下了一些功夫。正好智慧农业在各省份兴起,有资本和项目的企事业单位,都加入了这股潮流之中。因此,市场是极为可喜的。这个时候就看谁能抢占先机,所以,他是从省城跑到地级市,又跑到县城,只要有农业院所和厅局级单位,都要逐一摸一遍,做到一个不落。

有了张磊的这席话,潘风也似乎看到了希望。回到酒局后,马上跟同事商量,决定连夜修改宣讲内容,把原本针对西甜瓜滴灌监测的服务内容改为水稻节水滴灌维护检修的汇报。

"老潘,至于吗?八字没一撇的东西,折腾大家干吗?再说了,咱们也不指着他家过活啊。要我说,改这个宣讲内容,没必要,他要真对咱们产品感兴趣,等明天宣讲会结束,可以单独组个碰面会。咱们这次来西部,重点是要服务好果农,临时修改怕是不妥。"

面对同事的质疑和抱怨,潘风坚持自己的看法:"你们一个个都太肤浅了,金种集团的这个项目大家都清楚,外界都传成什么样子了?光前期设备投入就数亿元,这么大一张饼要是不吃在口里,后悔都来不及。再说,果农的购买力有限,即便市里出项目扶持,那也是以后的事,这才是八字没一撇的事。这个事没得商量,执行。"说着,潘风带头放下筷子,起身回到宾馆会议室。

大家虽有异议,但潘风是小组带头人,只能熬夜规划出他想要的东西。

第二天,张磊准时来到会场,刚到门口,就看见熙熙攘攘的人群躁动不安,无不破口谩骂。

"什么破公司,不讲信用,说好的宣讲,说改就改,太没原则了。"

"就是,咱们一百多户果农等了好几天,就想看看这个东西行不行,结果又改时间。咱们本来就忙,好不容易从七村八舍来到县里。简直不是东西。"

最难做的就是县农业农村局负责安排接待的小王了,这些农户都是他通过村镇领导安排过来的,现在公司临时改变计划,农户们都把矛头指向他,朝他索要说法。

"大家不要在这闹了,他们公司临时有变,这是突发事件。你们放心,这个事我尽量去协调,实在不行,改到下午,大家先到外面转转,等有信息,我再通知大家。"小王也只能安慰大伙,不希望他们在此喧哗。

张磊见状,走进了人群,随口问了一位大哥,方知原因。他扫了眼大家,眉头紧锁道:"大家不要慌,这个事我来办,你们现在就跟我进会场,我让潘经理先给你们做宣讲。"

张磊的现身让站在一旁的小王一头雾水,甚至是瞠目结舌,不禁问道:"你是哪家单位的?别在这捣乱!"

张磊没有理会小王,回头继续对大家说:"想听的都跟我进来。"

他进了会场,乡亲们相互对视了几秒,终于有人带头跟了进去。顿时,黑压压的人群跟在张磊背后,朝着潘风一干人等走去。

潘风见状,大惊,放下手中的活赶紧迎上来。

"哥啊,这是怎么回事?"随即对张磊后面的人说,"你们,不是说了吗,今天的宣讲暂时不举办,另行通知,怎么又进来了?"

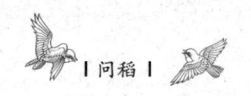

一见潘风对待大家伙的态度，张磊就来气，不紧不慢地回怼道："潘经理，没想到贵公司做事这么言而无信，客户就是上帝，你们连起码的原则都不遵守，怎么做好工作，怎么能服务好客户呢？你们这个工作态度，看来我来不来已经不重要了。"

被一针见血地指出问题，潘风愣在原地，他不想事情闹大，更不想得罪张磊。赶紧靠上去："哥，怨我，行吧，我们人手有限事情没安排开。这样，今天听你的，你说咋办，咱就咋办。"

张磊不动声色地笑了笑，摆手道："哪敢？这是潘经理的场地，我连客户都算不上，怎么能指手画脚呢？不过，大家辛苦跑一趟，说明对你的东西还是很认可的，你让我来听宣讲，又把大家轰走，怎么，难不成也不想让我听了？"

此话一出，潘风自是无话可说，皱着额头看向同事们："抓紧，把片子换回来。"

来回一折腾，同事们也跟着傻眼了，忙了一晚上没合眼，还不如张磊几句话的效果，此刻的潘风在大家眼里变得极为卑微。碱巴拉计划的设备项目真有这么大吸引力？

在张磊的帮助下，大家伙终于没算白来，潘风重新走回讲台，开始了他的宣讲。

虽然张磊就坐在下面，但看得出，潘风的脸已然极度扭曲，每讲一句话都带着极大的不情愿。

讲到一半的时候，进入了互动问答环节。乡亲们都举手发问，现场好不热闹。作为看客，张磊也不甘示弱，举起了手。

"呀，有请张经理。"在这正式场合，私下里的张哥也变成了张经理。

张磊为了这一刻足足准备了一个晚上，因此，这一发问的机会他不能白白浪费。

"我不是什么经理,乡亲们也都在现场,大家都是农业战线上的兵,不管扮演什么角色,都为了服务好百姓,都为了丰衣足食。潘经理刚才讲了半天,有几点我想谈谈看法。"

潘风有些紧张,微张着嘴朝他点点头:"请。"

"第一,据我所知,目前国内的滴灌技术还存在缺陷,喷头是很大的耗材点。你们坦言自己的喷头能做到五年不坏,这么低成本,要想达到这个层次的质量,让我有些怀疑。第二,材质的话,不可能是进口,技术也并不是原创。你讲这些东西早就在荷兰的农场淘汰不用了,你们顶多算挪用技术,而且还没用明白。我想问问潘经理,贵公司一直都有挪占他人东西为已用的习惯吗?"

一听这话,潘风顿感话风不对,赶紧把麦克风关了,走下台来。

"张哥,有事咱们私下谈,你这……"

"潘经理。"张磊调高音量,"不要拉拉扯扯,怎么,我说得不对吗?我们公司使用的智慧农业技术,不管是地上的滴灌系统还是地下的生物信号捕捉系统,都是行业一流的。你三番两次接近我们公司不成,居然做出下等事,也不知道这是你个人行为还是公司指使。"

话到此间,潘风已经清楚张磊说的是什么,但这个场合他绝不可以翻车。

"张经理,请你就事论事,不要牵扯别的东西。"

张磊不跟他啰唆,拿出手机照片,转身给大家伙看。

"乡亲们,就是你们信任的这个人,慈眉善目下面尽是龌龊行径,觊觎我公司设备,居然前来偷盗。实在可耻至极,丢人!"

"你胡说。"潘风的底线一下被戳破,瞪大的眼里拉出猩红的血丝。

张磊又翻出好几张照片,都是在红岩镇KTV拍下来的。其中他

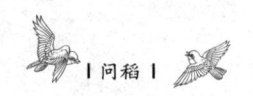

从 KTV 出来，上车前摘掉帽子的那一刻，正好露出了面貌，被拍了下来。

"我的话是真是假，你还是跟派出所同志说吧，我的证人就在来的路上。潘风，认了吧。"

看到张磊手机里的照片，潘风两腿一软，倒退几步，惊恐地看着同事们。

"潘哥，什么情况？只要你说一声，这小子今天别想走出去！"同事们摩拳擦掌，都以为张磊来闹事的。

这时候，派出所同志带着传唤证走了进来。

顿时，同事们都傻眼了，潘风什么时候背着大家做出这样的事情？居然没一个人知道。

"这小子想自己搞好东西，背着大家偷盗未遂，活该！"

"就是，吃独食的人没有好下场。"

"藏得挺深啊，咱们被他卖了都不知道，幸好及时发现。"

而下面的乡亲更是骂声四起，还没等上台理论，小王从人群中走过来，不客气地对潘风的同事说："你们，收拾东西离开我们这里，从此，你们公司的业务不许进入我们县，赶紧走。"

真是大快人心啊，张磊终于消了心头之恨。

随着小龙和女友的到来，潘风的罪证坐实，他再也无处脱身。

也就是这个时候，张磊才敢把事情的来龙去脉告知崔挽明。正在青岛陪孩子的崔挽明一听这事，顿时火冒三丈，不但没夸赞张磊，还进行了一番埋怨。

"太冲动了，这么紧要的事怎么不提前说？你啊，惹大麻烦了。宁得罪君子不得罪小人，现在是项目推进的关键时期，咱们都在外面，尽量不去惹事，等时机成熟，回过头来随时可以办。"

"崔总，你太忙了，有些事我能解决就先做了，没想到……"

"行了,你赶紧把那家公司信息告诉我,我先了解一下。既然木已成舟,你也别火上浇油了,专心做好手里的事,不要再找麻烦。"

崔挽明的态度让张磊一时间感到了委屈,他做这些是为了什么?还不是为公司利益,他有错吗?惩凶除恶不应该吗?怎么还成了他的错?

张磊越想越生气,在县里找了个饭店,在小龙和女朋友的陪同下,喝了好几杯。

第十七章
缘定

张磊在接下来的几天中，一直意志消沉，一想到崔挽明对自己的训斥，就感到憋屈。

他不清楚崔挽明在担心什么。公司利益受损，就应该走司法程序去挽回，但现在看来，一切都成为笑话。

带着这样的心情，工作劲头自然就松懈了下来，以至于张可欣那边几度邀请的视频会议，他都一一拒之。

打手机不接，发信息不回。张可欣没招，只能找到他身边的同事。张磊实在躲不过去，才接通了对话。

"张磊，你搞什么？几天联系不上，也没给我反馈进度。"张可欣本身任务重压力大，说话的口吻也少了几分客气。她没料到张磊正在气头上，可谓一头撞到了刺猬头。

"反馈什么？没进度，就这样。"

"哎，你等会儿，怎么回事，张磊？现在是工作时间，大家都在马不停蹄地干，你有情况赶紧跟组织汇报，别发神经好不好？崔总每晚都跟我要进度，就差你这边了，我替你压着呢，你也争点气。"

一听到"崔"这个字，张磊就受不了了，心底想的是：拿他压我？

"张总监，总负责人，实在对不住了，我这儿没有进度，听不懂吗？还要我怎么说？"

张磊的反常让张可欣很是疑惑，但他的态度太恶劣，要换个人，她早就劈头盖脸骂过去了。在这样的工作压力下，张可欣能这样跟他对话，已经很给面子了。

别看平时在崔挽明手下做事，大家都挺团结的，但这两个人从没交过心，只有工作上的往来，连朋友之间的情感都淡得很。

"好，张磊，这是你说的，自己跟崔总汇报去，有情绪少撒我身上，拿我当什么了，爱干不干！"

撇下这句，张可欣就撂了电话，恨不得把手机摔了。

张可欣的这番话对张磊来说无疑是火上浇油，手机捏在手里，阵阵发抖，牙都快咬碎了。

"什么人都来发脾气，招谁惹谁了？破工作，费力不讨好。"

张磊横下心一想，再伟大的工作那也不是给自己干的。比如现在，他所做的一切都会归到崔挽明头上，崔挽明做的工作很大程度也会归到罗思佳头上，最后公司拿着成果，转化为利益。而他，能见着一根毛就算不错了。真是献身事业为爱发电了。不值得。

这样想着，张磊找到下面的人，把话一交代，买了张票，借故回了老家。

坐上动车的那一刻，他轻松多了。在金种也算有年头了，在他认识的几个人中，甘霖比他早两年到公司，霍传飞晚他一年，张可欣就更别说了，刚来两年多的新兵蛋子。

不行，一想到张可欣，他就浑身冒汗，索性拉开车窗，把注意力转向了辽阔的山川河海，顿时平静下来。

他倒是轻松了，这边炸开锅了。手下人听说他要走，根本没做好准备，担子就落到头上，指定是难以接应。

因此,他前脚刚走,后脚同事就把情况反馈到崔挽明那里。

崔挽明听闻消息,心里咯噔一下:"这小子怎么回事,说几句就撂挑子了?太不像话了。"随即给他打电话,"臭小子,敢关机。"

人走了,事扔下了,在崔挽明这儿就叫逃兵,逃兵联系不上了,就可归为叛徒。

不管这里面发生了什么,也不管谁对谁错,总之,在他这里,项目是第一位的。前赴后继也要上人顶替。

崔挽明伸出巴掌数了数,能用的人根本没有,实在没招了,只能联系甘霖。她的工作暂时由李薇薇负责牵头,毕竟她和张磊之前搭档过,是熟悉试点的不二人选,对项目的熟悉度也是寻常人不能及的。

临时受命的甘霖也麻爪了,对李薇薇抱怨道:"姐,这叫什么事?张磊不声不响地走了,没个说法就让我过去。我就算长了八只脚也忙不过来啊。"

"这个时候就服从安排吧,正好这里的工作我也熟悉了,有什么不明白的我随时跟你沟通。"李薇薇也只能安慰,她知道,这种事交代下来就甩不掉了。再说,甘霖做出的牺牲崔挽明也定会记在心里,这对甘霖业务能力的历练也有好处,是个有利无害的选择。

日夜兼程地从南边赶到西边,甘霖一路上不敢歇着,从张可欣那里拿来了十多个进度报告和西部试点的作业流程进行学习,可谓是临时抱佛脚,要现学现卖了。

停工已经整整三天了,甘霖到的时候,试点负责人都感动坏了:"小同志,你可算来了,我以为上面要取消试点了,可把我愁坏了。"

甘霖看到在场等她的工人和工程师,不由感叹道:"谢谢大家的支持,这个工程实在太难了,大家放心,按照计划,我们绝不会放弃任何一个试点的。只要大家齐心协力,攻克难关,一定会走好每一步的。"

刚到这里,甘霖就给大家打气,这也是崔挽明对她的嘱咐,张磊一走,动了军心。来接替的人再压不住阵脚,工作便很难开展。

当天晚上,甘霖连夜制作了工作细则,一分钟都没敢睡。身边助手也帮忙整理资料,临近天亮前工作才完事。

助手收拾东西刚要走,被甘霖叫道:"你等会儿,有点事问问你。那个,张磊到底把谁得罪了,把崔总惹生气了?"

"你不知道啊,一家智慧农业的职员。你说,潘风这小子也活该,偷咱们设备就该打,不明白崔总干吗数落张哥。哎,张哥也冤屈啊。"

甘霖一下从凳子上站起来,不小心碰到了水杯,"哐当"一下,碎在地上。

"你说谁?潘风?"甘霖的眼神透着惊恐,浑身在发抖。

助手点点头:"是,是叫这个名字。"

甘霖一屁股坐了下去,大脑里翻江倒海地折腾起来。

潘风,这个王八蛋,当年就是他欺骗了甘霖的感情,离开了金种,把甘霖独自扔下。

真是冤家路窄啊,居然在这里遇上。甘霖倒没为潘风被拘留感到惋惜,只是这个人几乎从她的记忆中抹去了,这下突然又杀了回来,真让她猝不及防。

"真倒了八辈子霉!"甘霖在心里嘀咕道。

"浑蛋,活该,关你十年八年!"

带着复杂的情绪,拖着一夜没睡的身体,她照常来到了试点现场。工程师们其实不需要谁坐镇指点,图纸和装置不缺,他们就能把活干好。但甘霖的存在无非让他们心里多了个底,遇事有个商量的地方。

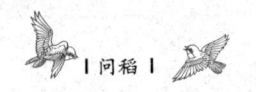

这不，说事，事就来了。

派出所派人过来，需要当事人过去签字，有些手续还没利索。但张磊走了，这个事没法办了。民警同志说只要是金种的职员就行，重要的是要落实事件主体，谁签字都可以。这是公家和个人之间的案子，离了张磊也能办。

这可把甘霖难住了，她是一万个不愿意，潘风这个人在她心里只剩下丑陋和恶心了，要去面对这样一个老熟人，她实在有些办不到。但她是这里的头，不去不行。

简短的签字流程甘霖一直低着头，没看潘风一眼。反观这边，在看守所才几天，潘风就成了霜打的茄子，再见到甘霖的一瞬间，恍如隔世，瞳孔都放大了。

他微张着嘴，懂得了两人此刻处境的天壤之别，也意识到人格的落差。他离开甘霖后，新的感情也没持续太久就破裂了，至今始终单身。看到甘霖的那一刻，他以为老天显灵了，直到甘霖一句话未说，起身离开之后，他才把干裂的嘴唇闭上。

接下来的几天中，每个夜晚对于甘霖和潘风来说都是种折磨，一个是悔恨，一个是恶心。

直到有天夜里，甘霖的屋里发出一声惨叫。潘风出来了，他本想过来跟甘霖说最后一句话就走，但摸进屋里之后，他的想法就升级了，变得不可捉摸和肮脏。

他将整个身子压了上去，最终还是没得逞，挣扎之中，甘霖的胳膊被割破。也在这一声惨叫过后，数十个工人冲了进来，将潘风好好揍了一顿，又将其送回了看守所。

夜真的很平静，事件的发生和结束来得那么快，去得也快。

甘霖的助手跟夏中秋一起办理的入职手续，这种新员工往往都会互留电话，也正是这样的机缘巧合，夏中秋连夜买票飞了过来。

他坐在飞机上，恨不能再跑起来，他一刻也等不了。甘霖发生这样的事，他的第一想法就是废了潘风。

直到见到甘霖，夏中秋抹着泪水走到跟前，心疼地站在一旁。甘霖还没接受他，他连握手的资格都没有，更别提拥抱。他只能站在她身边浑身颤抖。

"我没事，你怎么过来了？"甘霖的情况还算好，因为这件事，她可以确定，潘风这个人真的从她的世界离开了，他的肮脏和邪恶都将成为幼稚的一抹风景。

"甘霖，我担心你，一听到消息我就赶回来了。"他整个人立在那，进退两难。

甘霖把脸埋进胳膊，距离事情发生已经快十二小时，只有夏中秋不远千里赶来看她。尽管他看上去那么孩子气，那么地烦人，但此时此刻，甘霖的心是温暖的。

她的目光渐渐明亮起来："你坐吧，别站着。"

崔挽明得知情况后，第二天下午才赶过来，作为直属领导，发生这样的事他负有责任，就算再忙都得赶来探望。见夏中秋在这，也深明其意。安抚好甘霖之后，夏中秋也决意跟崔挽明坦白想法。

"老师，你让我回来吧，我想陪甘霖几天。她真的需要我。"夏中秋已经变得诚恳了很多。

崔挽明欣慰道："你小子行啊，有魄力，也有担当，甘霖要是接受你，我相信你会做一个好男人的。这样吧，想回来就回来，正好帮她把试点工作撑起来，也算有个照应。"

夏中秋毫不犹豫地谢过崔挽明："我会的，老师。"

此时此刻，他不再关心三亚的地怎么种，不再关心李大宝的工作该如何开展，因为他突然醒悟，工作这种事，缺了谁都能进行。但凡领导批准的事，他心里自会去协调安排。

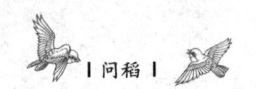

千万不要试图体谅领导的难处，很多时候，领导处理困难的能力要比你强一百倍，只不过，你可能失去了一次历练的机会。而对目前的夏中秋来说，一百次历练也换不回一次甘霖的转身。

他的奔赴是值得的。

张磊的离开虽让崔挽明猝不及防，但也是没办法的事。人各有志，崔挽明这人从不强求别人做什么，只是这样一个难得的下属就因为几句批评便愤然离开，显然还不是一个成熟的员工。

至少在崔挽明这儿还不达标。既然回老家休整，就随他去吧。

目前最要紧的便是四百亩繁种地该上哪儿落实的问题，这件事已经困扰他很多天了。之所以不跟身边人商议，就是想秘密完成这件事。

因为他很清楚，公司不止一个人盯着这些种子，他只要表露二次南繁的意愿，肯定有不怀好意之人站出来抨击他。为了避免冲突的发生，干脆先斩后奏。何秋然一走，生产部没有人拦着他了，他可以大展拳脚。

儿子崔卓离开青岛的第二周，崔挽明便来到了阳城农科院，这里有一位退休的旧友。那是崔挽明第一年上三亚的时候结识的老育种家，当年还是这个研究院院长，在三亚搞小麦和棉花制种的时候还很精神。崔挽明跟他有过三两次的接触，至于他对崔挽明还有没有印象，崔挽明就没有底了。

白腾宇今年已经七十八高龄，退休后非但没回家，而且始终如一地坚守在育种一线。单位考虑到老先生的贡献，很欢迎他来院里工作，就连他当年办公的地方也给他留着。换作一般单位，早就将其扫地送走了。

崔挽明打听到办公区，来到大楼门卫处，刚要进楼，就被拦了下来。

"这位同志,你干吗的?不打招呼就往里走,你等等。"老大爷也就五十出头,戴着帽子,腰间别着一串钥匙,宽松的衣裤套在他身上,像荷叶包着的烧鸡。

崔挽明赶紧回身,弯腰道:"呀,你看我,太着急了,忘登记了。"

"着急也不行啊,着急也得登记。"大爷上下打量一番,得出结论,"你头一次来我这吧?以前没见过你。"

崔挽明哈哈一笑:"您真神了,一天到晚这么多人进出,外人也不少来吧,这你都记得住?"

一顿浮夸的称赞,大爷也高兴了:"这算什么,不夸张地说,你就是进来一只鸟,我都认得它来没来过。说吧,来找谁?"

崔挽明扬眉指了指值班室桌子上的登记表:"我写上面?"

"不不不,先不写,你就说找谁,他今天要没来,你就不用登记了,明白吧?"

崔挽明放下手里的笔,回道:"我就想看看白腾宇老院长,我听说他还常来办公。"

"白院长啊?那你可来错地方了,这个时候老院长都在后院晾晒种子,不到中午不回来。你就不用上去了,顺我这屋子往西边走,到头再往北,那就是科技园区。"说着,将崔挽明手里的笔接过来,放回桌上,端着茶缸继续回到自己的座位,将广播声调大。

崔挽明只好朝他摆摆手,去了园区。

白腾宇见崔挽明走过来,半天才回想起来:"你是……北川大学的小崔?"

"白老师好记性啊,这么多年还能记住我。"崔挽明说着,将白老师从地头搀到埂子边。

"果然是你啊,怎么想起来我这了?来出差了?"

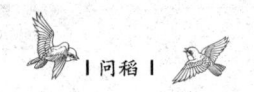

崔挽明知道老先生为人,也就不拐弯抹角,直接表明来意:"白老师,我这段时间一直在阳城,有个项目在这边执行。最近遇到点困难,一下就想到您了。所以我得拜访一下您。"

崔挽明的直白在白腾宇看来是真君子的做法,虽然崔挽明只拿着一袋水果来到跟前,但他并不觉得不受重视。一生清白质朴的育种家,从来不沾歪风邪气。崔挽明但凡拿着名贵东西进来,别说办事了,根本不可能跟他闲谈。

不过,他还是开起了崔挽明的玩笑:"怎么,有事就想到我了?你来阳城这段时间怎么不来?你也是个无利不起早的人。"老先生说完,自己都忍不住笑了起来。

"时间快啊,我得知秦怀春入狱的时候,心里很不是滋味,虽然我没去具体了解事情经过,但老秦确实可惜了。一辈子的名节就那么毁了。不过,他有了你这个好徒弟,也算是有所继承了。"白腾宇一下就把谈话拉到秦怀春身上,这让崔挽明十分痛苦。

"秦老师的事我负主要责任,要不是我抓着不放,他也不会入狱。在林海省,同行都骂我是个叛徒。这不,我离开北川大学,上了华河省金穗市,在金种集团负责育种和生产,转转悠悠,还是离不开这个圈。"

"那个事过去了,是非论断已成定局,你坚持了原则和正义,就不要再思考了。这么说,你来是为了金种集团的事了,说吧,看我这一把老骨头还能做点什么。"

"这里风大,白老师,咱们回屋里谈吧。"崔挽明替他拉了拉外套。

老人摆摆手:"在哪儿都没在地头舒服,就在这儿谈吧。"

崔挽明清楚白腾宇的秉性,便直言了自己的难处。

白腾宇一听,顿时皱起了眉头:"四百亩地可不是小数目,当年我在三亚的时候,确实给单位搞了不少繁种地,那也没这么大面积。看来你小子是要干大事了。不过,我早就退居二线,你认识我的时候我就到岁数了,厚着脸皮单位才把我留下来。现在想要办成一件事,恐怕得看人家给不给这个面子。"

之所以来找白腾宇,是因为崔挽明知道他当年在三亚有着万事通的本领。因为从二十世纪七十年代就开始南繁的白腾宇早早就结交下了不少本地人,甚至很多贫困家庭都在他的帮助下挺了过来,现在有的已过上了富裕生活,这些人每年都会给白先生寄东西买礼物,从未忘记他对大家的恩情。

最重要的是,三亚这个巴掌大的地方,哪个市哪个区的土地适合种什么,水田多少,山地多少,都在他心里装着。虽然崔挽明在崖城一带也能找到这样的人,但都算不上海南通。唯有白腾宇才能做到心知肚明。

"白老师,我这个确实是大难题,能想的办法都想了,你要是解决不了,我可能就得改变种植计划了。这件事您不要为难,要是牵扯到阳城农科院,咱们就不推进了,不能为了我的事让您拖欠人情。"

崔挽明虽通情达理,深知白腾宇的难处,但他也清楚,阳城农科院自从白腾宇退了之后,三亚的用地面积就削减了四分之三,剩下的地至今还荒着。这可是当年花金贵钱承包的土地,现在大家去三亚的热情也在减退,用地也就降了下来。

一提到这事,白腾宇就生气:"想当年,那块地还是我牵头参与承包下来的,那时候土地便宜,一承包就是五十年,现在国家不允许这样搞土地租赁了,想租都租不到。你放心,我们用剩下的地,正常来说是不许外人用的,承包费你正常出,事情我去谈,实在不行,我还有别的方案。就是凑也能凑够数。"

白腾宇的话让崔挽明实在感动,两人多年未见了,当年的情谊也不见得多深厚,顶多算育种家之间的惺惺相惜。但往往是这样的情谊,胜过身边的久伴之人。

崔挽明帮他忙完手里的活,拎着晒干的种子回了办公室。

那晚白腾宇邀他上家做客,吃了顿简单的家常饭。第二天,崔挽明就打道回府,回去等消息。

可还没等他下车,这边就给他答复了,阳城农科院的地不外包,白腾宇在东方市那边找了一个相对偏僻的地方,问他行不行。崔挽明想都没想就答应了。

这可算帮了大忙了,崔挽明就想要个偏僻的地方。说是想要阳城农科院的地,那是给白腾宇面子才那么说的,那么显眼的地方,怎么可能拿来制种?只会招蜂引蝶,引火烧身。

有了土地的保证,接下来就是人员了。李大宝虽说熟悉那边的种地流程,但毕竟还是新手,夏中秋因为甘霖的事又不得不离开三亚。这是崔挽明万万没想到的事。

眼下可用之人已经没了,手里所有的牌都打出去了。每个人都在自己岗位上,况且信得过的人寥寥无几,难道自己悉心规划的制种就要落空?刚才还沉浸在喜悦当中,突然就沉默下来。直到他回到阳城试点,看到秦远征的侄子,这才醍醐灌顶,有了眉目。

对,就是秦远征!没有人比他更珍惜这批种子了,派他过去一定能行。

果不其然,秦远征得知任务后,毫不犹豫地应了下来。更让他感到开心的是,崔挽明通过走绿色通道,已经把盐岛98的植物新品种权申请下来。这也意味着这批种子具有了合法有效的保护性,再不用担心别人惦记了。

有了秦远征的帮忙,李大宝也算有了主心骨。夏中秋离开的那几天,他日日闷闷不乐,脑瓜都快起大包了。现在好了,李大宝可以做一个完美的配角,实施好秦远征的想法和计划了。

不过,秦远征一走,侯延辉的电话随之就来了。秦远征这几个月一直在他的销售团队里搞栽培技术推广宣传,也成了队伍的主心骨,突然抽离,让侯延辉没法跟兄弟们交代。侯延辉索性问起了崔挽明的责:"搞什么栽培技术,你们一个个懒成什么样了?秦老师在你们那多长时间了,那点东西还没学会?侯总,不是我说,你们销售部该好好管理了,告诉他们,趁年轻,好好学点东西。另外,种子不是邮给你了吗,一天到晚吵着要种子,有了产品你们不抓紧搞种子市场,还费什么精力搞栽培技术?那是后期的事。"

崔挽明的这通话虽然难听,但句句在理。有时候崔挽明也在想,他刚来金种集团的时候,销售业绩就在走下滑路,那时候觉得是公司上层出了问题。随着对公司的深入了解,他发现问题的根源在下面。

不过,这么去跟侯延辉谈话,确实不合适,毕竟他俩也算平级关系。崔挽明这个爱教育人的毛病从工作那会儿就一直带着,只要逮着个理,便往死不饶人。

侯延辉以前何许人也,在销售部谁见了都害怕的人,这下在崔挽明跟前算领教到什么叫狠角了。

/ 第十八章 /
内外夹击

虽然崔挽明这个人过于自信，但在侯延辉看来，这个人身上无时不闪现着光芒。

不过，崔挽明背着公司进行二次南繁的事注定是捂不住的，马上，技术部、生产部和销售部的上层都会把注意力集中到这里。崔挽明想瞒天过海那是不可能的事。

这也是侯延辉担心的事情，作为知情者，他选择默认崔挽明的行动，一旦上面追责起来，他必然会受到牵连。但他始终有种感觉，总认为崔挽明是个有着能化险为夷的本事的人，也就放下了担心，把工作重心转移到了盐岛98的宣传上面。

很快，崔挽明就接到了上司罗思佳的电话。这个人已经很久没给崔挽明来过电话了，自从设备路过金穗市，他陪张志恒参加一次欢送仪式之后，便再没给崔挽明沟通过项目的事。

"罗总，您好，有什么吩咐？"崔挽明心里已经有不好的感觉了。

当时何秋然作为罗思佳最得力的助手，就因为干涉崔挽明的项目行动，被罗思佳派到了国外，为的是维护自己的权力地位。

崔挽明在想，这样的虎狼上司，谁做了下属都要倒大霉。看来这突如其来的电话必定凶多吉少，心里也拉起了防线。

罗思佳沉稳地坐在办公室，铿锵有力地说道："挽明啊，我都听说了，项目推进很快，照这个进度，年底就能完工，真是辛苦大家了。等你们回来，我代表公司给你们接风。"罗思佳上来就开始客气。

"感谢领导慰问，我们争取提前完成任务。"崔挽明不敢多说话，把话推给对方。

"好，那就等着你们。"罗思佳在电话里停顿了两秒，马上调转话头，问道，"对了，挽明，南繁的种子是不是该回来了？你不在公司，这边我替你盯着啊，需不需要做什么准备？"

崔挽明两眼一闭，把电话从耳边挪开，喘了口粗气，他知道，罗思佳这个老狐狸就是在试探他。早不问晚不问，偏偏这个时候来电话，一定是了解情况才来发问的。

但这是个藏不住的事，就是没找到足够的理由说服公司来做这件事。崔挽明现在只能陷入被动。他觉得没有必要隐瞒了，直言道："罗总，我打算再繁殖一个季节，这样种子量就上来了，也好为开春的销售做足市场供给。"

罗思佳故意沉默了两秒，然后怒斥道："你说什么？挽明，你搞什么呢？这么重要的事不和我商量？"

确实，职场做事最忌讳耍小聪明，最忌讳越权办事。而崔挽明两样都占了。

"罗总，这个事等我回去跟你解释，请你谅解。确实是市场所需，我们这个季节的种子遭受低温冷害，种子量不够，我也是迫不得已才这样。"

"好啊，你长本事了啊，我以为他们说的是假的，果不其然，你还真给我捅出了大娄子来。你别等了，现在立马给我飞回来，我在公司等你。"

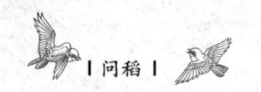

崔挽明还想说什么,那边已经挂了电话。

此时此刻,他才意识到问题的严重性,但也为时已晚。罗思佳很少揪住人不放,崔挽明给出的理由很合理,也经得起推敲和论断。但在罗思佳那里,崔挽明即便有一万个理由,也不该擅自做主。要知道,四百亩地一年的承包费用至少也要十万块钱,虽然这笔开销公司不缺,但也不能不经批准就先斩后奏。

以前在北川大学的时候,我行我素的作风改不掉,现在把对工作的热情和投入带入到自己行事逻辑里,马上就表现出弊端来。

着急也没用了,领导让回去,本来那头就着火了,为了长远考虑,他不好再违背罗思佳的意思,只得硬着头皮回去。

见到罗思佳的时候,等待崔挽明的变成了三个人:罗思佳,销售总监韩瞳,加上技术部耿爽。

这三个人一直是崔挽明心中的难点和痛点,没想到罗思佳为了收拾他,居然抱团。见三人坐在罗思佳办公室,崔挽明有些惊愕,也有些无从开口。

"韩总,罗总。"他顺便看了眼耿爽,"耿总。"

罗思佳臭着脸,看似一言不发,但想说的全都挂在脸上。韩瞳稍显沉稳,首先开口:"你刚来公司不到一年,说实话,这个决定有点冒进,也欠缺考虑,更重要的是,不讲规矩。你是公司一员,做事不能太个人主义。"

韩瞳的话还是很官方,腔调很正,套路满满,明明是在教育人,但看上去又那么温和,起码听上去不让人生厌。

崔挽明刚想张嘴回复,罗思佳抢了一句:"你先别说话,让耿爽说两句。"

很明显,这场批斗会的发言权已经掌握在罗思佳手中,崔挽明陷入了绝对的被动。

耿爽把手放下,端起水杯轻轻吸了一口,然后站起来,一只手插进兜里,绕崔挽明一圈后,说:"以前公司没有耐盐碱种子,所以把我从中擎派过来做全职技术,崔总你着急市场布局,所以花大价钱买了盐岛98,我们呢,也马不停蹄地做品种研发。如今种子繁好了,我们连眼瘾都没过,崔总又要种下去,我想知道,种子量是真的不够,还是另有原因?"

耿爽的话显然就刻薄很多,丝毫不给崔挽明留面子。此时的他已经怒火中烧,他只觉得面前的三尊肉体凡身实在愚蠢至极,如若不是,那便是另有所图。

"你别不服气,我跟你说,这个事我早就有所担心,四百亩地,好几百吨种子,开春是耐盐碱水稻市场的第一年试水,你搞那么多种子干吗?动动脑子,我看你是魔障了,该清醒了。"

罗思佳最后发完言,崔挽明抓住时机开始逐一攻击:"各位老总,这件事确实有我不对的地方,特别是罗总,何总出国之后,生产的事就落在我身上,出了事,我是第一责任人。我想这也是公司对我的信任,才会把重担交到我手中。"

"那也不是你胡乱行事的理由。"罗思佳插了一句。

崔挽明没有理会,接着说:"几百吨的种子要卖种到盐碱地里去,靠来年指定是不行,但这个米品质很好,完全可以走优质米路线,进军优质米稻区种植。盐岛98要想立足盐碱地,首先需要借助常规种植的渠道来打开市场。"他看了眼韩瞳:"韩总,你认为呢?"

韩瞳气愤地摘掉眼镜,反问道:"这件事侯延辉有没有份?简直无法无天,公司的几大部门都让你带坏了。"

崔挽明抿嘴一笑,接着道:"要说花钱,我想,在座的都清楚,技术部每年要吃掉公司财政收入的百分之八,这是什么概念?现在既然技术部做出了苗,那也算没白白烧票子。不过,耿总,要想尽快扩大种子量,走公司自主品牌的耐盐碱品种销售途径,我给你的建议是尽快南繁。你要信得过,交给我来做,给我十斤种子,我种两个季节,给你五十吨原种,你做什么都够了。"

"你……"耿爽被崔挽明气得说不出话,"技术部的事还轮不到你来管。"

崔挽明虽然口舌争辩能力不输他三人,但毕竟,在罗思佳和韩瞳面前,他始终是下属。要想定他的罪,那就一定能做成。

"这个事没得商量,挽明,你先回公司吧,把手里的工作停了,我会向张总交代。"

罗思佳的话让崔挽明一下惊住了:"罗总,什么意思,你要停我的职?"

"是把工作停了,好好检讨。另外,繁种的事也给我停了。"

崔挽明苦笑一声:"罗总,不好意思,种子已经播下去了。"

"什么?崔挽明,你疯了,你简直不可理喻!"

随着罗思佳摔门而出,耿爽也不高兴地走了。而韩瞳出门便掏出电话,给侯延辉一顿训斥。

侯延辉咬死不承认:"韩总,你真是冤枉我了,我怎么可能干涉制种的事?手里的事都快忙疯了,哪有时间管其他部门的事?这不前不久盐岛98的种子刚给我邮了两百斤,让我布点,我哪知道后续的事……"

这个时候的侯延辉选择自保绝对是聪明的,因为他明白,这一次崔挽明把韩总和罗总得罪了,这个苦果吃定了。物联网和水利改造项目还在推进阶段,不知道接下来该谁来接手。他如果再牵连进来,断了销售市场这块根基,那今年所有的工作都凉凉了。

马上,侯延辉的担心就灵验了,经罗思佳和韩瞳的联名,崔挽明留职停工的决定已经得到了张志恒的允诺。张志恒对崔挽明的才能再青睐,也不得不采纳两位老总的意见。

张志恒很清楚,碱巴拉项目的发力点还没有到来,崔挽明已经打通了项目中最难的节点,剩下的就是人力物力的投入。而崔挽明的贸然行动和上下级观念缺失的表现,确实需要引起思考。

崔挽明心有猜疑,但始终坚持自己。他即便从前线撤了下来,还是被当作罗思佳的助手参与项目中。

而首先遭到崔挽明怀疑的人便是罗思佳。

崔挽明被按在冷板凳上的消息一下在圈内炸开了锅。

侯延辉是第一个得知消息的人,为了保证项目顺利进行而不受干扰,他试图将消息封锁。

这几天,从张可欣那打来的电话就不下十几个,询问的东西都是一个:为什么崔挽明一直不上线指挥工作,也不开视频总结会议了,到底出了什么问题?

这件事的严重性先不说有多大,侯延辉觉得这里面水太深,上层作这个决定的真正原因是什么,谁也不好说。因此,这个时候他不敢随意散布消息。

但很快,罗思佳便在碱巴拉项目工作群现身了,他的言辞很委婉:崔总最近身体不适,项目暂由我接管,各小组准备资料,下午咱们开个视频会,碰一碰项目详细进度。

消息发出去,群内沉默了十多分钟,每个看到消息的人都瞪大眼睛瞅着屏幕,都在等一个能把事情讲清楚的人。

崔挽明的电话一下就被打爆了。但他早已经调整为飞行模式,他知道,一连串的问题等着他回答,这个时候他没有心情挨个解释,更不想影响大家的工作。过了几分钟,王帅过来敲门。

"崔总,张可欣联系不上你。"他指了指手里电话。

崔挽明朝他点点头,看了眼自己手机,还是没理会。

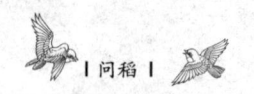

王帅离开后马上给张可欣回话。

"在办公室呢，看样子心情不太好，这事在公司都传开了，也不知道发生了什么。"

"不知道问去啊，王帅，你赶紧，我不管你用什么办法，让崔总给我回个电话，赶紧。"张可欣不是请求，是命令。

看她这么着急，最主要，他也想知道这背后的秘密，索性又来到崔挽明办公室。

王帅进门张口就来："崔总，出事了，那边来电话，张可欣出事了，你快问问吧。"

果然好使，王帅是真坏，下三烂点子装满了肚子。

"崔总，大家都等着呢，出事了你应该跟我们说一声，罗总已经在群里宣布接管你工作的事了，看见了吗？到底怎么了？"

面对张可欣的追问，崔挽明自知躲不掉，把事情原委全盘托出。

张可欣知道事情的复杂性，既然三个部门领导都出奇一致地针对崔挽明，这件事就没那么简单。她也清楚，这个时候抱怨已经解决不了问题，安慰崔挽明道："崔总，事已至此，你好好休几天，剩下的事交给我们，请你放心，有问题我会第一时间和你联系。"

表面平静的张可欣，内心早已沸腾开锅。挂断电话，马上新建了一个群，把消息通知到大家，也算是让大家心里有个底。

"碱巴拉项目是崔总的心血之作，现在他出了状况，其中到底有什么问题，不是咱们能解决的事。大家要清楚一点，越是这个时候，越不能乱了阵脚，如果咱们不替崔总把压力扛住，项目一旦出了问题，崔总的心血就毁了。"

张可欣对大家的嘱咐很客观，也很理性，但她话一出，群里的兄弟姐妹就按捺不住了。

首先站出来表达不满的就是夏中秋："凭什么？崔总付出那么

多,研究就要出成绩了就被撤走,我看有人想窃取果实。"

一看这话,张可欣立马拨通夏中秋电话,告诫道:"你疯了?什么话都说,人多口杂,这种话怎么能在群里说?传到罗总耳朵,你不想干了?"

夏中秋这才意识到自己的莽撞和幼稚,但话说出去也收不回来了,自己也不好圆场。

霍传飞借着夏中秋的话道:"大家还是听可欣的吧,先把手里工作干完,我想崔总还是会回来的。"

张磊在老家陪伴父母,也不经意看见了群里的消息,得知了崔挽明的遭遇。但此时的他已无颜面对崔挽明,连打个电话的勇气都没有,只能看大家你一句我一句地讨论,自己只有干着急的份。

不过,这件事让张磊更加坚信一个理念:对坏人,就应该以牙还牙,永远都要站出来维护正义,逃避只能让自己越陷越深。

侯延辉担心张可欣处理不好,特意又跑了过来。

"你打算怎么办?罗总这次空降接管崔总工作,对你应该是不小的挑战。"

张可欣呐呐嘴,不太确定地回道:"我担心的不是这个,侯总,如果罗总这次是刻意针对崔总,我担心我们几个都不好干事了。这样的话,项目推进会出问题的。"

侯延辉思考道:"不是没有可能,罗总和韩总都是公司股东,他们想针对崔总,那是手到擒来的事。但我料定罗总不能拿你们开刀,只会对你们更好。"

"这话怎么讲,我们可都是崔总一手培养起来的,罗总能对我们交心?"

"交心倒不至于,碱巴拉项目是公司目前的核心任务,没有人敢从中破坏,甚至公司上下都可以说一条心对待。不过,涉及利益分

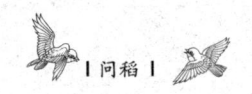

配,有些人就会跳出来找事。而你们这些骨干,才是真正推进项目的中坚力量,最重要一点,你们在公司没有话语权。"

侯延辉的话十分在理,一群没有话语权的中坚力量,换言之,就是一群会干活不能说话的工具人。公司最喜欢的就是这样的角色,不管到什么时候都不会弃用。

而崔挽明不同,他是一个既会干活,又会说话的人,自从来公司起,就一直带着闪光,直到现在,锋芒毕露。

"不管怎么说,崔总这次太冤了。咱们能做点什么呢?"

"只能努力把项目干好,这也是崔总所希望你们做的。"

罗思佳在群里宣布他的到来,除了几个无关紧要的人回复之外,关键的骨干无一人回应。很显然,大家虽然解决不了崔挽明的问题,但也想给这个新来的老总一点压力。

老大都被弄走了,他们中的任何人也就不惧怕再被针对。

过了两天,罗思佳又发了一条消息:"经公司商议,崔总作为项目副指挥,协同工作,大家有问题,随时跟我们沟通。"

罗思佳这两天也十分恼火,就拿他组织的视频会议来说,让大家准备的项目进度信息,人人都草草对付,没有一个像样的文案。

让崔挽明作为副指挥,也不知是公司的意思还是他自己的决定。张可欣看到这条消息,在心里大骂罗思佳恶心至极。这就是吃人不吐骨头的做法,抢占了崔挽明的头功,还要拉着他主事,这太能欺负人了。

果然,没等大家回应,崔挽明就在群里回复道:"罗总,抱歉,我恐怕不能胜任,身体实在吃不消,加上家里事太多,需要我去处理。大家团结一心,祝工作组早日出成绩。"

"崔总好样的,咱们不能任人摆布。"看到消息的人,无不叫好,心里想的都是这句话。

不过崔挽明知道,虽然他对罗思佳不满,但项目还是要执行下去。这两天为了安抚大家,他没少给大家通话。

在这些人当中,只有一个人和崔挽明的想法不同,那就是储健。

他已经在三亚待了很长时间,自从耿爽对他实施排挤之后,置身三亚的他带着团队确实认认真真地做了一些事情。现在的耐盐碱种苗已经进入第二生长季的种植,来年春天也有一定的种子量,进度比耿爽手里的材料还要快。

得知崔挽明被夺权之后,储健的第一反应就是公司恐怕要变天。

碱巴拉项目涉及金额太大,中擎生物投入这么大资金,难说会搅起几条大鱼,水自然就浑了。为了崔挽明的事,他特意回了一趟金穗市,这件事没让公司任何人知道。

储健到家里拜访也是崔挽明未曾料到的,来者是客,更何况是交心之人。两人许久未见,自然要把酒言欢。但最为重要的是,储健带来了一个重要的信息。

"我没想到,这件事耿爽也有份,罗思佳居然拉着耿爽一起开你的批斗会,她简直太狂妄了。常丰都没出面,她代表得了技术部吗?她这是给技术部找麻烦。"

储健上来就想为技术部开脱,这也情有可原。耿爽到公司之前,技术部的工作很纯粹,也很少涉及人情往来,就是一个中心,做项目研发。也不知为何,突然就多了钩心斗角的成分。这让储健十分寒心。

崔挽明笑着拍了拍储健肩膀:"你放心,我这个人爱憎分明,就算我以后飞黄腾达了,也不会拿你技术部问责。这个我可以向你保证。"

"储总,你也看到了,崔挽明就这个德行,自己都什么情况了,还飞黄腾达?他这个人啊,别的不行,阿Q精神倒演绎得不错。"林

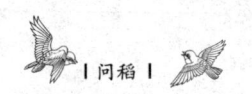

潇潇一边在厨房忙活，一边接着崔挽明的话。

储健笑了笑："崔总是有大智慧的人，不过，说到耿爽，有件事我有必要跟你提一下。这件事我注意了很长时间，恐怕耿爽手里的技术已经在走商业化了。公司什么意见我还不清楚，但据我掌握的消息，这件事错不了。"

"商业化？"崔挽明搓了搓手，翻开侯延辉之前给他的语音："崔总，技术部现在也给我派活了，要搞什么技术市场开发，也不看看，我都忙成什么样了。"

"从侯总发来的消息，可以断定，这应该是公司行为，不是耿爽私自在搞，她没有那么大能耐，也绝不敢做这事。"

储健心里咯噔一下：上面在搞什么鬼？

崔挽明近日也一直在想张志恒在整件事上到底起到什么作用，他对碱巴拉项目始终很谨慎，尤其是技术方面的事，怎么可能随便拿出去搞合作，更不可能做技术销售的买卖，那等于砸自己饭碗。

但现在的情况无不指向相反的事实。特别是储健提到耿爽已经在行动，难道技术真的被公司处理了？

卖不卖技术那是公司的事，崔挽明无权干涉，他只是觉得这一步走得不合时宜，品种的大面积种植还没实施，具体品种表现如何还有待考证。如果没有应用推广的支撑，贸然把技术拿出来，一旦适应不了大面积盐碱地种植，很可能让自己陷入被动。

但现在说什么都没用了。既然自己坐了冷板凳，也跟罗思佳表了态，就不会轻易插手碱巴拉计划的事。

因为他一直在等张志恒给他一个答案，在他心里，这个项目是他的心血，如果就这样从他手里夺走了，他宁愿离开公司。

现在他师出无名，但罗思佳想借他的力来完成自己的业绩，崔挽明不会让他得逞。

今天是他回到办公室的第二周,公司同事从他办公室路过都会刻意地加快脚步,生怕给自己带来什么说不清道不明的麻烦。

因此,他的门已经很久没人敲了。

"看来我们的骨干有情绪了。"张志恒终于推门进来了。

崔挽明足足等了他十天,这要换成别的事,崔挽明早就主动上门了。但这件事不同,他心里有冤屈,老板不开口,他绝不能上前理论。

"张总,您来了。"崔挽明似乎知道他要来,提前烧好了开水。

崔挽明从凳子站起来,腰还没伸直,就被张志恒按了下去:"坐下说。"

崔挽明不知该如何开口,又起身,走向资料柜:"对了,张总,项目的详细进度和相关材料,我留了一份,您看看。"

张志恒接过厚厚的材料袋,顺手放到桌上,并没去翻看,只把手伏在袋子上,语重心长道:"这都是你一拳一腿干出来的啊,不容易。"

"应该的,张总,当初要不是您信任我,也不能把这么重的担子放到我这里。结果我没处理好,破坏了规矩,还让各位领导跟着操心,实在不应该。"

崔挽明没说两句就开始数落起自己的不是,这当然是说给张志恒听的。领导都找上门来了,自己再不主动拉出话题,就太不应该了。

张志恒皱着眉毛,摇摇头:"小崔,这个事它是有两面性的,很多时候我们干工作,就是要面对抉择取舍。至于对错,也是要看情况来定,不能予以全盘否定。"

"嗯,这件事我应该提前跟罗总沟通,就不会闹出无法挽回的局面。"

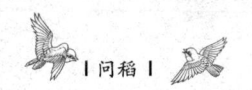

崔挽明继续数落自己，但按他内心真实的想法，他绝不想跟罗思佳沟通，也绝不想挽回局面。那批种子现在已经发芽，不出二十天就能插秧，就算天王老子来也阻止不了它的生长进程。这就是崔挽明给出的态度。

张志恒岂能不知他的想法，只好回道："你小子，谁都算计不过你，老罗这个人你要辩证地看，他为什么把何秋然从公司派到国外去？是我们非得要引种回来吗？的确需要，但也不急于这一年。老罗是考虑到你和何秋然的处境，怕你们不好相处，你又在项目执行的最前线。他才作出这样的决定，就是要给你腾出空间，让你自由发挥。"

张志恒的话让崔挽明有种耳目一新的感觉，这个理由他说什么也想不到。但从张志恒嘴里说出来却又头头是道。

他感慨道："张总，这件事，看来是我狭隘了。找机会我一定谢谢罗总。"

"我不是那个意思，小崔，我是让你别有情绪，让你从前线回来是我的决定，老罗是你的上司，他在这个时候想冲上去，我应该点这个头。加上你育种任务重，很快，技术部的种子也需要南繁，一个耿爽，一个储健，还有常丰，手里都有东西，也都是碱巴拉项目着急的事。我想你把心收一收，往育种方面集中一下。老罗那头呢，你要有精力，也帮衬一下他，这个项目不是我的，也不是老罗的，是公司的。这些你都要理解。"

崔挽明听明白了，张志恒说一千道一万，还是因为老罗的分量比他重。作为公司股东，张志恒作这样的决定理所应当，他不可能因为崔挽明而得罪罗思佳。

"我理解，张总，公司的决定我服从，这几天我就准备准备，上三亚。"

不管崔挽明是否情愿，张志恒作为领导，把自己的意思传达了，也拿出了诚意予以安慰。就像张志恒自己说的那样，事情需要辩证地看待。

这是崔挽明来金种集团领受过的最严厉一课，他也探清了公司的水到底有多深。吃这个亏，得失参半，并不算完败。

"既然没别的事，我先过去。你照顾好家人，家人好了工作才能干好。"张志恒补充道。

崔挽明微笑道："谢谢张总，还有个事我想请张总直言。"

"你说。"

"耿爽那项技术，公司在寻求合作了？"

"这是技术部的意思，我也在想，既然是解决卡脖子的技术，分享出去就能解决更多科研工作者的问题，也能拉动整个科学体系的发展，这是服务大局的事，我们董事会都很支持。怎么，你有不同意见？"

张志恒的反问让崔挽明内心一颤，赶紧回道："我以为是传言，张总，我没别的意思，就是想看看除了技术合作，还能不能在育种项目上找到共性，这样也能加大横向发展力度。"

张志恒抿嘴笑道："有想法，过后我把资料传给你，你研究研究。你繁殖种子的事老罗跟我说了，正常花费就行，不要有负担。"

一切都水落石出了，张志恒今天过来就是向崔挽明摊牌的，就是在告诉他，有些事不是他一人能决定的，也不是他想如何就如何的。

有秦远征在三亚主持工作，他犯不着提前过去。现在自己空出了时间，他也想把心里的另一个疙瘩给解开。

离开办公室，他给林潇潇去了个电话，买了车票就走了。

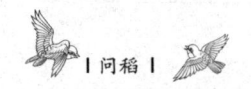

张磊这个小伙挺不错，无论工作能力还是人品都没得说。就是输在太年轻，缺乏历练。

崔挽明远道而来，对张磊的震撼还是很大的，他没想到领导会屈身前来看自己。这些天他也在想事情的原委，虽说自己占理，但关键时候当了逃兵，确实犯了大错。

为方便谈事，崔挽明放下给老人买的东西后，便将张磊找了出去。

"崔总，你这样来看我，我实在……"

崔挽明笑道："你别愁了，开心点，你看看，我刚把你气走没几天，我自己也被人扫地出门了。现在咱俩是一个处境，不，你比我要好，最起码你还能回去。"

张磊挠着头，心里一万个抱歉，却也改不了结局。

"崔总，我看到群里消息了，你别太难过。"

"打住啊，我可不像你，你看我像难过的人吗？多大点事！倒是你，我骂你几句怎么了？你是我的兵，别人骂还不行呢，就得我收拾。我今天就问你，你服不服气？"

张磊把头一低："服。"

"跟你说，像咱们这个行业，小人不单是小人，更是坏人，咱们不能当英雄啊，要学会用技巧处理。别的不说，潘风的公司在西部的业务是不能再做了，他们只会把账算到咱们公司头上，从长远来看，这就是隐患。这给了他们继续干坏事的理由，明白？"

张磊终于清晰地认识到事情的关键，连连摇头道："崔总，我这脑子算是完蛋了，怎么没想到这一层？该死！"

"这不怪你，在遇到我之前，你的工作是大田生产，处理人际关系不是你的长项。你跟我一样，都是临危受命被拉到了项目上做事，但你们几个都挺争气，没给我掉链子，我还想着等项目结束好好谢你们,没想到提前结束了。"

"崔总,上面怎么安排的,接着回生产部?"

"何总出国后,我也一直没好好梳理生产部的事,现在有时间了,我也想好好弄一弄。你要在家待腻味了,想透透气的话,就来找我。近期我要去趟三亚。"

"崔总,我现在就跟你走,不瞒您说,我早就快憋疯了,快带我走吧。我已经两年没去南繁了。公司本部待得我浑身难受。"

"不陪父母了?"

"崔总,你就别挖苦我了,我一个大小伙子,天天窝在家里算怎么回事?你放心,这次跟你走,以后不管干什么,只要你一句话,我第一个冲在前面。"

崔挽明拍着他肩头道:"冲在前面行,但是为了事业,不是为了找人干仗。"

"崔总,你又挖苦我。"

两人你一句我一句地聊着,挨着太阳下山的工夫,才上了返程的火车。

而张可欣这边在得知崔挽明的动向之后,情绪才渐渐回暖。

不过,正如她所担心的那样,罗思佳的到来,让项目推进陷入了僵局。

罗思佳亲临现场,开始挑毛拣刺,并发现了侯延辉在下面搞盐岛98宣传的事,借此挑事闹到了韩瞳那里。侯延辉也被批评教育,但没被停职。罗思佳在试点走马观花,到了现场瞎指挥一气,导致工程出了伤人事件。公司马上停工开会。

崔挽明这边得知消息,给大家在私下开了个会,并联系了王春生和魏莱,让他们去现场坐镇。

罗思佳作为公司的副总,实在没必要亲力亲为,但他把崔挽明

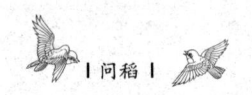

赶下台之后，自己必须上台装装样子才行。这不，视频会议未取得成效，马上就亲临现场了。

第一站便到了张可欣这总指挥的办公现场，秘书走在前面，替罗思佳打开门后，他径直朝正在工作的张可欣走去。

"小张，快起来，罗总来了。"冯秘书三十上下，但头发已所剩无几。

张可欣忙得入了神，还以为现场的同事跟她说话："你先忙你的，不要上我这捣乱。"

这把冯秘书急的，直接站到张可欣前面，用手敲了敲桌角，调高音量："小张。"

张可欣这才抬起头来，目瞪口呆道："冯秘书？"

"哎呀，小张，罗总过来看你了。"冯秘书挤眉弄眼地看向站在她身后的罗思佳。

此时的罗思佳脸上已经堆起了阴云，他把头转向别的位置，故意给张可欣脸色看。

她赶忙放下笔，站起身来，毕恭毕敬道："罗总，你怎么来了？"

罗思佳瞪大眼睛，被冯秘书抢先一句："小张，怎么说话的？罗总关心大家，更关心项目情况，这才车马劳顿过来探望一下。"

"小冯，不要搞这套，这是咱们自己的同事，我平时怎么教你的？一副官腔，以后注意点。"

冯秘书咧着嘴低下头，退到一边。

"小张啊，你们都不容易，项目做成这个样子，已经很难得了，了不起啊，我一路过来都在了解，有几个试点我顺道看了看，弄得很像样。"

张可欣谦虚地回道："罗总，这都是崔总带得好，要没有他带着我们干，也没有现在的进度和成绩。"

因为崔挽明的事,张可欣已经烦透了罗思佳,因此,上来就让他不痛快。

罗思佳的脸"唰"一下白了,迟疑了一秒:"是不错,不过,我也仔细看了,毛病也挺多,有些方面还要改进。"

一听这话,张可欣清楚罗思佳此次前来的目的了,除了要耍官威,还要把崔挽明的工作弱点找出来批判。

她有些后悔方才的顶撞,连忙给罗思佳沏了一杯茶水:"罗总快坐,您刚到这,工作的事慢慢再谈。我也好跟您先汇报一下眼下的情况。"

罗思佳放下手里的包,十分亢奋地回道:"什么事都能慢,这件事不行,大家现在都是急行军,不能因为我的到来就放慢脚步,那我岂不成了罪人?你这样,现在你组织一个会议,我要看看各个试点的现场情况,也好跟大家先熟悉熟悉。"

完了,张可欣在心中盘算道,看样子,罗思佳打算在这常驻了。这可如何是好,作为规则制定者,跑来一线掺和,让下面的工作还怎么开展?再说了,她刚组织完会议,这不是给她找事吗?

没有办法,只好硬着头皮在群里发了语音,把情况说明。罗思佳打开自己手机看了看,发现什么也没有。

"小张,什么情况?"他抬起手机。

张可欣没反应过来:"罗总,什么意思?"

罗思佳将手机往桌上一扔:"搞什么啊?我是总指挥,怎么不拉我进群?"

张可欣已然哭笑不得,只好解释:"罗总,你不知道,我这手机里的工作群少说也有几十个,一个任务一个群。我也想让领导处处想着我们,但这样一来,不是给领导添麻烦嘛。我现在把你拉进去。"

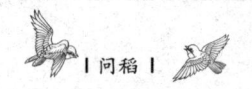

罗思佳的脸色终于恢复正常，进群后又把张可欣的话重复了一遍："大家辛苦了，时间紧任务重，我长话短说，眼看就要年底了，现在进度刚过一半，照这样下去，大家要原地过年了。我的意思，人不够加人，时间不够加时间。现在大家都摸索出经验了，应该很好弄才对，怎么进度就这么慢，搞不明白。现在大家都把视频打开，一来呢，我看一看现场具体到什么情况了，二来，我也认识认识大家，毕竟以后要跟大家一个锅里吃饭。"

张可欣愣在一旁，什么也不想说，群里只有稀稀疏疏的几个人对罗思佳作出了回应。

看群里氛围不太好，张可欣只能厚着老脸跟大家商量起来："金种的同志，听到话的都出个声，罗总日理万机，咱们尽量不拖泥带水。按照东西南北的试点顺序，挨个给罗总介绍一下试点情况。"

"收到，张工。"

"没问题，这就开视频。"

……

张可欣一呼百应的态势让罗思佳心里很不爽，他是公司的决策者之一，但到了下面才发现，一点权威都没有。他不禁怀疑这些年自己都干了什么。

罗思佳清楚，这次下来，工作难度很不一般。而所有困难的产生都被他归结为三个字：崔挽明。

"小张啊，你们真成了崔家军，特别是你们这些小年轻，生产部，销售部，我的话可听可不听，为什么？都是你们拉帮结派搞过头了。"

张可欣忙解释道："罗总，您真看得起我们，还崔家军，说到底，我们这些人，不都是为公司打工嘛。要我说，罗总，您就该在总部坐镇，下面情况复杂，事也多，忙起来谁也顾不上谁，我是怕您吃不消。"

"小张,这个你可以放心,有我在,罗总不会有问题。"冯秘书补充道,说完还不忘冲罗思佳笑了笑。

张可欣肯定地点点头:"好啊,罗总有这样的准备,看来咱们要提前完工,不用原地过年了。"

说完大家哈哈乐,但谁都心知肚明,眼下的工期只会延后,没法提前。特别是水利设施改造这一大块,崔挽明一走,直接停工了。张可欣作为总调度,手里找不到一个可用之人来接替,眼下又来个搅屎棍,其结果可想而知。

第二天天没亮,冯秘书就驾车带着罗思佳下一线去了。

等张可欣反应过来,人已经到了最近的试点。

因为在眼皮底下,所以这里只留守了几个看管设备的人,其余工程师都调到外地开展任务了。

一看工地没人干活,罗思佳鼻孔都冒火了:"小冯,看见了吧,咱们要不来,他们要欺骗到什么时候?公司拿出这么大决心支持搞这民生农业项目,咱们自己都懈怠,还指望别人?就这样,如何出成绩?拿什么出?口号吗?"

冯秘书从没见罗思佳发这么大火,上前劝慰道:"罗总,消消气,我去问问情况。"

马上入冬了,但这大片盐碱地发出的恶臭还是让罗思佳难以忍受,加上心情不好,差点没吐出来。他在想,这哪是土地,分明是地狱,寸草不生的地方,投入重金来搞试点,这不是糟蹋人民币嘛。立在田边,罗思佳的思绪一串接着一串,就连皮鞋踩进了碱水泡子都没发现。还是冯秘书打听完消息回来的时候才看见。

"哎呀,领导,你的脚。"

打眼一看,罗思佳苦大仇深地喃喃道:"这,小冯,你赶紧,车上找双鞋。"

罗思佳这回彻底爆发了,换了双运动鞋来到工人堆里,义正词严道:"金种的职工,出列。"

在场的六七个人你看我,我看你,谁也没动静。

"这是公司罗总,快点,别磨磨蹭蹭。"

这时候,站出来一个身材矮小的小伙,朝冯秘书点了点头。

罗思佳不等他站稳,呵斥道:"公司花钱养你们,你们就这么干工作?为什么停工?其他人呢?"

小伙吓得不敢抬头,双手掐在一起:"罗总,人都调走了,我负责在这看守设备。"

罗思佳脑袋里全是金星,看了眼周围,指着一台挖掘机道:"给我上人,连地都没找平,就不干了?抓紧。"

小伙又说:"罗总,挖掘机师傅也被调走了,我们都不会,干不了这个。"

"那也不能闲着,把设备都组装起来。明天早上我再来,还这个情况,你不用干了。"

这句话果然有用,受了惊吓的小伙在罗思佳走后,竟然怂恿工人上了挖掘机。没想到,一个操作不当,旁边的一堆设备被拍变形了,就连旁边的工人也被甩出去好几米。

这个突发情况传到张可欣那里的时候,天已经黑了,受伤的工人已经被小伙提前送到了市里,情况很不乐观。

罗思佳听闻,吓出了一身冷汗,三人马上驱车赶到了市里。但为时已晚,因内脏受到挤压,多处破裂,人已经没了。

冯秘书再能耐的人,这回也伺候不明白罗思佳了。他知道,这件事追责下来,罗思佳要负首要责任。

"不要慌,小冯,你去,让工人们别瞎说,把他们控制起来,消息封锁。"

"小张,你马上联系工人家属,谈赔偿,这是工伤。"

罗思佳把最后一点清醒的思路留在布置任务上,随后订了张机票,对冯秘书说:"我回公司,跟张总说明情况,碱巴拉项目出了人命,这不是小事,我要提前做好媒体的工作,这件事再不能节外生枝。"

看似合理的事由,实则逃脱责任,罗思佳的离开,直接将担子甩给了张可欣。这么大的事故,面对家属,她如何承受得了。情急之下,马上致电崔挽明。

张磊和崔挽明刚到三亚两天,就出了这样恶劣的事情。

"你别着急,马上报案,如实做好笔录。这件事必须走正规程序,不能乱来。"

"崔总,可罗总让封锁消息,不让泄露,我……"

"你清醒点,听我说,警察做笔录的时候,就事论事,导致事件的直接原因是工人操作不当,属于突发事故。至于为何操作不当,这不是你该管的,这里涉及罗总的主体责任,不管怎么样,他都逃不了干系,处罚是一定了。"

"崔总,可是……"

"没有可是,趁罗总回公司之前,我先给张总汇报情况,把安装工程停了,马上安全检查。"

崔挽明已经满头大汗,他费尽心力的项目,就要因这个转折点发生巨变了。

第十九章
战火殆尽

纸是包不住火的,就在工人送往医院的途中,消息已经由事发点传遍了整个项目群。一时间,讨论声四起,侯延辉得知后,第一时间电话打给了张可欣,并连夜赶到了市里的医院。

"不要怕,这件事跟你没关系,不会有事的。"

张可欣眼睛都哭肿了,浑身抖个不停,面对侯延辉的安慰,拼命地摇头:"怎么没关系?要不是我把人调走了,就不会发生这样的事。侯总,我会不会坐牢?我不想坐牢。"

看着泪如雨下的张可欣,侯延辉的心碎成了一捧沙砾。他把手放在张可欣肩膀,肯定道:"傻啊你,怎么可能坐牢?调走人是为了协调工作,不是造成事故的原因。你现在脑子很乱,不要再想了。这里的事我来处理,我派人送你回去休息。"正好冯秘书在跟前,"冯秘书,劳烦你,跑一趟。"

冯秘书巴不得赶紧走,罗思佳将他扔在这,他已经够心寒够害怕的了,一会儿家属到这里,不把他吃了才怪,这个时候跑路,那是最佳时机。

"侯总,你放心,小张交给我了。"说着要把她请上车,没承想遭到了拒绝。

"我不能走,侯总,这里我在负责,我要给家属一个说法和交代。"

"听话。"侯延辉大喊道,"有些事不像你想的那么简单,现在不是感情用事的时候,乱说话会给自己找麻烦的。冯秘书,还站着干什么?"

两人协力,将张可欣送上了车,冯秘书的心这才落了下来。看着后座魂不守舍的张可欣,冯秘书有气无力道:"放心吧,无非就是赔点钱,谁也不想出事,是吧?天塌下来,有公司兜着。咱们是兢兢业业在干事,问心无愧,你要实在没事干,明天一早,我拉着你,咱俩去看看安全检查的情况。这里有侯总,他什么事没见过?能处理明白的。"

张可欣这段时间成长确实快,但通过这件事不难看出,她仍然还是个大姑娘,远没有成熟到能游刃有余的地步,她的历练之路还远远没有走完。她擦了擦泪水:"真的吗?"

冯秘书轻快地打着方向盘:"你就信我,没错,等咱俩检查完,一圈下来,再回到这里,事情肯定解决。"

冯秘书的话不见得就靠得住,但起码稳住了张可欣的情绪。加上张磊、霍传飞还有甘霖的来电,也让她镇定了不少。

李薇薇距离她不算远,听闻后,连夜赶过来陪她。

擅自动用挖掘机的工人已经被警方带走,从某种角度讲,没有驾驶证的情况下,弄出了人命,理应承担刑事责任。

死者家属和被带走这工人的家属都聚集到了医院,加上侯延辉一方,三方人马混在一起相互指责,乱成了一锅粥。

要不是警方在场,侯延辉恐被撕成了碎片。虽说他代表公司来处理这事,但总部不拿主意,他不敢乱开口,不管对方如何哭天喊地,他就一句话:放心,会给你们一个满意的说法的。

差不多天亮的时候,罗思佳也赶到了公司。他没想到崔挽明早就把消息捅到了张志恒那里,还没等他上楼,就被张志恒秘书拦了下来。

"罗总,张总在等你。"

罗思佳顿时慌了,心想这下完了,他首先想到的就是张可欣,这个时候他唯一能期望的就是张可欣别把他出卖了。

狼狈赶回来的罗思佳此刻已经满头大汗,见到张志恒的时候,嘴巴都不利索了。

"张总,我……"

"情况我都知道了,现在不是追责的时候,这个事我会调查清楚,当务之急是处理好后事。我已经让他们准备赔偿事宜,小组中午就出发,你跟着过去。我已经跟那边的市长通过电话,你再过去盯着点,千万别把事情搞到媒体那边,这个事要是办砸了,老罗,后果什么样,不用我说你也清楚,不是你承受得了的。"

张志恒条理清晰地把问题捋了一遍,这让罗思佳的心暂时得到了安慰。顺着张志恒的话,他接了一句:"这个张可欣,非得把人调走,要不是因为这个,也不能出这事。"

张志恒的眼睛一下沉了下去:"我说了,追责的事我会调查。老罗,事故到底为何发生,你比我都清楚,我就不捅破了。怎么,要我跟派出所说明情况?"

"不不不,张总,这个事要调查,要追责……"

罗思佳一下就木了,这下是彻底完了,他知道,张志恒要想保他,是很容易的事,但要想办他,也不是不可以。

现在张志恒的态度意味着罗思佳今后在公司的主动权必定有所削弱。有了这个把柄在手里,罗思佳在工作中的态度恐怕要和蔼不少。

回到自己办公室，罗思佳往椅子上一躺，整个天花板都在转，心急如焚想知道情况的他马上联系了张可欣，侯延辉此刻就在她身边，示意她接电话。

"罗总。"

"小张，怎么回事，张总怎么提前知道了呢？不是不让你告诉他吗，你怎么办的事？"

罗思佳突如其来的指责让张可欣的心又悬了起来，本就是惊弓之鸟，加上这么一打击，马上又支支吾吾说不出话来。

侯延辉抢过电话，不客气道："罗总，小张现在情况很不好，你不要再给她压力了，现在不是埋怨指责的时候。这边家属都在闹，你什么时候过来？"

罗思佳一听要让他去，吓得直接挂了电话。

"好你个侯延辉，太目中无人了，都给我等着！"

到了晚上，公司的法务、财务和后勤就带着罗思佳到了这边。一下车，罗思佳就火速离开了现场，赶去见市长。

经过了一周时间的协调和谈判，公司和死者家属也达成了和解协议，赔偿自然免不了。罗思佳作为项目总指挥，被停职察看，全项目上下停工整顿，排查安全隐患。

而开挖掘机的小伙自然也成了事件的当事人，走上了司法程序，进行立案审查。

律师由金种免费提供，为了安抚家属，金种也提供一笔抚恤金。但谁都清楚，牢狱之灾是免不了了。

罗思佳刚走马上任就出了这么大的事，还没等发挥能力，就将自己搞歇菜了，这纯属咎由自取。

事情就这样被压了下来，要不是刘副市长，项目要停到什么候还不知道。这里面，张志恒也做出了很大努力，可以说，因为罗

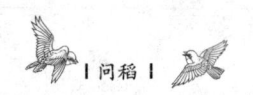

思佳的致命失误，整个局面都陷入了被动。这个时候，他只能选择处罚。

罗思佳一走，张志恒不得不把崔挽明再请回来。但他清楚，这一次，必须给崔挽明一个说法，只有这样，才能拉动团队效应，树立公司的公信力。

"小崔，董事会决定，暂由你接替罗思佳副总一职，一来是你能力所在，二来也方便你实施项目，工作开展起来也容易。"

崔挽明刚下飞机张志恒就等在接机口，这已经让崔挽明受宠若惊了，公司又做出这样的人事安排，实在让崔挽明意想不到。

崔挽明赶紧回绝道："张总，这千万不行，我来公司的时间不长，没有什么资历，副总的职位更是不敢想，罗副总是公司元老，对公司发展是做出过贡献的人。我现在的工作能力还胜任不了，张总，谢谢公司对我的信任，请您收回。"

"小崔，特殊情况特殊处理，你就当帮我这个忙，也算给老罗一个教训，等他停职期结束，再让他回来。"

不管张志恒说什么，崔挽明都不会同意。他知道，一旦接下这个职位，很快就会在公司树敌，他活在自己小小的圈子已经不容易，不想给自己找麻烦。

"请张总理解我，实在技不如人，难以胜任，有任务公司随时给我安排，我一定尽全力完成，但让我统领全局，肯定不行。我一个搞水稻育种的专家，能到如今地步，已经全仗公司栽培了，公司业务涉及各大作物，我不是推辞，确实业务能力有限。"

张志恒的眼神尖锐起来，他从心中树起了对崔挽明的另一种看法。要知道，这种级别的职位提升，不是一般人能抵御得了的，崔挽明居然能做到心如止水，按兵不动，其思维和眼界远超常人。这让张志恒不得不叹服，公司把任务交到这样的人手里，还怕不成功吗？

　　与此同时，崔挽明被公司提为副总的消息已经在公司传开。张可欣等人早已经摩拳擦掌，为崔挽明的归来做好了工作上的准备，也为他能有这样的晋升而感到高兴。

　　不过，罗思佳就不这么想了，董事会举手表决那天，成了他人生的至暗时刻。当着他的面给崔挽明副总的头衔，还是取代自己，其内心是多么地抵触和不满。但把柄在张志恒手里，自己又在停职期，根本不敢有多余意见。

　　这也让罗思佳清楚一点，他乘机赶回公司的那天晚上，就是崔挽明给张志恒报的信。要不是张志恒提前得知了消息，自己不会沦落至此。

　　"崔挽明！"罗思佳在心里狠狠地记下这三个字。

　　看似一场轰轰烈烈、无可阻挡的项目推进工作就要开始。但在这即将到来的凛冬背后，一股暗流正在袭来的路上。

　　经过这次突如其来的变故，加上崔挽明的回归，所有人都拉满了精气神，势必在年前结束这漫长的工期。

　　而张可欣的收获也非同寻常，侯延辉近期的表现，让她找到了可以依靠的点。几次艰难的情况下，侯延辉都赶到她身边给予照顾和抚慰，这让本就对侯延辉有好感的她彻底地沦陷了。

　　"这下好了，侯总现在成了我崔挽明的婆家人，以后就为我所用了，侯总，恭喜啊。"

　　"这么说你还是我娘家人呢，我们销售部有事，你也跑不了。"

　　甘霖和夏中秋靠在一起，也为张可欣感到高兴。

　　而李薇薇除了脸带微笑，内心其实没什么波澜。对她来说，目前最重要的不是爱情，也不是面包，而是理想和憧憬。

　　虽然她在这边做事，但内心始终想着有一天重回技术部的岗位，拿回属于自己的东西。这件事始终压在她心里,只有通过忙碌来减轻这种思想上的负担。

随着崔挽明的"平反",耿爽对待崔挽明的态度也逐渐缓和。李薇薇在想,这或许是她和储健回归技术部的最好时机。

储健得知李薇薇想法后,拒绝了:"耿爽把技术转出去搞合作,这件事公司一直没表露原因,只要她态度不变,咱俩回去的希望不大。"

不知从何时起,李薇薇觉得储健再也不是从前那个人了,她甚至有些懊恼于他。

"储总,你难道要在三亚分子中心过一辈子吗?不憋屈吗?以前在总部,你是分子育种中心的主任,现在换成了耿爽,凭什么?你不想拿回自己的东西吗?"

李薇薇有些激动,更有些沉不住气了。而储健给他的理由就是简单的"时机还没到"。

这种不被理解和接纳的痛苦只有李薇薇自己明白,但经过罗思佳这个事,她清醒地意识到轻松地工作是件多么难的事情。而这样的事还远远没有结束。

就过了三天,在崔挽明组织大家齐心协力的关键节点,韩瞳突然下来找到侯延辉。

关于侯延辉近期的表现,韩瞳自然有自己的论道。最主要的问题是,侯延辉介入了崔挽明和罗思佳的矛盾当中,这一举动,将销售部牵扯进去了。

得知韩瞳过来,侯延辉也猜了个八九不离十,在这样一个公司,任何的举动都可能给部门带来无可挽回的麻烦。作为上司,韩瞳不得不提醒侯延辉:"延辉啊,你跟了我很多年了,如今你有这样的成绩,靠的是你一步一步打出来的,每一场都是硬仗,你的功谁也夺不走。我怕你把路走歪了,明白吗?"

韩瞳含糊其辞,不把话说透,侯延辉有些不知所措。

"韩总,我的路一直按照你的部署在走,不敢走歪。"侯延辉没有回避他的眼神。

韩瞳把手往后一束:"我提醒你一下,我虽然是销售总监,但你是第一执行人,这几个月你在干什么?就在外面跑了,这个时候公司多少事你不是不知道?"

侯延辉一听,意识到自己的问题,赶忙解释:"我也想尽快落实项目的推进工作,所以……"

"没有所以,延辉,你要明白自己在销售部的分量,总这么出去跑,跟你身份不符,要注意。"

侯延辉这才知道,韩瞳是怪他和下面人走太近了,时间一长,对于工作开展肯定没好处,和下属关系太近,职务上的威严就会有所削弱。韩瞳的担心不无道理。

"我这几天就回去一趟,把事情处理处理。"

韩瞳还是板着脸,顺便从手提包里拿出一包种子:"延辉,你不想说点什么吗?"

侯延辉知道,自己和崔挽明私下做这件事已经藏不住了,只好交代:"也是为了崔挽明那边的推广作准备,盐岛98的种子金贵,他就给了我两百斤,都分下去了。"

"糊涂啊,你啊,让我说什么好,你不知道罗思佳最在意什么吗?崔挽明擅自做主在海南二次加代,早就把罗思佳得罪了,全公司都知道,他俩现在是死敌。你还敢给崔挽明推这个?"

韩瞳的话说得很实在,也确实在为侯延辉考虑。但作为公司的一分子,侯延辉不会把个人恩怨和公司业务混为一谈,回韩瞳道:"韩总,盐岛98是明年重点推的耐盐碱品种,我不推这个,推什么?"

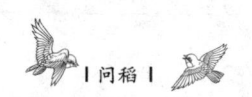

"你找技术部啊,耿爽他们不是出新产品了吗?机灵点,这种事还要我提醒?"

"韩总,耿爽的品种根本没有种子量,明年上不去市场,怎么推?"

侯延辉的抵触情绪已经被韩瞳察觉,他回道:"那也要推他们的东西,面上的事你得做漂亮了,得罪罗思佳不会有好处,你现在和崔挽明走太近了,适可而止吧,别引火烧身。"

"韩总,我要为公司的项目负责,既然您把任务下达到我这里,我一定会选择最佳方案执行,我要是做得有问题,你随时可以撤我的职。但韩总,我没错啊。罗总的事跟我没关系,我也相信,即便他和崔挽明有私人恩怨,也不会把情绪撒到销售部。这对他没好处。"

好话说尽的韩瞳实在拗不过侯延辉,再说下去恐被他气死,他也只是好言提醒,侯延辉这个人的脾气韩瞳也是知道的。罗思佳是怎么得罪崔挽明的,又是如何被崔挽明收拾的,他心里太清楚了。他可不想成为第二个罗思佳。

即便如此,他还是象征性地把侯延辉调回了公司,不让他亲力亲为,这样一来,也算是对他的一种保护。

韩瞳的好心侯延辉自然明白,但不认可他的观点和做法。就连侯延辉自己都没发现,不知从什么时候开始,他竟学会了拒绝韩瞳。这在崔挽明到来之前是绝不可能发生的事。

天已经进入了寒冬,东部和南部的情况还好说,西部和北部地区的试点进入了最为艰难的阶段。

夏中秋和甘霖接替张磊之后,进度虽然加快了,但这边天气转凉太快,现在天上又飘起了雪,给施工带来了极大的难处。

圣诞节的夜晚,霍传飞一个人仰靠在屋外。肖经理出来已经几个月了,此刻正抱怨不休:"明天最后一天了,我已经向公司申请,过了明天就返回深圳。"

霍传飞嘴里的烟头在风中冒着火星,噼里啪啦到处飞,连带着他的头发,都在空气里飞舞。

他"扑哧"一笑,眼睛里带着光亮:"肖经理,我第一次见你的时候,你是细皮嫩肉,精神饱满。跟我身边几个月,已经和工程师没什么区别了,几天没洗头了吧?"

肖经理瞪大眼:"遭大罪了,我一个搞仪器销售的,跑来田间地头干这个,你看我冤不冤!见过这样的销售代表吗?"

很显然,肖经理对自己这身行头也十分不满,喃喃自语道:"不怕你笑话,我这个样子回公司,几个月之内不用出去跑业务了。跟客户说我是做高端仪器的,谁信啊!"

"怎么,你还挺委屈了?肖经理,知足吧,得了便宜还卖乖,碰到我们这样的金主,这次买卖,够你活几年了吧?"

霍传飞一下就窥探到肖经理的内心,让他变得哑口无言。

"我遭了这么大罪,再不挣几个辛苦钱,那还活不活了?好在结束了,再跟你见面也不知什么时候了。"

霍传飞斜眼瞅着他,道:"看来你还挺舍不得,你要实在不想走,后天跟我找夏中秋去,他们还等着支援呢。"

肖经理一听,赶紧把手缩回袖口,咧嘴道:"你打住,差不多得了,公司给我的任务就是技术指导,你可好,让我也跟着上手,要不是尾款没打到公司,说死都不听你使唤,还想让我去搞支援,想得美!"

"没用的东西,就这两下子,以后能有什么出息?你这么跑回去,王春生不找你麻烦啊?这边工程还没结束,你就申请返回,责任心呢?我要是你领导,你这种人,别想升职加薪了。"

霍传飞倒不是非得让他跟着去，就想动动嘴皮子，治治他的矫情病。

第二天工程结束后，晚上集体改善伙食，霍传飞作为试点监管，没把握好度，很多人都喝多了。

第二天等大部队要出发，才发现霍传飞半夜胃出血，肖经理买好的车票只能退掉。

"你这扫把星，非得在这时候生变，你这不是牵连我吗？"

肖经理看着大部队，马上作了决定，留下两人先把霍传飞送到医院，由他带队前往夏中秋驻处。

也就是这个时候，肖经理才突然意识到这个项目的意义所在，大家这么努力团结在一起，遇到再大的困难也都不放弃工作和个人，为的就是把盐碱地的改良做到实处去。

但这样的试点工程对于全国上亿亩的盐碱地来说，简直就是凤毛麟角。可想而知，要想实现规模化，还有很远的路要走，智慧农业在盐碱地迈出去的这一步距离终点还有很远的距离。

此时此刻，看着后视镜里渐渐远去的霍传飞，肖经理的心境一下子打开了。他有了一个极大的梦想，等回公司后，他要跟王春生申请项目的后续研发和跟进，他想借着公司的平台，为盐碱地改良输出性价比更高的产品。

卖产品的人，当他真正理解了产品的意义所在，真正接触到产品迸发出的灵魂，那他便获得了产品延伸出来的精神品质。比如对土地的热爱，对农业的热爱，对农户的理解和包容，也才明白了产品是一个活生生的东西。

还有两天就是除夕，崔挽明带着工人完成了最后一个试点的水利工程改造项目。要是没有金穗市政府的大力支持，没有各试点地方政府的协调配合，没有他们的匹配政策，就没有现在的成绩。

他一个人站在寒风中很久很久，队伍收工，装车，离家数月的工程师、工人、同事，集体陪着崔挽明站在风中，望着这暂时告别的试点，心中五味杂陈。一支非工程专业组成的队伍，现学现卖，终于按照图纸计划完成了预期目标。

崔挽明没有后悔这样的决策，大家的辛苦付出是值得的。这样的工程是让他能放心干下去的保障，这也是当初他执意要自己监管的原因。

现在看来，当时的决定是对的。虽然大大小小出了些状况，但没有辜负每个人的付出。

大部队走后，崔挽明又伫立了很久。侯延辉陪着张可欣回了老家，甘霖也把夏中秋领了回去欢度春节。

所有的工作都停了下来，销售队伍从一线撤了回去，这一年不管欢喜多少，收获多少，到了岁末年终，都要回家看一眼。

只有崔挽明，有件事始终在心里放不下，也觉得有所亏欠。

李薇薇陪着他，到市里备了年货。工人的意外离世成了崔挽明心中极大的痛处，他这些日子一直在想，若不是当初和罗思佳赌气，作为副手跟在他身边，应该就不会发生这样的事。

自责强烈地在他身体里抽动，两人来到死者家属家中，看见银发缕缕的老人，心中百般酸楚。

"老人家，是我们没把工作做好，出了这么大事故，我们对不住你二老。请你们放心，从今以后，我就是你们儿子，不管什么时候，你们的困难就是我的困难，你们的儿子虽然走了，但还有我。请你们相信我，以后要开心地过好每一天。"

崔挽明握着老人的手，不敢有半丝的松动。站在一旁的李薇薇也来到大娘身旁，轻拍着她的后背。

对于一对老人来说，再多的赔偿款也换不来儿子的陪伴，换不

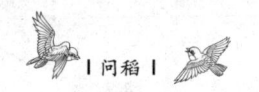

来儿孙满堂的欢喜。但崔挽明赶在节前来慰问二老,老人家已然泪流满面。

"你是个好领导,我儿子命苦,从小就不好好读书,初中毕业就去学汽车修理,后来进了工程队,一干就十年,到现在还没找到媳妇。本想着过完年就给他介绍一个……我们也就没什么盼头了,谁想到他命运有这一遭。"

老人的泪又流了下来,崔挽明放下东西,把自己的名片放在桌上就要走。

"留下来吃顿饺子吧,就当提前过年了。"老人跟着崔挽明出了门,本打算走的他一听到老人的挽留,顿时泪眼婆娑,回身抱住老人胳膊,"吃,咱们吃饺子。"

登上回家的飞机已经半夜了,公司准备的庆功宴已经撤下去了,也没等到崔挽明和李薇薇的归来。但这丝毫不影响崔挽明在公司的形象,如期完成工程,这是张志恒没料想到的。在这热闹的庆功宴上,唯独少了罗思佳,这个年关对他来说无疑是最难过的。

他和崔挽明的缺席,对庆功宴来说,少了很大一个话题。

但这些都不在崔挽明的思考范畴。他现在只想着,收拾东西,带着老婆儿子,回家。

没错,崔挽明已经很多年没回湖南老家了,自从跟海青离婚后,就再没抽出时间回去。如今一桩大事告一段落,他又和林潇潇终成眷属,一家人其乐融融,正是回家团聚的最好时机。

相比之下,李薇薇就冷清多了,她借着这个节假日,又回到了久违的技术部,回到了自己的办公室。

今年负责值守的是晨海,整个技术部,除了几个工人,就她和晨海坐镇。

此时此刻,外出回来的李薇薇面对晨海的时候,心里多了一分从容，她对晨海的妒忌和猜疑已经在这漫长的出差旅途中消耗殆尽。

科研，到了应该重新思考的节点。

作为一个纯技术人员，她对于遗传改良、分子机制和育种潜力评估，每一项都不在话下。但真正用于实践，能为老百姓创造价值的东西却少之又少。

在跟甘霖搞政策推广的过程中，她已经看清了市场和用户需求，那就是实打实的产品，高产、优质、高抗、有市场保证，这些才是老百姓接受的基础。

她打开电脑，看着这几年发表的高水平论文，哪一项不是耗费巨资堆砌而成的，哪一项不是耗尽了心血？但随着论文收尾，这份工作也就戛然而止了。

而理论背后的应用在哪儿，又由谁来做？至今没有一个现成的机构或部门来消化科研工作者的理论成果，现有的理论成果也没有一个严格的部门来监管后续的推进工作，似乎完成了一个报告，就真的没了后来。

她有些愤懑，关掉了电脑。项目、论文，这些虚无的东西占据了她职业生涯几乎所有的时间，而这些东西所带来的只是内部竞争的排挤和欺骗。

隔着玻璃窗，她看着对面坐着的晨海，一个技术部的新星，竟觉得他是那么地孤独和可笑。

李薇薇收拾好自己的东西，装进纸盒箱，把钥匙放在办公桌，走了。

储健得知李薇薇申请转入推广小组的时候，整个人都不行了。这是他无法接受的事，作为他的得力干将、第一助手，绝不能就这么离开技术部。三亚分子中心还需要她，接下来的项目开展还需要她。但他是了解李薇薇的，一旦作了决定，很难再回头。

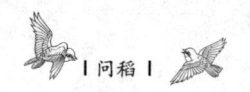

情急之下,储健把电话打到了崔挽明这儿:"你赶紧,不管你用什么办法,把李薇薇给我劝回来。当初人是你带到推广小组的,现在你把人给我还回来。"

储健爱才,把责任推到崔挽明头上。

"储健,我也很意外,没想到会是这个结果。以她的技术水平,离开你,确实可惜。我尽量吧。"

"崔挽明,不是尽量,是一定要办成,她要是走了,我怎么办?我手里已经没有可用之人了。"

和储健认识那么久,还从未见他如此在乎过谁。崔挽明心中盘算着,有了个主意。

崔挽明来到销售部,发现侯延辉不在,便给他打了过去:"度蜜月还没回来?"

"崔挽明,你说话能不能不这样?有事说事,别发神经。"

"我就是关心你和小张的感情进展,没事,你要不好意思开口,我去找韩总说,让他多给你几天假。"

"有病是吧?回来两天了,什么情况?"

"既然回来了,那你知道李薇薇情况了,是吧?"

"知道啊,昨天来我这儿报到了,常丰签字了,人事部也批了,转到我这做推广。怎么,你有问题?"

"侯延辉,别怪我没提醒你,你是真糊涂还是跟我装呢,谁都敢要呢?你知道李薇薇是谁的人吗?"

"谁的?不就是技术部的骨干成员嘛,很正常啊,公司调岗,有问题吗?"

"听我劝,把她退回去,这人你不能要。"

"崔挽明,我们部门的事你少管,看你还是不忙,别忘了,工程结束了,你安排的试点负责人的培训会马上开始,操心自己的事吧。"

"侯总，这个事本来我不想管，但人家储健不干，这样，你去跟他说，好吧？"说着就要撂电话。

"你等会儿，什么意思？储健？"侯延辉赶紧接住话，"啊？储健的人，他的人？"放高音量，侯延辉吃了一惊，"这个意思？"

电话那头，崔挽明笑道："不用我教你了吧，亲自把人送回去吧。储健这两天就从三亚回来。"

"那一定，咱不能棒打鸳鸯啊，不能当大恶人。"

侯延辉赶紧致电储健，进行了一番解释和沟通。他很明白，这件事的决定权还是在李薇薇，她如果不回去，谁也劝不动。但崔挽明已经把话说清楚了，等储健回来，他不把事搞定，等于惹了一身骚。

就这样，崔挽明把储健下达给他的任务自然而然地转到了侯延辉身上，至于想什么办法，那就是侯延辉自己的事了。他也能安心地筹备试点负责人的培训事宜了。

不过，最为重要的事是，张磊刚从三亚来电，三月初种子就能收了，让他这边规划好种子调运问题。毕竟涉及数量巨大，是要按照试点进行分拨，还是统一运回总部，这些事关系重大，不能延误。

他用了两天时间，将培训会流程梳理清楚，又反复看了几遍课程内容，然后交给了张可欣和甘霖。随即叫上夏中秋跟霍传飞，去找侯延辉协商。

销售部也专门针对这个事制订了方案，所有人都到了，就等韩瞳前来主持。

崔挽明看了看在座人员，罗思佳并未到场。他跟侯延辉知会一声，直接去了罗思佳办公室找他。

虽然罗思佳还在停职，但只要他不再犯事，早晚还是要回到职位上来,这个会议至关重要,之前也提前通知他了。但他选择不到场,看来还是在疗伤阶段。

崔挽明这么做,完全是为了项目的推进,为了把今年的工作做扎实,不想在任何环节落下把柄。他在罗思佳门口站了几秒,整理好思路,敲开了门。

见崔挽明进门,罗思佳并没有起身回话的意思,甚至连头都没抬起来看他,继续手里的工作。

崔挽明深知罗思佳此时的心境,自己走到窗户边上,看着下面的草坪,说道:"时间真快啊,转眼,连草都发芽了,罗总,我来公司有些时候了吧?"

罗思佳手里的笔停了下来,看着眼前的资料,回道:"时间不长,但事做了不少。"

崔挽明把眼光从草坪上收回来,走了过去:"罗总,我也是为公司做事,但侯总那边等着咱们的意见,这批种子到底怎么布局,需要你的看法。"

罗思佳嘴角一抿,手里的笔从纸上提起来,停在半空,道:"是吗?我的意见重要吗?不见得吧?"

听得出罗思佳在责备自己,崔挽明见缝插针,赶紧接过来:"罗总,碱巴拉项目是咱们生产部挑头的,你是我领导,这些事你不帮拿主意,大家都不好做事。你看……"

一听这话,罗思佳的眉目舒缓开来,屁股在椅子上动了动,转身从后面抽屉里拿出一罐茶叶。

"张总昨天刚送过来的,你尝尝。"说着就要给他泡上。

一看这样,崔挽明有些按捺不住了,接住罗思佳手里的茶杯,催促道:"罗总,都火烧眉毛了,咱们事情办妥了,我再来陪你喝。种子的事重要,不能再耽误了,罗总。"

罗思佳不紧不慢地将烧开的水灌进茶具:"你看这茶水,虽然是好东西,但喝茶的人要是心不静,也就是杯难咽的苦水。我现在停职阶段,还是不参与公司的事,传出去不太好,你们自行决断吧。"

一听这话,崔挽明心里慌了,罗思佳这是在给他上眼药呢,他要是同意了,自己拿了主意,日后指定给自己找个大麻烦受。

"罗总,现在不是较真的时候,碱巴拉项目的关键阶段不能没有你。再说了,销售那头,韩总还等着这边意见,我人微言轻,还得你出马才行。"

罗思佳慢吞吞地喝了几口茶,终于在崔挽明身上找回了颜面,清了清嗓子站起身:"你提到韩瞳,我是应该跟他交流一下,有些事你还真决定不了。"说着,拎起外套,仰着头从崔挽明身边夺门出去。

崔挽明自从进公司到现在,即便在张志恒面前也没这么卑微过。但不是他想恭维罗思佳,他知道,这件事要是处理不好,他和罗思佳的关系会越来越恶化。那对生产部的发展没有好处,对碱巴拉项目的后期建设更是一种隐患。

既然罗思佳要面子,那就给足他。

见罗思佳进了会议室,崔挽明跟在后面,侯延辉不敢相信地看着崔挽明,朝他竖起了大拇指。

"现在说事。"罗思佳屁股一落座,脸就板了起来,一句废话都没有。

一看这情况,所有人忍不住紧了紧身体,腰板全都立了起来。

"这么大种子量,说实在的,我心里没底。目前咱们的工作到底做没做足,盐碱地项目能落实多少生产田,谁也不敢打包票。延辉,你说呢?"

侯延辉负责市场这块,肯定要表达想法的,但没想到这么快。

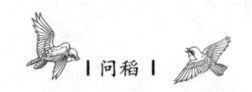

"罗总,市场的事,生产部的同事已经做了很多功课,包括协调当地政府搞扶贫政策。我们销售部也在做技术普及和授课,按照前期情况来看,市场不会太难看。"

"不会太难看?那到底是难看还是好看?"罗思佳反问侯延辉,大家都愣住,没一个敢喘气,生怕被抓住提问。

侯延辉也哑火了,他知道罗思佳今天过来肯定是有情绪的,不可能心平气和跟他们开这个会。

崔挽明当然也看出来端倪,心里拉起了防线。

"罗总,我觉得,二十个试点肯定是要用这批种子的,以试点为辐射中心,周围的种植户我们也签了一些单。我这里有一个大致的数据,种子库存现在是二百吨,试点面积三千五百亩,耗种量二十五吨左右。加上签单的一万亩,总耗费种大概一百吨。"

崔挽明说完,自己都没有底气,他把目光落在侯延辉身上,想让他再拿出点东西来堵罗思佳的嘴。但侯延辉没反应过来,让罗思佳抢了先。

"那就是还有一百吨的窟窿……"

"罗总,你放心,我打算……"

"你别打算,我知道你要怎么处理,韩总跟我说过你的想法,你想转商品粮,是吧?崔挽明,你没做好市场评估就私自繁育这么多种子?大家都知道,海南的土地寸土寸金,尤其这几年,一亩地承包费用两千,你繁殖这批种子的土地承包费就花去了八十万,现在你要转商品粮?没有你这样干的,这是公司,不比你们北川大学花纳税人的钱。"

罗思佳的话一下就有了火药味,看来他今天过来的本意就是教训崔挽明的。

"罗总,特殊情况特殊处理,我承认我没有做好市场工作。但请你放心,这笔买卖虽不赚钱,但起码不亏。按照种子价五元一斤,商品粮一块二来算,去除成本,还有结余。"

"胡说八道!崔挽明,我种地的时候你还在读书呢,你种地不用工,不用肥不用药?人情往来吃吃喝喝都是账。就算有结余,这批种子也不能转为商品粮。"

侯延辉知道,再不说句话,事情就收不了场了,到时候别说崔挽明,就连他都没事做了。

"罗总,消消气。"侯延辉把茶杯递给罗思佳,"今年是项目第一年,这批种子得来确实不易。这样,我再想想办法,再下去跑跑,争取再拿点市场,减少点损失。"

"有你说话的份吗?延辉,我早就想找你谈谈了,正好大家都在,我就把话说开。都在传你侯延辉现在成了崔挽明的人,他这边大旗一挥,你就开始倒。别的我不想说,我就问你,当初定繁种面积的时候,你是不是也有份?你是韩总一手带出来的,业务能力不应该有问题啊,崔挽明不懂市场,你也不懂?放任他这么蛮干?"

"罗总,你要是对我个人有意见,咱俩完全可以私下解决,没必要占用大家时间。这件事跟侯总没关系,是我一个人的责任。我说了,这笔买卖没有亏,我想就不用再抓着不放了。罗总要是认为我能力不够,现在就可以向公司董事会提议,我随时离岗。"

崔挽明已经给足了罗思佳面子。说实在的,他来到金种集团后,已经收敛了很多,这要是换作以前的性格,早就跟罗思佳掰了。

但他再怎么低声商量,罗思佳还是记恨于他。所以,他没必要再忍。

侯延辉一听,赶紧拉住崔挽明:"干什么?你先坐下。"

此时的罗思佳已经七孔冒火,这也是他在金种的第一次遭遇,作为下属,居然当众折损他,完全没有上下级观念。

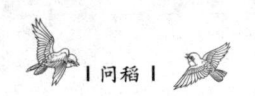

他现在最后悔的事就是让何秋然出国。如果何秋然留在身边，至少能制衡崔挽明。现在好了，他独木难支，只剩下跺脚喘气的命。

终于，罗思佳的手重重地拍在桌面上，茶杯也打翻在地："太没规矩了，崔挽明，你离开生产部吧。"

"我说了，让董事会决定，我的去留你恐怕说了不算。"

崔挽明和罗思佳都心知肚明，即便到了董事会，在眼下这关头，恐怕董事会上也就罗思佳一个人能举手赞成。

崔挽明在碱巴拉项目上的工作成绩大家都有目共睹，罗思佳又在工作中犯了严重错误，这个时候董事会不可能偏向罗思佳。

罗思佳离开会议室之后，崔挽明的脸马上露出笑容。

"大家不用管这些事，种子的事按照我的方式处理。延辉你再跟韩总确认一下，没问题的话，随时可以出货。不能再拖下去了。"

大家一个个都不敢动弹，在场有不少生产部的同事，此时都吓傻了。罗思佳是大领导，正常应该听他的，但崔挽明气势正强，字正腔圆，在这件事上态度十分坚决。大家一下就为难了。

"愣着干吗，没听见吗？该干吗干吗，下去准备。"侯延辉一看大家木了，提高嗓子来了一句，大家才一哄而散。

很快，这件事就在公司内部传开了。自然而然，对生产部来说，已经形成了两个派系，这两天办公室已经掀起了一股暗流。

霍传飞和张磊不用说了，自然站在崔挽明这边。除此之外的大多数人还是站在了罗思佳那边。因此，霍传飞和张磊这几天的日子都不好过。

只要他俩一来，没有一个人跟他们说话，被孤立的感觉虽然不好，但他们比谁都明白，碱巴拉项目就是需要有人冲在前面，去撕破障碍，去亲力亲为、头破血流，才能把盐碱圪垯从泥土里抠出去。这几个月跟崔挽明做了很多工作，无形中，这两人已经从青涩转为成熟，面对大家的沉默，竟然能心如止水地做自己的事。这足以说明手里这件事的伟大和意义所在。

一个礼拜过去了，大家都在静观其变，都在等着看罗思佳如何让崔挽明从生产部滚蛋。但直到这二百吨种子出库，离开华河省，奔向各地区，罗思佳这个人也没再出现。

此时，大家又开始骚动了，沉默后的骚动。他们似乎感觉到了风声，对待霍传飞和张磊的态度也好了起来。

直到公司宣布罗思佳的外派决定，生产部所有人的心才落了下来。他们知道，崔挽明赢了。虽然不清楚公司作这个决定的原因，但最起码这是个很好的暗示，暗示他们谁才是现在说话算数的人。

/ 第二十章 /
露馅

一直以来，罗思佳都在承接国际合作任务，这也是公司海外项目拓展的一个分支。这个时候让他出去，不仅是考虑到他和崔挽明的分歧与冲突，更是实际所需。

省里已经下了批文，关于申报"一带一路"盐碱地优质水稻联合攻关实验室的文件已经到了省科学技术厅。但华河省在盐碱地改良方面的工作情况，上面还不清楚细节。

金种集团的碱巴拉计划已经不是什么秘密，但也绝不是家喻户晓的事，更没在主流媒体上大肆宣扬过。省里也就是知道有这么回事，往常这种项目在公司手里做，大概率也不会有什么像样成绩，上面也就没有太过关注。但现在国家拿出这个决心要搞联合实验室，不争取一下实在可惜了。

虽然现在还在摸底阶段，但刘副市长早已经把消息透露给张志恒了，让他早作准备，把相关材料都备好，说不定什么时候省里就下来考察了。要知道，在华河省，做生物育种的可不止金种集团一家，省农业大学，省农科院，省科学院，都有团队在做这些事。如果不早作打算，花落谁家还真不好说。

当然，这件事公司内部也仅限于张志恒和罗思佳知道。这次让罗思佳赴东南亚一带，就是要快速取得和当地政府的合作协议，就算是做做样子，也要把真凭实据拿回来。

只要有了与盐碱地合作开发有关的国际合作项目，金种就可以拿这个当敲门砖，申报联合实验室也就稳操胜券了。

罗思佳的匆忙离开让公司上下不得不思考其中的玄机，当然，议论最多的就是他和崔挽明之间可能的矛盾。

现在好了，整个生产部都落在了崔挽明手里，要忙着项目推广的事，公司试验地的工作马上也要开展，还要和储健、侯延辉协商下一步的计划。

好在大家把前期工作做扎实了，省去了崔挽明亲力亲为地到试点督促。张可欣那头关于各试点负责人的培训也接近尾声，种子也都已下发。剩下就是侯延辉的事了，他们销售部这半年来，在崔挽明的催促下，在秦远征的配合下，对于盐碱地种稻的技术流程已经烂熟于胸，至少在理论上能够过关了。

这些人下沉试点和辐射区，工作就好开展了。

把大家都安排妥当之后，崔挽明来到了技术部。

这是个最让他头疼的地方，要不是有事，他说什么也不愿过来。

储健在海南的工作也告一段落，关于他手里的耐盐种质，是时候了解一下了。

现在的崔挽明走进技术部，再也不是那个刚入公司的新人了，在大家心中，现在的他已然非同寻常。大家有目共睹，自从他到了生产部，何秋然和罗思佳双双被公司调走，这足以让大家对他敬而远之，没有人再敢议论他的是非。见他进来，也都恭敬地叫一声"崔总好"。

储健和李薇薇已经准备好材料在等他。过去一年储健利用基因编辑技术，快速改良了几个优质稻米的耐盐碱性，现在手里已经有

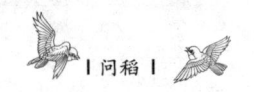

点种源，这次跟崔挽明见面，就是商量下一步的商业化运作。

崔挽明看见李薇薇，笑着说："哟，不是要跟侯总干销售吗，怎么还跟着储健呢？"

储健白了他一眼："你赶紧的，瞎操心什么？连我的人你们都敢挖，不够意思。"

李薇薇迟疑一秒，笑着回崔挽明："崔总，关于我怎么被侯总辞退的，你是不是该给我个说法？"

"哎，这个事怪我，你嘛，留在这里自然是命数，既然决定跟储健，那要做好准备。你们在技术部还没有话语权，有些事你要替储健考虑好了，你也知道，耿爽那头也有不少的传闻，你们要做好准备，这个时候千万不能乱来，稳住。"

储健挤挤眼，回道："放心，技术部的浑水你就不要蹚进来了，说说看，下一步你有什么想法。"说着，把手里打印好的资料给了崔挽明一份，"现在有十五个不同类型的耐盐碱品种，但根据我们的研究，有些品种只能在偏盐性的环境下存活，有的在碱性环境下要表现好一点。盐碱胁迫是两种调控途径，一个偏向离子毒害，一个则受高 pH 酸碱度影响较大。"

崔挽明翻看着品种信息，从基因组变异位点到功能性突变，再到抗性机理和生理调控方法，还有适应区域和植株生物学特征，写得十分详细。他的嘴角先是一扬，随后便沉了下去。

"储健，你说什么？耐盐和耐碱是两种胁迫模式？不一样？"

"理论上是这样的，有共性的地方，但从根本上来说，是有区别的。"

听到这话，崔挽明一下木住了："坏菜了，这下完了。"

"储健，我现在不跟你说了，你种子的事先放一放。"说着，崔挽明就要走。

"哎,什么情况,出什么事了?"

崔挽明停住,转身看着二位,停顿了三四秒:"试点的种子,按照你的说法,要出大事的。你们知道,这批种子是秦老师的盐岛98,他是在青岛选育出来的,那边的土壤含盐量高,应该是盐性离子毒害类型。而东北平原一带大都为盐碱土,土壤偏碱性,还有西部的个别地区也是这个情况。这批种子必须收回来。"说着,便给侯延辉去了电话,让他马上把货调回来。

储健也听明白了,崔挽明的担心不无道理,如果盐岛98不耐碱性环境,到了碱性土壤里,肯定会出事的。

但现在更严重的是,一旦种子收回来,部分试点的工作将无法开展。盐岛98是金种唯一的种子,马上就要播种了,上哪去找更合适的品种?而且,秦远征给他的不止一个盐岛98,还有适应不同生态环境种植的品种,意味着这些品种很可能都只能在盐性环境下存活。

"挽明,你现在还有更好的办法吗?我的意思,种子肯定要种下去,金种搞这个项目,虽说是利好民生的工程探索,但你也知道,咱们是企业,将来要靠这个拓展业务的,现在箭已经发出去了,再收回恐怕来不及了。"

崔挽明扶着门框,身体有些发软,他感到了事情的可怕之处。一旦猜想变成现实,这就是个灾难性事件,恐怕碱巴拉计划就此便作罢了,公司蒙受损失,他也会成为千古罪人,将来再想在行业内混迹,恐怕难有容身之所了。

"储健,库里还有几百斤种子,咱俩去取。李薇薇,你赶紧调好关照培养箱,三十二度催芽,你配制好十个梯度的碱溶液,用碳酸氢钠。"

崔挽明一刻也不能等,他必须马上开始论证,只要这批种子在

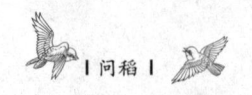

碱环境下挺过去，幼苗能正常生长，就证明盐岛98耐碱性环境。这样的话，计划就能照常实施。

一边往外走，他又拨通了秦远征电话，盐岛98是他亲自选育出来的，具体性状如何他最清楚。可秦远征毕竟不是学术派，不具备这方面的经验，并没有在碱环境下验证过品种的抗性。

他只好再给侯延辉打过去："延辉，你跟下面试点定好时间，碱性土壤地区的播种时间一定等我通知，千万不能着急下种。"

接下来两天，崔挽明一直留在技术部的人工气候室，十个浓度，每个浓度下三十次重复，一共三百个培养皿，全是待发芽的种子。等芽长到五厘米，马上用碱液处理。

然后是为期一周的漫长等待，崔挽明每天都要过来看好几次，记录苗的反应。

技术部这两天也都在议论，不知道他在搞什么事。

耿爽自然是最好奇了，但她和崔挽明之间多少有点隔阂，不好亲自来问，便让晨海过来探话。

晨海也不是没有眼力见，有李薇薇在这边，他多少有些难为情。正好这几天常丰给他安排了点活，让他帮曲岚做点生信分析，抓住这个事，晨海把曲岚叫了过来。

"这两天生产部崔总一直在咱们这，听说做什么实验，你知道吗？"

曲岚这个人永远活在自己的世界，根本就不关心外界的事，对晨海的问题，他也无能为力。

"这样，你那数据我正在弄，实在没时间。你去帮我看看，他们在气候室种满了苗，我的转基因苗马上下来了，我也等着移栽，你看看他们什么时候能用完，我好有个计划。"

曲岚哪知道晨海的用意，考虑到晨海帮了自己的忙，就没好意思拒绝。

来到气候室，正好崔挽明在里面。曲岚根本没留意到崔挽明的脸色，张口就问："崔总，你的实验哪天能结束，他们等着用地方。"

恐怕整个金种集团，再找不出像曲岚这样实在的人了，堪称情商低下也不为过。

崔挽明没怎么接触过他，看了他一眼，继续盯着苗，说道："快了，你先出去，我这里还有工作。让他们再等两天。"

曲岚没有出去，接着问："你的意思，再用两天就结束，对吧？"

崔挽明有些恼火，气候室里空气流通本来就不好，加上温度高，曲岚这无脑操作一下就让崔挽明爆发了。

他没跟曲岚费口舌，而是直接上手，拽着他胳膊，将他请了出去。随即将门一关，回到自己岗位。

曲岚灰头土脸地回来复命，晨海远远地看到了他的神情，心里有了答案。

晨海把电脑一关，起身迎向曲岚，勾着他的肩膀安慰道："崔总的性格大伙都知道，但也不能把脾气带到技术部，是吧？"

曲岚本就不关注这些事，也不想参与斗争，爱搭不理地回道："我不清楚这些事，还有事吗？我那边还忙着呢。"

"别急啊，到底什么情况，说没说用到哪天？"晨海指了指崔挽明那头。

曲岚扶了扶眼镜："自己问去吧。"

看得出曲岚在崔挽明那受了委屈，即便晨海拿捏着他，照常不把晨海当回事。对曲岚这样的人来说，能替他跑一趟，已经超出底线了。

曲岚的态度确实让晨海恼火，但耿爽安排他的事还得接着办。

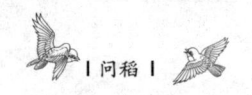

他坐下来冷静一会儿,冲了一杯咖啡,朝崔挽明走去。

推门进去的时候,崔挽明的工作已接近尾声,湿热笼罩着整个屋子,让气候室窒息感拉满。

加上晨海端来的热咖啡,在这里已经很难呼吸。

"崔总,这些事你安排我就行,这里的工作我熟悉,你怎么还亲自上手呢!"说着,一只手咖啡递过去,一只手去接崔挽明的调查本。

崔挽明把本子合上,擦了把额头的汗水,把身体一侧,接过咖啡。

"你也有事?"

晨海看一眼他养的苗,见有死的,心里有了想法。

"崔总,你这是做盐碱实验?"

晨海对幼苗的盐碱害表现一眼就能看出来,根本瞒不住他。

咖啡在崔挽明嘴里来回翻滚几圈,终于咽了下去。

"怎么样,帮我把把关?"崔挽明没正面回答。

见有了回应,晨海一乐:"崔总,别开玩笑了,这方面你是专家,我搞搞技术还行。不过,我看你这东西,有好有坏,就不清楚你拿来干吗?"

崔挽明微微一笑,侧身出了门:"这里太热了,走走走。"

本以为崔挽明还会跟自己谈,谁知他一出门就走了,连招呼都不打。

在崔挽明看来,绝对不能让人知道盐岛98的耐碱性试验,就算晨海知道他在做这个,也不会想到这是盐岛98的种子。

这个事一旦捅出去,市场和人心都会受到动摇,在结果出来之前,任何试图想要一探究竟的人都将被拒之门外。

到嘴的鸭子就这样没了,晨海心有不甘,等崔挽明走后他又折回气候室,想要探明情况。不料被李薇薇叫住了。

"你这人真有意思,好奇心害死人。"

晨海把手从气候室门把手放下,不客气道:"你别忘了,这里除了耿总和常总,我说了算,怎么,我进自己管辖的实验室看一眼也不行?"

李薇薇冷笑一声:"这年头,什么人都敢摆领导的谱。晨海,你心里想什么自己知道。我提醒你一句,管好自己,不是你的事少打听。"

晨海一下警觉起来,李薇薇和崔挽明的表现足以说明这个实验对他们的重要性,他们又极力阻止他接近,说不定是冲着耿爽来的。

这样的想法虽然过激,但让晨海也重视起来,吃过午饭便去找耿爽说明情况。

"崔挽明这人心思很深,你别被他蒙骗了。罗总在公司多少年了,照样在他身上栽了跟头,今后做事细心点,对他这样的人,留一百个心眼都不嫌多。"

晨海一听,不在意地回道:"耿总,不至于吧,罗总这次外出,那是上层建筑的事,不是要搞'一带一路'盐碱地改革吗,听说跟碱巴拉计划一起实施,属于平行任务。他崔挽明有那能耐,能把他挤对走?"

耿爽面不改色,冷静地说了一句:"在职场,只看结果。罗总和崔挽明的关系刚开始恶化,公司就作这样的决定,你觉得跟他没关系?"

这样说来也不无道理,他点了点头:"耿总,你的意思,不管他了?"

"不管?他来这里没跟你打招呼吧?找的是储健,不管他们关系如何,规矩还是要讲的,既然他不找我,那我得找他。人家都在你地盘比比画画了，不去问候一声也不好。"

"耿总，你就说怎么做，我来就行。"

"干什么？刚说完别毛毛躁躁，跟着我，别乱说话。"

崔挽明此时已经回到了办公室。耿爽带晨海过来，部门同事都看到了。凡是这种情况，大家都会把工作放一放，集中注意力，盯着崔挽明办公室。

这个人身上上演过太多不容小觑的事，看耿爽的气场，大家一致认为会有好戏上演。

果然，耿爽一进门就跟崔挽明甩脸色。

"崔总，你到技术部种苗也不跟我说一声，我好安排人协助你工作啊。晨海要不跟我说，我都不知道这事。"言语之中，透着不满。

崔挽明已经很烦了，这批苗的效果不理想，也可以说盐岛98不耐碱的事实几乎已经确定，这件事随即引发的连锁反应他不敢想象，也没有做好应对的策略。这个时候耿爽过来火上浇油，真是撞了枪口。

崔挽明把装满水的纸杯往垃圾桶一扔，水溅得满地都是。

"耿总，看来技术部还不够忙，我这点事都要劳驾你过来。你要觉得我做得不合适，现在我就把苗扔了。"

一听这话，耿爽把到嘴边的话憋了回去，笑道："怎么会？我就是觉得吧，那个苗你用盐碱处理，温度又那么高，满屋子都透着腥臭味。我过来就想跟你商量，能不能通风换水，毕竟是配套分子实验室使用的，你这样做，我们很多东西都要染菌，尤其基因工程的实验，你也知道，一染菌就毁了。"

崔挽明没回耿爽，而是掏出电话给霍传飞打过去。

"你立刻马上，把我养的苗扔了，越远越好，别让我看到。"

工区的同事一听，都觉得完了，崔挽明肯定落下风了。

霍传飞合上电话:"走吧,跟我去几人,崔总等着回话呢。"

这个时候,再忙也要抽空过去,崔挽明的脾气大家是清楚的,轻易不发火,但要是有不痛快的事,身边人指定别想好过。

这样一来,耿爽就被动了,本来想稍微提醒一下他,顺便宣示一下自己的权力,没想到崔挽明火这么大。

"不至于,崔总,不能扔了啊,通通风就好。"

崔挽明哪听她说这个啊,抄起资料就离开了,留下二人站在原地。愣了半天,耿爽才反应过来:"别愣着啊,帮着收拾去。"

"啊?真扔啊?"

"这可是他自己说的,怨不得我。"耿爽虽然在心里有些忌惮崔挽明,但她也清楚,崔挽明的碱巴拉计划要想长远,还指望着她手里的品种,不能拿她怎么样,这时候挫一下他锐气,未见得是坏事。

晨海这下可学到了,耿爽真是个游刃有余的人,面对对手的时候,既要懂得迂回,也要适当进攻,该说的好话要说,该做恶人的时候也要做。

但他们不会想到,对崔挽明来说,这批苗已经没有价值了,早一天晚一天都要清理掉。而他这样一来,耿爽日后在面对他的时候,在手段上多少会有所保留。

忙了两个多小时,这场大混战才结束,晨海被派去忙活,弄得浑身怪味,从外及内都累积了不少怨愤。可偏偏这时候,曲岚不识趣地过来了。

晨海点了根烟,歪坐在工位上喘着气,没等曲岚开口,便不情愿地问道:"你是幽灵啊,怎么没完没了了!"

曲岚冷静地看着他:"常总要看数据,我来问问,你这边分析怎么样了?"

晨海一听,讥笑道:"你还想要数据?曲岚,脑子没坏吧?我让

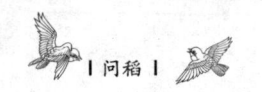

你办事,你屁没办成,没见我累什么样了,还要数据?实话告诉你,你那组数据不太好,没必要费时间了。"

这消息对曲岚来说可不是好事,他这个课题在国外就做了两年,回来又这么久了。这次基因组检测结果关系到试验成功与否,容不得半点闪失。

"不可能的,生物公司已经提供结题报告了,情况没有那么糟糕。我们就想自己人再分析一遍,这样心里有底。"

"是嘛,那我就不清楚了,你另请高人吧,我尽力了。"

"那你说说,哪里有问题,我跟生物公司好沟通。"曲岚盯着不放,势必要问出究竟来。

晨海冷笑一声,打开电脑,当着曲岚的面把编好的代码一行行删掉。

"看见没,现在真干不了啦。"

曲岚惊住了,言辞激烈地问道:"你干什么?啊,删掉干什么?你太欺负人了晨海。"

"我说了,我能力有限。你这个人啊,什么都好,就是太顽固,死脑子一个。做科研,脑子不机灵,会适得其反。"说着,拖着疲惫的身体准备离开。

曲岚的手开始颤抖,任何人可以攻击他,但绝不能拿他的科研开玩笑。晨海的行为对他来说,就是赤裸裸的伤害和侮辱。

曲岚手指一根根攥紧,汇成了一个有气无力的拳头,落在了晨海脸上。

"你太没科研素养了,你不配做科研。"

晨海捂住脸,眼睛都要掉出来了。全公司上下,除了曲岚,任何人在这时候对他动手都说得过去,唯独曲岚,一个软柿子,怎么敢对他动手?他没法接受。这口气肯定忍不了,举手刚要还击,曲岚说道:"别以为我不知道耿总给了你什么好处,不用我说吧,你这种人,就不要做科研了。"

晨海的手连同身体,仿佛猛一下子被电住,舌头都快掉了出来。心中恐慌道:他怎么知道的?

等晨海反应过来,曲岚已经回到实验室跟常丰汇报起情况。

"晨海说结果不好,那就有这种可能,你别太激动。"

"常总,他根本就没给分析,我都看到了,没写几行代码。实在不行,我找国外的同学,让他们帮忙。"只要还有一点希望,曲岚都不会轻易放弃。

但这个课题的难度常丰是清楚的,在曲岚之前,已经有两个博士先后尝试过,都失败了,曲岚失败也在情理之中。所不同的是,曲岚这个人很爱较劲,甚至有些过头。这性子虽说适合科学研究,但容易深陷其中。

"实在不行,换课题吧。"常丰思考再三,给出建议。

"我会解决的,常总,再给我点时间,你相信我。"曲岚再次争取。

常丰扫了眼外面,发现晨海正盯着他们看,便继续对曲岚说道:"你要考虑自己的将来,你还年轻,不能在一个问题上吊死,要学会跳出来思考。"

曲岚也发现了晨海,情急之下指着他对常丰说:"常总,这种人都好意思留在这混,我为什么不能坚持自己的想法?"

常丰把他的手按下来:"干什么?那件事别拿出来说,嘱咐你多少次了?他是他,你是你。你守住原则就行,少管别人。"

曲岚耷拉着脑袋,不服气地说:"我刚才已经跟他说了,常总,太欺负人了,好几次我就想收拾他了。这种人咱们凭什么忍?"

"你说了?"常丰嘴角咧开,显得有些失望,不住地摇头。

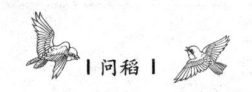

此时，晨海向他们办公室走了过来。常丰态度稍缓，稳住曲岚："别说话，好吧，我来处理。"说着，主动把门打开。

"在外面站半天，有事进来啊。"常丰扶着晨海肩膀，将他拽进来，然后关好门。

晨海扫了眼曲岚，曲岚没正眼看他，就找了把椅子坐下。

"有事？"见他半天不开口，常丰只好打破尴尬。

晨海全程低着头，手不自然地在两侧摆动，就连眼皮都跟着抖动起来。好半天才沙哑地张开口："常总，那件事……对不起……我……"

做了那么大的亏心事，得了那么多好处，凭借耿爽提供的转基因苗一举取代了李薇薇的工作，如此卑劣的行为摆在常丰面前，他颜面尽失。

常丰故作不知，疑问道："小晨，你什么意思，我怎么听不明白，有事就说，吞吞吐吐干什么？"

常丰的大度让晨海紧张的内心越发不安。他很清楚，曲岚那样的人根本不会撒谎，既然能说出那件事，常丰自然清楚始末。这个时候他再不现身给个说法，日后找起麻烦来可就不好过关了。于是又试探地问了一句："就是转基因苗的事，耿总她也是为我好，我没把握好分寸，这……"

常丰满脸笑容地对一旁的曲岚说："你看看晨海，今天怎么了？说了半天，我愣是没听出什么事。你明白了吗？"曲岚配合地摇摇头，仍然面无颜色。

"搞什么鬼？"晨海自问，"这老狐狸跟我装死呢？"

常丰把话说到这个份上，晨海不好再往下说了，很显然，主动权已经丧失，常丰想怎么办那就是他的事了。重要的是如何挽回局面。

灵机一动,他转向曲岚:"不说那事了,我刚才又看了一下你们的数据,问题不大,今晚我加加班,明早把结果送过来,应该还可以。"

曲岚一听,没沉住气,激动得站了起来:"你是说我的结果没问题,还是指你们对这份数据的分析没问题?"

晨海哪知道结果,嬉皮笑脸道:"都没问题,都没问题。"

"没问题好啊,那就感谢了,小晨。"

晨海点点头:"常总,那我先去忙。"

晨海一走,曲岚就坐不住了:"常总,这种人你还给他留面子?耿总把业务带到外面去做,成果直接给了晨海,这哪行啊?"

常丰有些不高兴了:"我说了,这件事不要再提。你把那份检测报告留着,这事给我烂在肚子里。"

里面的玄机是什么,曲岚并不关心,他只是理解不了常丰的处事态度。说起那份检测报告,到现在曲岚都对这件事记得很清楚。

曲岚那天正忙自己的事,就接到了常丰电话,说让他上实验室取份叶片做基因组检测,还给了他几个特定基因号,并嘱咐他保密。后来才知道那是晨海的苗。

除了这件事,常丰还给他看了一个视频,晨海的苗从哪儿来的,公司门口及办公楼的监控拍得很清楚,分明是外面带回来的。而那天晨海只去了一个地方,那就是耿爽家里。事情很明朗了,证据也很确凿。至于常丰为何做这件事,又为何让他知道,至今是个谜。

下班很长时间了,大家都没走。

第一个离开的是耿爽,可过了两分钟,常丰收到条信息后也离开了。

曲岚的好奇心一下上来了。他很确定,常丰对待晨海的态度,一定是因为耿爽,但两个离婚的人能有什么事呢?

收拾好包,曲岚驱车跟了上去,果然,车在金穗市郊的公园湖边停了下来。曲岚远远地看着他俩,从心平气和地交谈发展到言辞激烈地撕扯,前后不过三分钟。曲岚确定,一定有什么事横在二人中间。

拉扯过后,最后还是恢复了平静。耿爽先开口:"就这样吧,你我都是讲规矩的人,还是履行判决书吧。孩子我是不会让你见的,你死心吧。"

常丰有些沮丧和无奈,靠在湖边的围栏上,慢条斯理地说:"看来是没得商量了?"

"对,你别想了。出轨的人是你,我不会让孩子见到你,你现在是他人生的污点,知道吧?你要还有点父亲的样子,离开是你最好的选择。"

"孩子见不见我不是你说了算,你没有权力干涉我履行作为父亲的责任和义务。耿爽,工作上的事我可以不跟你计较,有些事我也在给你留面子,但今天是孩子的生日,你非要撕破脸吗?"

耿爽最听不得这话,不客气地回道:"不好意思,孩子不缺你那点义务和付出。你也别跟我提工作的事,你不比我清白多少,别忘了,当初是你推荐我上外面做项目的,你要想拿这事做文章,劝你省省。"

"耿爽!"常丰大吼一声,"你别太过分,我是推荐你出去做项目,那也是为了让你找到技术屏蔽,后来问题解决了,为什么还在外面搞那些事?晨海是吧?好啊,既然你不怕,我也豁出去了,你明天自己跟公司交代,晨海是怎么做出转基因苗的。"

耿爽以为这件事百密不疏,没想到会落到常丰手里,一下就不淡定了:"常丰,你在查我?"

"谈不上,科研同事嘛,了解了解对方很正常。"

耿爽两眼一黑，差点没掉进湖里。她保住孩子的最后一张牌让对方摸走了，此刻真是百感交集，痛不欲生。

就这样，在曲岚眼皮底下，昔日夫妻上了同一辆车，一起去补习班接孩子去了。

时间虽然短暂，但对常丰来说，和儿子在一起的每一秒钟都价值连城。

而这晚的耿爽却陷入了煎熬。她知道，这件事非同小可，一旦传开，留在金种的希望就不大了。当时从中擎过来，是要在碱巴拉项目上助大力的，可她剑走偏锋，半路生了外心，现在却落下把柄。如不在孩子的事上作出妥协，危险随时可一触即发。

过了三天，李薇薇的桌上便收到了人事部的任命函，而晨海，自然而然退了下来。

一切来得太快，储健得知消息的时候，几乎第一时间冲到李薇薇这边。

"什么情况，真的假的？"

李薇薇把桌上那张纸往他这边一推："很难相信，是吧？我也不清楚怎么回事。要不要去一趟人事部？"

储健摆摆手："那儿的人都是人精，你得不到什么有价值的消息。你想，晨海下来，最该有动作的是谁？"

"那还用说，肯定耿总啊，那可是她一手提携起来的。我问过了，昨天人就没来过公司，看来早知道情况了。"

储健半天也没想明白，天下没有免费的午餐，这突如其来的馅饼就这样不明不白地吃进肚里，万一坏菜怎么办？

"你说，会不会崔总那边？"

"啊，怎么可能？他忙得分身乏术，还有心思搞斗争？不可能。"

"没错，储健啊储健，你这人思想狭隘，把我当什么人了。"崔

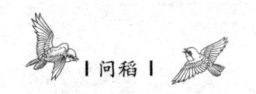

挽明不知什么时候走了进来。

"管他什么原因呢,来者不拒,李薇薇,你不是要在技术部干出点名堂吗?机会来了。不管晨海出了什么事,我敢断定,这一次他起不来了。"

储健有些无奈,又有些窃喜:"崔总,你说前几天你跟耿爽刚因为你种苗的事闹得沸沸扬扬,一转身晨海就出了这档子事,很难让人相信这件事跟你没关。你也知道,现在你已经成公司扫把星了,把你们生产部两大领导相继扫地出门,谁见你都怕。看来以后我跟你做事得留个心眼,指不定哪天就把我撸下去了。"

"你要这么想,那我可以考虑。好了,别忙着高兴。我这都要炸锅了,这两天见了好几个土壤生化专家,都没有解决办法。你们说,试点工作怎么推进,种子还播不播了?"

储健收回笑脸,两手一摊:"我们能有什么办法?这是千古难题,我手里种子有限,解不了你燃眉之急。等明年吧,我让你想种什么样的种子都有。"

"你还是先让我把今年活过去吧,碱巴拉项目的第一枪不能哑火,扔进去这么多钱,真要挺不过去,我也完蛋了。"

储健想了想,意味深长地说道:"你有没有想过?很多时候咱们都在求成功,但总会有失败,阶段性失败不算什么。还有翻盘的机会,不要搞得精神紧张。"

"不不不,储健,你把这事想简单了。碱巴拉项目,不单单是公司的行为,你要知道,这件事没有省里市里支持,中擎当时不可能搭手相救的。当然,作为交易,省里也把几个重要的生物项目给了中擎。这件事,关乎民生,谁都想出成绩,尤其市里面,刘副市长为了这事,来公司多少次了,市里的新闻媒体都盯着项目进度。这种情况下,只能成功。"

储健同意地点点头:"说得没错,上面要成绩,问题是现在没有成功的条件,二十个试点,总要瞎几个的,不可能全面开花。你说怎么办?"

　　猛吸几口烟后,崔挽明扔掉烟头:"下种,播下去。"

/ 第二十一章 /
种源出国

困难面前,一味地停下来思考只会耽误时机,在推进中寻求解决方法,才彰显明智。

但就这件事来说,难点重重。常规的栽培方法和生理调控已经解决不了问题,解决碱性土壤的毒害问题就是要想办法降低pH值。

对于小区域碱性土还好说,为了保住试点,完全可以用水洗土壤。但很多盐碱地都成片连在一起,盐碱离子会在土壤中迁移,随着蒸腾自下而上层析出来,根本洗不完。只有找到长效可治的办法才行。

崔挽明坐在办公室想了好几天,突然反应过来一个事。他拿起电话给王春生打了过去。

得知事情始末,王春生很热情地回道:"崔总,关于试点的问题你不用担心,你忘了,咱们的设备是一对一设计的,用的是你们提供的土壤数据进行的设计。不会有问题。"

"我知道这个事,我就想确定一下,我们一直计划种耐盐碱品种,也是按照抗性品种的最高抗性阈值来设计的智能系统。现在品种耐碱性有问题,系统灵敏性会不会出问题?"

王春生笑道:"崔总啊,我们的系统就是降低盐碱度的,阈值区间也是可以调节的,更换一下芯片就行。没有问题的。"

无非就是再花点钱,崔挽明心里嘀咕着,王春生早就料到了问题所在,连备用芯片都准备好了,就等着挣这钱呢。

但能解决试点问题,花钱也必须要办。难点在于无试点的推广区域怎么办?那是大面积示范区,也是农户的底线,底线要撕破了,以后都不用再提这事了。

"还有个问题,你帮我关注一下,有没有一款好的产品,专门解决土壤pH的。既然你们设计出了智能系统,原理也都清楚了,你们就没做产品方面的开发?"

王春生一听,一拍脑门,大惊道:"崔总,了不起啊,你怎么知道我们在做这事?"

"真的在做?有货吗?"

"崔总,研发刚开始,我们也不专业啊,找了两家化工厂正在摸索,生物肥料不是那么容易的。"

"还有没有别的办法?我现在就要用,来不及了。"不管怎么说,有行动就是好消息。但对于解燃眉之急,显然是不能等的。

"实在没招,就用化学改良剂吧。"

"能行?"

"盐碱土尤其是碱土中钠离子被土壤胶体吸附后,会导致胶体相互排斥和颗粒分散,土壤表现出湿时黏干时硬、通气透水和适耕性能差等物理性质,土壤碱化严重。通过向土壤中使用化学改良剂、有机肥可降低甚至消除这些不利影响,这就是化学改良剂改善土壤理化性质的原理。"

"比起生物肥效果如何?"崔挽明对化学试剂还是不放心。

"崔总,这你就外行了,通过使用石膏、过磷酸钙等含钙较高的化学改良剂,盐碱土尤其是碱化土耕层中可交换性钠离子含量和碱

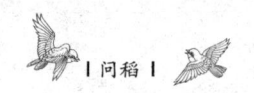

化度明显降低。不同性质的化学改良剂，对盐碱土改良效果不同，其中石膏对碱土的改良效果优于有机肥，有机肥对盐土的改良效果优于石膏。"

崔挽明眼睛一亮："真有这么神奇？王总，你不早说，还跟我说什么生物化肥？"

"哈哈，崔总啊，我们搞生物化肥是想有个长效解决方法。你现在不是没办法嘛，就得用化学改良剂。再配合水利工程，我想你的问题可以得到解决。"

王春生的话让崔挽明又看到了曙光。让侯延辉布置播种任务的做法看来是赌对了。

办法虽然有了，可实施起来是需要资金的，试点的碱性土改良还好说，公司可以承担一些，但周边农户怎么办？不可能再增加他们的投入了，他们也不能这样干，本来水稻价格就不高，加上复杂的治理产生的劳务费，只会让农户雪上加霜。

和王春生通完电话，他马上联系了农业厅土壤资源处的冯处长，让他帮忙想办法。

华河省在盐碱土治理方面没有实质性经验，冯处长对崔挽明的答复也只是帮忙留意，等同于没有办法。但在崔挽明看来，只要靠花钱能解决的问题都不是问题。

现在他想的是，要么引资，要么让政府制定补贴政策。但第二条可能不太现实了。盐碱化严重的区域本来就经济情况不好，加上前期为了推进项目，当地政府已经启动了种植补贴政策，这也是在甘霖的协同下完成的。如今再让政府出资，不太现实。引资的话，以什么由头去吸引对方？这是个问题。

崔挽明现在对碱巴拉项目的盐碱地治理已经有了清晰的认识，碱性土的治理从眼下来看，就得按照王春生的建议来做，但剩下的问题已经不是他自己能解决的了。

往往这个时候,他都会去找张志恒,不管是引资还是拉项目,以崔挽明的身份还远做不好。

张志恒很长时间没和崔挽明沟通了,见他主动过来,倒也很兴奋。

"你怎么来了,大忙人?我听说种子都布下去了,推进挺顺利嘛。"

崔挽明虚心回道:"张总,各部门同志都在配合这件事,项目能走出这一步,我和你一样高兴。"

张志恒清楚,以崔挽明的个性,如不是碰到难题,不会轻易找他。索性打开天窗:"是吗?小崔,我怎么没看出你高兴啊,倒像有一肚子难处。"张志恒端过来一杯热水递给他。

崔挽明眼睛一亮,赶忙站起来:"张总,神了!我这儿没张口,你就看到我肚里有什么了。我跟您实说吧,这次过来确实碰到难处了,我在想,公司跟化工口的企业有没有业务往来,能不能找他们解一下燃眉之急?"

接下来,崔挽明把问题和难处和张志恒捋了一遍,算是把烫手山芋扔给了他。

张志恒觉得这是个大事,思考了半天才回复:"小崔,下次有困难一定及时沟通,这些事靠一己之力是办不下来的。我早就跟你说过,碱巴拉计划的所有事,你都可以第一时间找我。这件事交给我来想办法,我这几天就跑市里一趟。你有什么好建议?"

崔挽明心里早有了计划,就等张志恒这句话呢。

"其实不一定非得用化工口的公司来投钱,我想,不管谁出这个钱,咱们都要让他们把钱挣回去。我在想,直接找个大的粮商,到时候盐碱地稻子的收购权直接匹配给他,这样,掏钱也名正言顺。

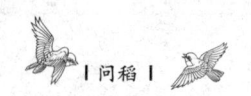

金穗市今年在碱巴拉项目上的动静不算小了,政府在后面撑着,我想这时候肯定有愿意冲锋陷阵的人。"

张志恒想了想,说道:"这确实是个思路,但也有难处。又要让农户有得赚,投资人也要在上面获利,不是随便一个公司能办成的。但这都是他们商人的事,钱怎么赚咱们不管,只要让农户有利可得,这件事就可实施。"

崔挽明清楚,随着碱巴拉项目的推动,华河省很多人想坐上这班车,各种米业种业,都带着商业噱头在那儿待命,他们的变现能力不用说了,什么品牌效应都能给你炒起来。关键在于项目的后劲有多大,政府的决心有多大,只有这样才能稳住投资者,才能形成长久之计。

所以,这件事的可持续发展还得依靠张志恒和市里的关系。

生产到销售,任何环节受阻,都会带来负面效应。尤其是下游市场。但好在有张志恒的支持,崔挽明的后顾之忧也算得到解决了。不过,这样一来,相当于把属于公司内部的业务让位给他人了。

不管是做种子还是大米,金种有自己的市场,完全可以自己来做,但掏钱的方式不可取。最重要的是,这种利民的工程项目,往往分享出去了,才能把事做好,盘子才能活起来。

从张志恒办公室出来,崔挽明就把消息告诉给侯延辉,让他那头放下心,可以甩手开干了。不料话还没说完,侯延辉不高兴了:"你说什么?加工市场要找外人来做?没搞错吧?"

崔挽明不解:"延辉,这是好事,怎么,有什么不妥吗?"

"崔总,你倒是好了,让我销售部兄弟怎么办?你太不体谅我了。"

崔挽明还是没太明白,但心里清楚,侯延辉这样说,那一定是动了他利益。

"你痛快的,到底什么意思?谈恋爱之后人都磨叽了。"崔挽明追问道。

"崔总,你是不是糊涂了?销售部为了碱巴拉项目,可是倾尽所有啊。我们几个月在外面奔波,又是宣传又是讲课,为的什么?我看中的就是耐盐碱大米的品牌,这个东西韩总一直盯着,你这个时候把市场让出来,让我兄弟们喝西北风去啊?"

侯延辉这样说,崔挽明总算明白了。他真是没考虑这一点,这下可把韩瞳得罪了。

"兄弟,听明白了,实不相瞒,我也想把市场留在公司,但现在要解燃眉之急,公司需要现钱,你也知道,碱巴拉项目现在投入不少了,依靠咱们自己肯定不行了,需要资本介入。"崔挽明的言外之意就是金种已经没有闲钱来补贴碱性土改良了,即便要做大米品牌,也是以后的事。更何况张志恒已经点头了,从崔挽明的角度来说,不可能作出让步,他知道,这一步如果走不好,明年的工作将愈发艰难。

但为了稳住侯延辉,崔挽明还是给出了态度:"你那头的事先忙完,等你回来,一起见韩总,这个事我来想办法。"

侯延辉心凉了半截,他没想到崔挽明会给他来这么一下子。为了崔挽明的项目,他也算赴汤蹈火了,没想到自己进了汤锅。

侯延辉的心病自然要解除,但目前金种集团还有件重要的事要处理。

会议定在下午,所有经理级别的人都需参会,涉及各个部门成员。罗思佳要出国,这是尽人皆知的事,但居然还有个特别会议,却是没人想到。

"罗总一直都有海外合作项目,盐碱地改良还是头一次,一会儿看看,我觉得有大事发生。"坐在一旁的储健对崔挽明说道。

"不至于吧?"

"这件事公司的保密工作做得好,计划不是一两天了,老罗这次走,一时半会儿回不来了。生产部真就你自己掌权了,这下没人干涉你做事了。"储健朝崔挽明竖起大拇指。

"乱说什么!别往我身上扯。"

正说着,领导们走了进来。罗思佳和张志恒座位挨着,两人笑脸相向,相继落座了。张志恒正了正眼镜,开始发言:"我这人你们也知道,最不喜欢开会,但今天不一样。罗总要走嘛,你们也都听说了,罗总这次外派,就是要在'一带一路'沿线国家搞水稻育种利用。公司在中擎的支持下,已经从低谷走了出来。碱巴拉项目虽然投进去不少资金,但我们仍要去拓展海外业务。咱们国家虽然每年都在进口优质米,但相比之下,东南亚一些国家,口粮自给自足还是问题。一方面缺乏好的种源,一方面缺乏好的种植技术。这一点罗总带着生产部做了不少工作,在东南亚一些国家已经选出了适合当地种植的品种。但盐碱地改良是全球问题,现在碱巴拉项目积累了经验,技术部的同志研发了新品种,不管是技术支持还是种源支持,咱们有必要把碱巴拉项目思想带到国外。"

说到这儿的时候,下面有了议论声,张志恒也稍微停顿一下:"怎么,看来大家都有想法?"

话音刚落,崔挽明站了起来,看了眼罗思佳,对张志恒说道:"张总,你是说要把种子引到国外?"

"没错,盐碱地改良的重点和难点一直都是技术先行,但这需要付出巨大代价,我们做了二十个试点的技术升级工作,就是为了设计出不同土壤环境下的洗盐系统。但大家要明白,种子才是农业的芯片,不从根源上解决问题,不找到耐盐碱种子,盐碱地的持续利用就会成问题,迟早会因为经费原因而得不到技术支持。所以,经公司决定,耿爽和储健研发出的种子,这次由罗总带出去少量试种,包括盐岛98,也跟着一起出国。"

崔挽明听完公司的决定,喜忧参半,但他不能多说。从张志恒的话里不难听出,碱巴拉计划开始的那天,公司就准备做海外盐碱地改良的计划了。个中细节公司也做了规划,轮不到他指手画脚。

接下来,公司要求各部门配合罗思佳海外项目的实施。金种这次出国,也算是对外的种源支持了。

崔挽明担心的正是种子的问题,虽然储健和耿爽在国内的实验成功了,但能否适应国外的盐碱环境还不好说。

他捅了捅储健:"你小子,是不是早知道消息了?藏得挺深啊。"

储健也一脸蒙:"知道什么?我跟你一样,一点准备没有。"

"无所谓了,问题是,你什么想法,对你的种子有把握吗?"

储健迟疑了两秒:"你也知道,盐碱地种植,种子只是单方面原因,还有栽培技术……"

"我就问你有没有信心?"崔挽明不想听他长篇大论。

储健摇摇头:"罗总把种子带出去倒是没问题,他的生产能力也不用说。但盐碱地项目是罗总的短板,他经验有限,我担心会出问题。"

崔挽明肯定地点点头:"嗯,我跟你有一样的感觉。不过,我现在有个想法。"

"你能解决这个顾虑?"

崔挽明刚要回复,被张志恒打断了:"看来咱们技术部和生产部骨干同志有话要说,那就畅所欲言吧。"

张志恒朝崔挽明使个眼色,崔挽明只好站起来:"张总,我俩在想,用不用派两个有经验的同事跟罗总一起出去,毕竟碱巴拉项目积累了经验教训,正好能用到实处。"

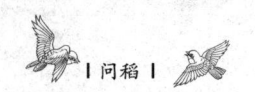

"好啊,这正是我想说的事,正打算听听大家意见,谁能跟罗总打下这个攻坚战,你们比我更清楚,会后你们再议,我的想法,最好英文过关,到那边好交流,便于工作开展。"

其实,崔挽明说这事的时候,心里已经有了主意。不管罗思佳什么想法,他觉得把张可欣派出去最适合不过,她组织能力强,对盐碱地熟悉,无论是栽培技术还是配套政策,她都熟悉。

但这个想法背后的唯一顾虑就是侯延辉,现在他还欠侯延辉一个解释,刚砸了人家的市场生意,又要把心上人送出国去,岂不是要侯延辉的命?

想到这里,崔挽明犹豫了。他很清楚,只要跟张可欣提这事,依照她的性格,一定会冲锋陷阵。但这样一来,侯延辉恐怕会吃不消,即便要促成这件事,也要放在明面上,不能再藏着掖着。

崔挽明已经感觉到,侯延辉对盐碱稻米市场问题这件事已然很在意。虽然他们个人关系很好,侯延辉也绝非利益主义者,但在工作上,他绝对是事业型的人。而一旦动了他的事业,是很危险的事。

但他既然把话说出来了,人必定要从他这里出。毕竟除了他,谁的手里也没有相关人员储备。

这场关于罗思佳海外援建盐碱地改良项目的细节实施会就这样结束了。马上,远在推广一线的张可欣便得知消息,第一个打来电话毛遂自荐。

崔挽明含糊其辞,让她先处理手上事,既不拒绝也不同意。他思考了一下手里这几个人,张磊和霍传飞孤家寡人,按理来说最合适不过,但英语底子差,在盐碱地勘测、栽培技术和推广方面经验不是最好的。

现在看来,只有甘霖和夏中秋了。一个精通大田生产和育种技术,一个熟悉碱巴拉项目,又是中坚力量。两人又是新欢恋人,事业心正旺。虽然和张可欣相比,统筹能力稍有欠缺,但不可能面面俱到,也不可能把这些人都派给罗思佳。

罗思佳登机离开,意味着相关人员必须紧随其后了。因此,试点播种工作一结束,他马上联系侯延辉,答应他的事需尽快落实。

因为他知道,侯延辉一旦回来,张可欣回来也就早晚的事了。

侯延辉这段时间心情一直不太好,事情也已经告知韩瞳,一收到崔挽明信息,便马不停蹄赶了回来。

崔挽明已经和他约好了时间,韩瞳早就等在办公室,关于如何让销售部参与到耐盐水稻品种的市场开发上来,今天必须给个说法。

侯延辉下车后,见崔挽明站在公司楼下来回踱步着。边走过来边抱怨道:"你这人,说你点什么好,太不懂事了。你做好本职工作多好,非要得罪韩总。一会儿进去态度好点。"

崔挽明追上去,附了一句:"你就别唠叨了,见到韩总,别给我火上浇油就行。"

"那是我领导,放心,不会向着你说话。自求多福吧。"

韩瞳这些天也在思考这件事,一方面不能得罪张志恒,一方面又不能让部门同事寒了心。不管谁插手稻米市场的开发,他都不能坐视不管。

见到崔挽明他自然没好脸色,侯延辉他俩一进门,屋里气氛一下就严肃起来。

"崔总本事不是一般地大啊,懂生产育种,懂工程建设,又指挥种子销售推广,现在又涉足稻米市场。你留在金种真是屈才了,难怪侯延辉颠着屁股跟你干。"

侯延辉一听,赶忙接住:"领导,我可一直在您安排下做事,哪敢听崔总指挥!您多想了。"

"是啊韩总,因为很多地方需要侯总的配合,一些方案直接从我

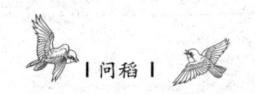

这出的，难免汇报不及时。下次我注意。"崔挽明补充道。

韩瞳把外套脱了搭在椅子上，走到门前把门一关，回身问道："小崔，你来公司时间不长，但业务能力大家都有目共睹，如果给你个更大的平台，相信你能发展更好。我没跟你开玩笑，最近有两家国际市场做得不错的公司派猎头接触我几次，三番两次找我要人，我还真把你情况介绍了一下，人家挺感兴趣。怎么样，去不去试试？"

韩瞳这番话对崔挽明来说是个极大的警告，崔挽明听完后回道："韩总，我要真有这本事，还到处给您惹麻烦？这不，过来就是跟你请罪的。"

崔挽明态度明确，也是韩瞳期望的，但不代表要作出让步。

"小崔啊，你这个人呢，责任心没得说，就是太过热心，什么事都管。你也不想想，公司养这么多人干吗？分工协作嘛，你跳过我和延辉，直接找张总谈市场的事，这很欠考虑。"

"对，我太急，没考虑周全，这事我有责任。"

"嗯，你确实该负责任，碱性土壤改良需要资金投入，咱们一起想办法嘛，再说了，张总出面去办也不合适。这点人脉关系我们还是有的。搞个合作就可以了嘛，没必要把市场交出去，这样付出太大了。"

一听韩瞳这番话，崔挽明觉得自己把事情想简单了，心里有些懊恼。再怎么着急也不应该把这么好的业务转给外人来做，耐盐碱稻米的品牌必须由金种自己来完成，这个原则一旦动摇，碱巴拉计划的后续爆发力将折损多半。

产品研发和基础设施都付出巨大牺牲，到了成果落地的时候反而移交外人，无论如何，这都说不过去。

崔挽明连连道歉，韩瞳内心自然得到极大满足，但要想解决这件事，还需他亲自见张志恒一面。

韩瞳见完张志恒的第二天，接到张志恒秘书来电，韩瞳、侯延辉和崔挽明应邀赴宴。

去的路上，侯延辉边驾车边问："韩总，听说刘副市长也来，张总这是唱的哪一出，不会是鸿门宴吧？"

韩瞳闭目养神，半天才吐出几个字："说不好，这不是你能操心的事，好好开车。"

韩瞳表面平静，内心早已风起云涌，光是张志恒还好，刘副市长也来，大概率要插手此事。这样一来，韩瞳的想法恐怕要面临威胁。

领导们都到齐了，就差崔挽明迟迟不来，用刘副市长的话说，他可是今晚的主角，他不到，饭都没法吃。

韩瞳听到这话，浑身不自在，刘副市长压根就没把他当回事，他刚走进包房，伸手和刘副市长握手被拒，已经说明今晚的话题走向了。

这样一来，韩瞳基本敢断定刘副市长的态度了。

侯延辉看出端倪，也不敢说什么，站起身来端茶倒水，一个劲地缓和局面。

五分钟后，崔挽明的到来才打破僵局。刘副市长第一个站起来："看看我们的项目总指挥，忙得连吃饭都没时间，快，过来挨着张总坐。"

崔挽明一看侯延辉和韩瞳挨着上菜口，自己却要入主座，觉得不太合适。

"韩总，你挨着张总吧，我这级别哪够啊。"

侯延辉赶紧给了他一个眼神，让他赶紧闭嘴。韩瞳脸色暗沉地摆摆手，一个字没说。

143

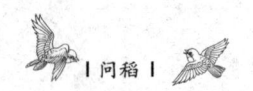

张志恒赶紧出来圆场:"老韩总出差在外,胃都喝出毛病了,今晚我做主,让他歇一歇,大家不要客气了,让刘市长吃口热乎菜。"

崔挽明心领神会,坐了过去。

但酒桌上还有一个人大家不认识,此人短小精干,年纪不大,胡须规规矩矩地排在下巴上,从韩瞳进屋到现在,脸上始终保持着笑容。

韩瞳多少猜到了,如果不出意外,这位定是刘副市长替张志恒找来的金主,也是为崔挽明解决碱性土改良问题的人物。

张志恒话毕,刘副市长就动起了筷子,先埋头吃了几口,把嘴里的东西吞咽进肚,才抬头道:"对了,忘给大家介绍了。"他拍了拍一旁的金主,"刘承俊,以前在国储粮干,悟性差,后来自己辞职下海。现在深圳搞了个跨国公司,搞优质粮进出口贸易。积累了一点基础,一听张总需要用钱,马上给我打电话,非要跟大家见一面。"

刘承俊微笑道:"岂敢岂敢!金种看得起老弟,老弟才有机会跟各位老总吃个饭,是刘市长想着张总项目的事,能想到让我来,也是老弟的荣幸。"

两人话毕,韩瞳觉得大势已去了。他看了眼张志恒,那边仍然不动声色。

侯延辉早就忍不住了,他可不怕得罪领导,大不了换家公司干。像他这样的人才,有的是去处,单考虑这一点,张志恒也不能拿他怎么样。

有了这样的心理铺垫,没等韩瞳反应过来,他端着酒杯站了起来。张志恒一看,下巴都要掉下去了,但为时已晚,劝阻已来不及了。

"感谢刘市长和刘总为我们操心,没有你们的把关,我们的项目确实不好推进。我想啊，金种的销售团队会举全力欢迎刘总前来合作，咱们努力把市场端做好，争取把耐盐碱水稻的品牌效应打出去。争取把……"

"我打断一下你。"刘副市长扶了扶眼镜，沉稳地坐在原地，连肩膀都没晃动一下，"刘总过来呢，是要整体布局市场的，这边的方案很成熟，只要你们的米质过关，剩下的事都会一马平川。你们完全可以放心。"

话说到这个程度，用意很明确了，再往上争取，恐怕就自讨没趣了。

侯延辉不管这个，接住刘副市长的话："我刚从播种一线回来，包括试点在内的所有区域都由我负责推广种植，这批种子，没有我点头，恐怕谁也拿不走。"

侯延辉说完，一杯酒倒入肚里，顺势坐了下去。

张志恒的脸挂不住了，把筷子往桌上一拍，揉了揉肩膀，冷静地对侯延辉说道："延辉，知道你为项目付出了很多，但你要知道，没有刘市长牵头搭线，就没有中擎的加入，也就没有碱巴拉计划，包括后期政府出台的惠农政策，跨省跨区域帮扶政策，哪一项不是刘市长争取来的？金种得到中擎的助资，刚从财务危机恢复不久，不可能在碱巴拉项目上倾尽所有。刘市长缜密，替咱们想好了后路，这才把刘总请过来，咱们应该感谢刘总的雪中送炭。"

张志恒的态度彻底让韩瞳绝望了，一旁的侯延辉听完这席话，露出了无奈的微笑。

"崔总，你也这样想？"他当着大家面，问向崔挽明。

崔挽明不是不理解侯延辉，从内心也想促成侯延辉和刘承俊的合作，但刘市长和张志恒都把话说死了，谁再有不同意见，那就是不识抬举了。

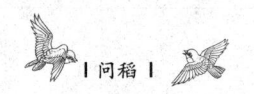

再者，他认为侯延辉的格局不够大，碱巴拉项目刚起步，以后要想彻底立起丰碑，没有旁人助力，很难稳住。也就是这时候，崔挽明才深深地感受到，碱巴拉项目根本不是金种自己能吃得消的。

"延辉，你不要激动，我们的推广工作刚见成效，这方面人力不能放松。刘总又有国际贸易平台做支撑，能帮咱们分担压力是好事。"

崔挽明清楚，说这样一句话，必然要得罪侯延辉，但这个时候只能这样做。销售部想啃这块骨头，现在得不到公司支持，怎么闹腾也不会有结果，还不如顺水人情，做事情不可能一步登天，总要有所得失。

韩瞳全程一句话没说，听崔挽明表完态度，咬着牙跟侯延辉说："延辉，赶紧跟领导道歉，做人不能眼光狭隘，有些事咱们看不到，领导都替咱们想着，不要不懂事。"

侯延辉没有理会韩瞳，索性起身走了。

刘承俊一看这情况，问张志恒："张总，看来我喧宾夺主，坏了侯总大事了。刚才的话当我没说，项目的事先放一放，有机会再合作。"

一脸笑意的刘承俊透着十足的城府，让人不寒而栗。

张志恒岂能让刘承俊撤资，保证道："刘总多虑了，延辉性情中人，对市场有感情了，难免冲动。但感情非但不是解决问题的办法，更是成功的绊脚石。由他去吧，咱们谈咱们的。"

"就是，年轻气盛，还是太浮躁。"韩瞳言不由衷地补充道。

而侯延辉这边，出了饭店大门，马上在碱巴拉项目推广的小群里发了条消息：兄弟们准备一下，销售部需要重新布局，都回来开会，推广的事先放一放。

张可欣也在这群里，看到消息马上给侯延辉打过来询问情况。

侯延辉把电话放一旁不予理睬，此时此刻，他感到了莫大的羞辱和欺骗。他为了崔挽明做成事，可谓倾尽所有，回过头一看，崔挽明把他给卖了。

这口气他一分钟都忍不了，尽管他知道领导的抉择不是崔挽明能左右的，但也清楚，崔挽明在其中起了决定性作用。

一连好几个电话，张可欣都没能打通，实在没办法，只能给崔挽明拨了过来。

崔挽明借机便离开了饭桌，不打算再回去吃喝。他很明白，让他过来的意义随着侯延辉的离开，已经不复存在了。他跟侯延辉这样的角色，只是领导手里一颗棋子罢了。

他把情况跟张可欣说明，并嘱咐她抽空回来劝劝侯延辉。

结果第三天，人就到了。

侯延辉自然被一顿训斥，就在他办公室，销售部坐班的所有同事都听到动静了。

王帅是第一个听到的，对于张可欣的选择，他还是不能释怀。他再也不能像以前一样跟她有说有笑了，人家现在是领导夫人，他不过是个不起眼的小角色。对于张可欣，他只能放在心底了。

从办公室夺门而出之后，张可欣直接去了崔挽明办公室，进门就开始责备："崔总，出国帮扶盐碱地种稻的事怎么不通知我？我都听说了，你现在压力很大，上面一直朝你要指标，实在不行，把我交出去吧。"

崔挽明摇摇头，一本正经地说："你已经不是孤家寡人了，还是留下来，培养一下感情。"

"崔总，能不能别提那个人了，我就没见过他这么固执过，听说把张总也得罪了。他可真行，成公司红人了。就这种人，我以后能跟他过吗？还没断奶呢。"

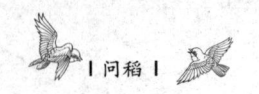

崔挽明又一笑:"别说,他还真离不开你,这段时间多陪陪他吧。出国的事我找甘霖和夏中秋,你不用操心了,播种完马上就要整地,跟试点负责人勤沟通,这个时候要保证顺利运行,不能出错。"

"他俩去?我不同意,崔总,我可是大老远跑回来领命的,可不能偏心给他俩。我还想出国看看呢。"

"看看?东南亚沿线盐碱地众多,大都贫瘠,去的人都要有打持久战的准备,是要沉下去扎根土壤的,不是体验生活去了。"

"我也有责任心啊,崔总,你就给我个机会吧。"

虽然张可欣是最适合的,但侯延辉和他的关系处在微妙阶段,这时候绝不能再打她的主意,否则侯延辉必然跟他撕裂。

/ 第二十二章 /
全国海水稻大会

甘霖和夏中秋回到公司后,崔挽明决定给罗思佳去个电话。虽然两人的矛盾始终都在,但为了工作,没有跨不过去的鸿沟。

此时的罗思佳正蹲在一片干涩的盐碱地旁边沉思。储健和耿爽提供给他的种子量不多,加上崔挽明手里的几个品种,够他在东南亚搞个差不多的示范田了。

旁边的背包里有提前打印好的种植技术流程,这段时间,他挑灯夜读,也把书都翻烂了。但真正到了地头,书本上的东西一下就失去作用了。

他在想,这样一片地,真的能种成功吗?凭借他一己之力肯定是行不通的,公司派他过来对接的单位是国际水稻研究所下设的一个科研院所,其任务就是通过种稻改良盐碱地,但因为技术受限,一直没在种源上有所突破。罗思佳此次前来,正是带着公司新研发的种子过来试种的。

蹲在田边怅然若失的罗思佳心里一点谱都没有,他也知道公司借着这个名义让他出来,其用意就是怕他在公司牵制崔挽明的工作计划。既然这样,罗思佳也做好了打算,他暗自告诉自己,一定要在这边把示范区搞好,一定要让公司的种子在这里生根发芽,儿孙

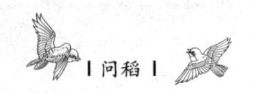

满地。

正冥思着，崔挽明电话来了。他等了一会儿，从地上站起来，接了电话。

"罗总，我崔挽明啊。怎么样，你那头一切顺利吧？"

"哦，是你啊，有事吗？"

"没太重要的事，就是告诉你一声，甘霖和夏中秋我给派你那儿去了，他们俩帮你做做育种和推广工作，都是年轻人，相信会没问题的。"

罗思佳一听援助团要来，心里激动起来。形单影只的日子并不好过，身边没个助手，有些事没办法开展。他没想到，最需要人的时候竟然是崔挽明伸出了援手，想想自己对崔挽明的那种狭隘，真是心里有愧。

"感谢啊，他们一来，我们这边就开始对接工作，你把行程发给我，我安排人去接。"

虽然在东南亚一带待过很长时间，公司在这边也有据点，但始终没个正式的驻地。这一次，罗思佳想通过公司在这边弄一个简单的办公地，作为长期规划使用。

当天晚上他便给张志恒去了电话，虽然张志恒没有立刻同意，但起码留下了商量的余地，罗思佳觉得这个事有希望。一旦种子在这边的盐碱地试种成功，就能彻底站稳脚跟，公司也就舍得拿钱援建了。

不过，罗思佳有一点是很担心的，这边的盐碱土会不会超出种子的耐受极限，这一点没有考察过。在这样一种情况下，公司就贸然派他出来搞合作，万一搞砸了，岂不是闹笑话！

他不清楚张志恒是怎么跟这边吹嘘的，金种的优势在于碱巴拉项目的排盐控盐系统。但这个系统不可能在这边上线，其功效如何，今年夏天就能知道个大概。因此，甘霖和夏中秋过来，也只能从栽培和育种角度上给予当地支持。

罗思佳认为，对于公司发展来说，这样做远远不够。这边的水稻种植技术本身也不弱，他们需要的是科技力量，比如耿爽的多基因编辑技术、储健的分子标记辅助选择技术等一系列限制发展的卡脖子技术。

更何况这边的分子标记辅助育种已经在耐盐碱水稻上取得了成功。全世界第一个克隆出来的水稻耐盐基因，已经在这边实现了分子育种。但整个东南亚有近三亿亩盐碱地，靠一个基因是解决不了种子卡脖子问题的。

国际水稻所这些年也一直在做这方面工作，也育成了一些耐盐碱水稻。但推广种植效果很有限，所以才全世界找合作者。

这不，碱巴拉计划一经推出，很快引来关注。尽管崔挽明在极力隐瞒种子的事，他觉得公司现在的种子还没到资源共享的阶段，起码要经过两年的大面积示范，产量稳定后才能引为他用。但这不是他左右得了的。金种之所以耗尽财力搞耐盐碱种子，就是为了发展所需。只要有一粒征服盐碱地的种子站住脚，所有的投资者和科研人才都会靠拢过来。这对公司来讲，是实力升级的关键。

等罗思佳这边正式投入工作，崔挽明也要面对一个很现实的问题。

侯延辉的缺阵对他来说是一个重创，最要命的是，通过这件事，张志恒对侯延辉已经有了不好的印象。

销售团队被侯延辉撤了回来，各试点及周边辐射区的盐碱地种植技术推广就少了一大批主力军。为了培养他们，崔挽明花了太大的精力，光是培训课就组织了好几期。现在大有一步走错全盘皆输的趋势，这让崔挽明寝食难安。霍传飞和张磊已经跟张可欣下去调研去了。

眼下已进入插秧阶段，尤其覆膜滴灌区，必须管理好插秧环节，一旦薄膜损坏，治盐效果很可能出现偏差。

崔挽明坐在公司的网络部会议室，通过调取各试点监控来监督插秧工作。随着每一棵稻苗插进土壤，崔挽明的心都跟着颤抖一下，如果接下来半个月稻苗返青效果好，那就成功一半了。

秦远征作为技术指导，全程跟着崔挽明遥控指挥。与此同时，刘承俊从全国各地调运过来的石膏和有机改良剂等已经到了农户手中，此时正往地里扬撒。

看着一幅幅忙碌的画面，崔挽明内心又燃起了希望。西北地区、东北地区、中北部地区、滨海地区、华北地区，可供农业利用的盐碱地累计一亿亩。金种走出的这一步，和长远的农田生态相比，远远不够。

而碱巴拉计划也只是初见雏形，具体的细节还需要大量的投入。试点的智能洗盐系统将来也只能作为园区使用，盐碱地利用的关键还在于良种良法。

崔挽明感觉到希望的曙光就在前方。只要有一个成功案例，就会有越来越多的种子去满足不同生态区种植，最后形成合力，实现对盐碱地的全面利用和治理。

侯延辉情绪失控这件事也让崔挽明意识到金种要做的努力还很多。

虽然他的心一天都放不下地里的秧苗，但他也清楚，即便他有三头六臂，也不能面面俱到。碱巴拉项目是个长期的过程，没有捷径，也远不足以改变盐碱地现状。

他思考了一两天，静静地待在家里陪孩子，计划着接下来的打算。

这时候,好久没联系的刘君来了一通电话。说是国家耐盐碱水稻技术创新中心三亚总部科研基地的耐盐碱水稻取得成功了。现在正组织全国海水稻大会,问他有没有时间过去看看。

"你这电话来得正是时候,我正想出去转转,脑子都要生锈了。"

"你家在哪儿呢?我给你带点林海特产,顺便看看大侄子。"

"什么?你来我这儿了?"崔挽明诧异道。

"怎么,不欢迎啊?"

"怎么会,我就是好奇,大老远跑这来看我,你是真闲啊。"

"这不为了去海南开会嘛,我一看会议主题,就知道你肯定会去,所以过来跟你搭个伴。别啰唆了,把你家位置发过来。"

崔挽明刚才还在怅然若失,一听刘君来了,一下就来精神了。

自从刘君被他推荐到北川大学接手他的育种工作后,他们很少再见面。离开北川大学这么久,刘君的到来,无疑是意外之喜。

这就是实实在在的生活,不像冰冷刻板的工作,永远只有任务和分工。

崔挽明收拾好家,带着崔卓下了楼。

"儿子,想没想你姑父?他到金穗市了,看你来了。"

崔卓眼睛一亮:"想,我还想林爷爷呢。"

是啊,很久没回去看林潇潇爸妈了。崔卓这几年几乎都在林潇潇家长大,对两位老人感情很深,来到这边也没有亲戚朋友可往来,这对孩子成长多少是不利的。

崔挽明捏了捏崔卓小手,驱车去接刘君。都到这里来了呢,岂有不接的道理?

途中他又给加班的林潇潇去了电话,让她回来的时候买点菜。

林潇潇这段时间一直在忙案子的事,本来是不打算回来吃的。一听说刘君来了,马上腾出手,把工作交代一下,去了生鲜超市。

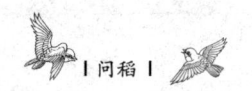

见到刘君的时候,身边还多出一个人。崔卓大老远就看见了,他一声尖叫:"爸,小姑来了!小姑,这边,我在这儿呢。"

崔卓摇晃着小手,朝着崔小佳使劲挥舞。恨不能即刻冲到她跟前,车还没停稳,就急着要下车。

刘君一把将崔卓从副驾驶车窗抱了出来:"乖侄子,想我没?"

崔卓扮个鬼脸,一个劲摇头:"我才不想你,我想我小姑。"说着便拼命地从刘君手里挣脱,要扑到崔小佳怀里。

崔小佳伸出手把他接过去,亲了一口他脸蛋:"宝贝又长高了,姑姑都抱不动了。"

"崔卓,你懂事点,你小姑一路都累了,快下来。"

崔卓不肯,把脸转到一边。

崔挽明看了眼崔小佳,极为平静地说道:"别站着了,上车,回家。"

崔小佳没有跟他说什么,一切都还像从前一样。兄妹俩在北川大学结下的矛盾,直到十多年后的今天也还没解开,只是随着时间的推移,随着各自家庭的稳定,这种矛盾趋向平和,向着亲情靠拢了。

相聚固然重要,但海水稻大会对金种来说,是个难得的机会。全国做耐盐碱水稻改良研究的专家代表都会汇聚三亚,如果把金种近年来的成绩拿出来亮相,说不定会引来同行的关注,对于碱巴拉项目的发展将大有好处。

崔挽明一边将情况报明公司,一边着手做宣传海报,又联系会务组,希望可以为主办方提供一笔会议赞助费。

会议在即,赞助商本来已经到位,但经过崔挽明软磨硬泡,会务组实在没招,给他留了个靠近卫生间的宣传位置。各路专家济济一堂,崔挽明要是争取不到这个赞助机会,就没机会到会场宣传公司产品。

两天后，带着准备好的宣传资料，公司派分队先过去布置宣传台。崔挽明和刘君紧随其后，而崔小佳选择留下来陪崔卓，未随之前行。

崔挽明这次带过来的宣传内容主要为储健和耿爽新研发的耐盐碱水稻和相应的技术介绍，以及二十个试点的现场监控视频。为这个，崔挽明特意找了个公司，租了三天的显示器。

会议茶歇期间，同行们都聚在一起聊科研进展，更多的是参观各单位的产品展出。有大型智慧农业表型平台的单位，有核酸检测公司，有生物仪器公司，拿出的都是实际产品供大家参观和体验。唯独崔挽明这边弄的主要是技术资料及影像资料。

但他这东西却很快吸引了人围观，不管是品种技术介绍还是试点的洗盐系统，都激发了大家的兴趣。大家争先恐后和崔挽明交流，问得最多的是多基因敲除的技术难点怎么解决，或者是有没有现成可用的分子标记，或者是物联网改良盐碱地的原理和效果。

宣传小组忙得不可开交，崔挽明留下大家的联系方式，并欢迎大家随时到试点参观学习。而关于种源的技术问题，他没多作准备，也不精通这方面，但按照张志恒的意思，希望能跟大家建立合作机会，把技术分享出去，让更多人参与耐盐碱课题研发，加速问题的解决。

会议的最后一站是国家耐盐碱水稻技术创新中心的试验田。试验田处在宁远河入海口、崖州区大蛋村头塘片区。这里的河水盐度稳定在千分之十八左右，土壤为盐碱化程度较低的沙土。试验田功能主要为耐盐碱水稻的育种、鉴定、示范等科研工作。

相关人员介绍了他们的研究现状和控盐方法，不同浓度的实验

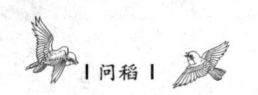

区,已经筛选出了一些抗盐效果好的品种,并希望各方同行能携手合作。国家耐盐碱水稻技术创新中心的成立为大家提供了一个资源共享的平台,这是同行业都期望看到的。

因此,参观一结束,崔挽明便找具体负责人谈了合作意向。

来之前,崔挽明的想法是通过公司建一个标准化的表型鉴定平台来筛选耐盐品种。但既然国家有公共资源共享,就暂时没必要自建。倒不是公司用不着这东西,而是时间上来不及了。

崔挽明心里很清楚的是,各地农户面对的盐碱地生态环境太复杂,盐碱程度也不一样,长久使用脱硫石膏这些东西,是一笔不小的开销。随着推广面积扩大,像刘承俊这样的公司代表未见得能吃得下这么大的市场,一旦公司撤投,那将是毁灭性打击。唯有良种才是解决之道。

合作意向定下来之后,崔挽明即刻让秦远征把剩下的种子各邮寄十斤过来,交给这边编号备案。

当然了,合作是要花钱的,国家耐盐碱水稻技术创新中心按照面积收取鉴定费。这里建有的不同浓度的盐池和碱池涵盖了国内几大盐碱地区域的生态类型。不管是东北地区的苏打盐碱土还是沿海地区的盐渍土,在这里都有不用浓度的模仿鉴定池。

这正是崔挽明所需要的,品种的耐盐程度和环境适应性明确了才能确定适合的推广区域。这件事做完,崔挽明对公司现有品种的区域投放规划也就有数了,对存在的短板问题和需要弥补的育种目标也就更具体了。

为快速推进合作,他把李大宝也叫了过来。李大宝已经在海南等了崔挽明五天,一收到任务消息,马上过来报到。

播种和管理,这里有一套标准化流程,不需要崔挽明操心,李大宝的主要任务就是全程配合工作人员育苗移栽,以及全生育期的抗性指数调查。

负责具体作业的工作人员名叫何勇，本科毕业就跟着老育种专家干。后来因为人踏实，脑子又灵活，老专家退休后，经人介绍来到这里负责大田管理。

标准化农田，尤其是盐碱地的标准化建设，对于科研和常规种植来说都是极为重要的。崔挽明看着成规模的盐碱池，感慨道："何大哥，真羡慕你们啊，有你们这样的条件，不愁不出成绩啊。"

何勇背着手，额头细纹已经爬了上来，但他眉宇间透着坚定。

"崔总，你有所不知，这里能有今天，也是千辛万苦换来的。不管是降雨量还是地下水返盐量，都造成了土壤和田间水的盐碱度差异。可以说生态极不稳定，我们的耐盐碱标准化鉴定遇到了不小的挑战。"

"但现在总算建设好了，我要早知道有这个地方，何必到处求人？跟你们合作，一定能鉴定出效果。"崔挽明肯定道。

何勇谦虚地摇摇头："你也看到了，为解决这些问题，我们建设了两套系统。一套由地下井淡水、近海河口盐水、供水管道、提水泵、盐水配水池、供电系统等组成，实现了盐度可控可调的效果，每小时可供给一百二十立方米灌溉水，能同时实现千分之三、千分之六盐度的灌溉需求。为了稳定田间环境，我们还通过机电设备及防雨设施，构建了一套盐度可控可调，且不受降雨、地下水返盐影响的鉴定体系。总算把问题解决了。"

"了不起，精细作业，这是攻克盐碱地利用的要求。祝贺你们，何大哥。"

"哪里哪里，听说你们公司也建了大型平台，跟你们比，我们是小打小闹，用来鉴定种子还行，真要大面积应用，那得投多少钱进去？不现实。你们公司有钱，干事要方便很多，这一点，我们比

不了。"

　　崔挽明闷头为公司做碱巴拉项目，殊不知外面的世界发生了这么大变化。来到何勇这里，也算见识到了国家对盐碱地改良的决心。崔挽明更加坚定走这条路的正确性。

　　种子出苗后，他便折回公司，留下李大宝在这儿驻守。

　　返回的途中，他一直在思考一件事。刘承俊抢了侯延辉的市场，张可欣得知后，已经劝过侯延辉好几次，直到张可欣回公司跟他发生争执后，两人便没了联系。

　　刚刚霍传飞发来消息，告诉崔挽明关于张可欣分手的事。这样的结果让崔挽明难以释怀，如果没有自己的坚持，张志恒就不会找刘副市长帮忙，也就不会有刘承俊的介入。因此，崔挽明回公司的第一件事就是给张可欣打了电话。

　　此时的张可欣正在新村对苗情进行调查，全村人都过来看热闹，看着生机勃勃的稻苗在盐碱地里站了起来，大家议论纷纷。

　　村里的雷书记和李老村长就站在张可欣旁边，他们不相信这是真的。老村长蹲下去拔了一棵苗："这是草还是苗？"引得大家哈哈大笑。

　　张可欣本来笑不出来，但看大家心情不错，也想多说几句："李主任，雷书记，你们看，照现在的情况看，你们这个试点是成功的，只要分蘖期和抽穗期保持长势正常，就能正常成熟。让村民们都过来看看，明年把周围的盐碱地都弄好了，种上我们新研发的种子，也能获利了。"

　　老村长嘴巴微微蠕动，站起身来："崔总是个好人呐，是咱们新村的希望，你们这个公司可以相信，不但给我们修建了自来水工程，还带来了好种子，了不起。我听说，盐巴地里种的粮食你们还帮我们卖出去？"

"老村长,你放心,你就只管种,剩下的事情交给我们就行。"张可欣回道。

"好,我现在就回去拿工具,祖上留给我的盐巴地还有好几亩荒废着,翻了它,明年种上。"

虽然心情激动,但却是他的真情流露。别的不说,他儿子李大宝就是最大的受益者,从一个好吃懒做的庄稼汉变成了崔挽明在海南的得力助手,可以说,李大宝的人生得到了彻底的改变。如今村里的盐碱地水稻试种成功,更是给了他莫大的希望。加上雷支书带来的柴胡种植业,新村的未来值得期待。

正聊得开心,崔挽明电话进来了。张可欣把调查本一合,从人群中绕出来。

"崔总啊,正想跟你汇报新村情况呢,你就打过来了。跟你说,比咱们想象的要好,基本可以定论了。"

"真的?"

"你打开视频监控看看稻苗,没有一棵死的。"

崔挽明没着急打开手机里的监控程序:"看来盐岛98是没问题的。"

"崔总,我查看过,新村的盐碱地主要以盐渍土为主,盐浓度和青岛的滨海盐渍土差不多,土壤结构也相似,难怪效果那么好。我打算今天就转到下一站,查看了一下监控里的情况,视线和色差原因,具体苗情还要以实际为准。"

崔挽明停顿了两秒:"可欣,不着急,这个事让传飞和张磊做就行,你要不回公司一趟,我想坐下来跟延辉你俩谈谈,这件事因我……"

"崔总,不用,我的事不用你操心,现在没有比拿到苗情数据更重要的事。"

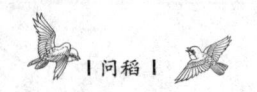

"那也不能耽误人生大事，延辉就是一时冲动，你比我了解他，我相信他会接受的。也请你给他点支持，不要冲动，你俩都是事业型的人，越是这种情况就越要学会容忍。"

张可欣沉默下去，半天吐出一口气，硬生生地挤出笑容："等我忙完，会回去处理的，让崔总操心了。"

崔挽明不知道该说什么了，张可欣的性格不是他能劝的，尤其在私事上面，谁都左右不了她的决定。

最近，各试点的苗情照片都传了回来，公司的远程主机也抓取了土壤参数。云生国际派过来的工程师最近常驻金种总部，专门来分析土壤数值，以检查系统的协调能力。毕竟这是他们的第一代产品，随着使用时间的延长，肯定会面临更多问题，他们需要找到系统漏洞，为了以后的升级作准备。

其实从传回来的图片就能基本判断苗情好坏了，但张可欣一定要亲自到现场，把张磊和霍传飞累够呛。

虽然张可欣对自己的感情发展不放心上，但崔挽明还是无法释怀。侯延辉很长时间不跟他联系了，但为了挽回二人的感情，崔挽明还是来到了销售部。

这里的每个人都对崔挽明恨之入骨，他害大家失去了建功立业的机会，谁见了他都没个好脸，只有一个人情况相反，那就是王帅。

得知张可欣感情变故的那天，他自己喝得不省人事。他既为她感到难过，又为自己感到高兴。虽然清楚自己没戏，但起码张可欣又恢复了单身，从理论上讲，他是有机会的。所以说，他看到崔挽明特别地亲切，在大家都不予理会的时候，他站了出来。

"崔总，过来指导工作？需要我做什么？"

崔挽明抿笑，拍了拍王帅肩膀："忙什么呢？怎么没看见你们侯总？"

王帅得知崔挽明来意，把他请到办公区外，小声说道："崔总，您不知道啊？侯总跟上面请示，要搞一个旱田盐碱地种植工程，恐怕一时半会儿回不来了，听说去黄淮海地区，具体细节不清楚。"

崔挽明一听，感觉大事不妙，张可欣和侯延辉的情况远比他想的要糟糕，否则的话，侯延辉不可能这么快就走掉。

他赶紧给他去了电话，但侯延辉始终不接电话。没招了，只好跑去询问韩瞳。

韩瞳对于崔挽明干的事心里还一直介怀，一直没机会数落他，现在他自己送上门来，韩瞳就不客气了："你问我延辉为什么突然作这个决定？我不清楚啊，他这个人一向有自己想法，敢于挑战，这是好事啊，怎么，崔总有想法？"

"韩总，我就是想弄清楚到底怎么回事，我和延辉的关系其实还挺好，要不是因为刘承俊的事，我俩不至于到这个田地。"

韩瞳喝了口水，重重地将水杯落在桌面："这个事你不要提了，既然张总同意，咱们就执行。至于延辉，你确实应该跟他道歉，你们是朋友，不论从你事业发展的角度还是公司发展来说，你都不该插手市场的事。"

崔挽明连连点头，弯着腰表示抱歉："韩总，这么说，公司着手旱田盐碱地开发了？咱们是独立做还是找合作伙伴？"

韩瞳笑道："你这个人啊，刚跟你说完，销售部的事你不要管，你看，又犯毛病。你啊，把自己一摊子事处理好，至于公司对延辉怎么安排的，你不要打听。"

韩瞳的态度十分坚决，崔挽明一看问不出结果，索性走了。

他在心中揣摩着，侯延辉这小子，这次和张可欣闹分手，没准真能促成他做成一件大事。他有这股子干劲，就是好胜心太强，容易吃亏。

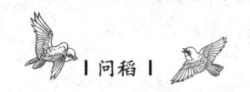

事已至此，既然侯延辉不想让他知道，崔挽明也就不再打听。张可欣也一样的倔脾气，和侯延辉像一个模子印出来的，这俩人凑在一起，不干仗才怪。

崔挽明刚准备去接孩子，看见晨海端着一筐文件也下来了，人看上去气色不算好，平时收拾得很干净利索，今天就狼狈了很多。

崔挽明觉得他发生了什么，便叫了他一声，朝他招手："晨海。"

晨海先是一愣，然后把头低下，加快脚步，像是要逃离这个难堪的氛围。

"跑什么跑？你过来。"崔挽明走了过去。

晨海这才停下来，摇着头说："崔总，今天起，我就正式离开公司了，总算要离开了。"

"啊？"崔挽明吃惊道，"你离开技术部了？"

晨海看了眼手里端着的文件："我是跟着耿总从中擎生物过来的，过来后也一直想做出成绩，但我太过着急，犯了原则性错误。这次被揪出来，实在没脸待下去了。中擎也回不去了，投了几份简历，先试试看，顺便回去放松几天。"

听完晨海的事，崔挽明思考了一下："技术的事我不懂，但像你这样的人才离开金种真的很可惜，错误谁都会犯，要懂得和自己言和。"

晨海无奈地摇摇头："没脸留在这了，就这样，崔总，我走了。"

看着晨海的背影，崔挽明突然觉得有些残酷，这件事和耿爽有直接关系，但到头来挨收拾的人还是下面的小喽啰。这就是现实的残酷面。

想到这些，崔挽明把车门一关，直接去了技术部把李薇薇叫了出来。

崔挽明板着脸，不客气地问道："怎么回事，你们对晨海做了什么？非得把人逼走才行吗？你们太过分了，现在正是公司用人的时候，你们一个部门不团结，将来怎么发展？"

李薇薇一头雾水地看着崔挽明，无辜地摸了摸后脑勺："晨海怎么了？我不清楚啊崔总，是不是我们哪儿做得不好，你有意见可以直接跟我提的。"

"他辞职了，你不会不知道吧？"

李薇薇摇摇头："什么时候的事？我没听大家说起过啊。"

"你们是不是人身攻击了？窝里横算不得本事，再说了，晨海的职位你刚刚接过来，怎么能把人排挤走呢？这事做得不好。"

"崔总，我对天发誓，真不知道这个情况，你不信的话，可以问储总，我好几天都没见过晨海了。你说他辞职了，现在人在哪儿？我去把他劝回来。"

"你给我回来，瞎操心什么？"也不知什么时候，储健出现在他俩身后，劝住李薇薇。

"储总，既然你都听到了，你说该怎么办。"

"办什么？需要咱们做什么吗？不需要吧？他走就走吧，优胜劣汰，他自己把路走歪了，怨不得别人。"

"储健，落井下石的事咱们可不能做，晨海虽然做错了事，但那不是他本意。你现在主管工作，应该考虑下属的情况。"

没错，晨海这件事不但让李薇薇取代了他的职位，就连耿爽也受到牵连，分子育种中心的主管一职又落到了储健身上。

储健倒不是对晨海有多大意见，只是一想到耿爽他就来气。这不，自打晨海下来之后，耿爽对技术部的事就没怎么管过，也不怎么来公司，整个人仿佛被边缘化了。

储健还想说什么，这时候常丰从外面回来，看了他们一眼，储健把头一低，转身回办公室了。

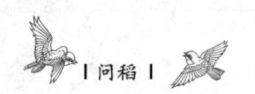

"行了,就这样吧,既然跟你们没关系,我就不问了。"崔挽明表明态度,离开了技术部。

接孩子的路上,他越想越觉得晨海的离开对公司来说实在是个损失,但晨海认为愧对大家,从心理上接受不了自己,留下来只会加重心理负担。

正想着,进来个电话,一看是甘霖打过来的。是啊,一转眼,她和夏中秋出国已经有些天了,在外面什么情况还不清楚。

"怎么样,都安顿好了吧,进入工作状态了吗?"

甘霖正穿着水田靴站在泡满水的秧田里,一边擦汗一边回道:"崔总,我们都开始干了,今天刚测了土壤盐碱度情况,含盐量超出千分之八,实在太高了,盐岛98估计承受不了。想跟你商量一下怎么解决这个事。"

崔挽明一听,皱紧眉头:"罗总什么意思?"

甘霖无奈地回道:"能有什么意思?罗总这个人你也知道,一线工作他很多都不懂,现在忙着跟当地政府打交道呢,说要谈合作,让夏中秋我俩全权负责。"

"也就是说,你俩负责具体的实施,这是好事啊,老罗不干涉你们,做事就无所顾忌了。是这样,盐度确实高了,我们最高试种浓度为千分之六,不敢保证盐岛98的存活率。洗盐是一定的了,插秧前先把浓度降下来,保证稻苗能返青,然后按照秦老师的配套措施来吧。放水泡田之前保证灌排系统流畅,另外,施肥方面一定用有机肥,深层施肥,少量多次施用。盐性偏重的地块,施肥量不能太多。你要记住了,盐碱地氮的挥发损失比中性土壤要大,深层施肥效果要好于浅层施肥,并且应分次施肥,做到少量多次。"

"崔总,这些我都明白,但人力物力都是钱,你也知道,我们这次出来的重点就是要靠耐盐碱品种去克服盐碱地环境,要是采取一整套严密的栽培措施，我想这样的合作模式，对方不见得能买单。我和夏中秋正带着工人完善灌排系统呢，我就是突然想到了，这样做方向上对不对。"

"你记住了，在盐碱地上面，我还没有听说过绝对耐盐的品种，你不上栽培措施，怎么解决前期生长问题，怎么避免地下水升盐问题？这本身就是一项需要人力物力的工程，而且咱们这一套体系已经很成熟，秦老师在青岛摸索了大半辈子总结出的经验，到了国外他们能不认可？这个事需要汇报罗总，这是上层沟通的事，你不要直接参与，但不能不反映。"

甘霖心里也在想，什么时候能出一个完美的品种，在常规种植的情况下就能增收保值，这样的话，他们就不用这么辛苦地搞技术推广了。但她也清楚，他们做的事，就是盐碱地种稻的必然选择，目前看，没有别的办法。

她擦了一把汗，继续指挥工人挖渠，这片盐碱地是他们今年试点的核心区，要是做不好，丢人就丢到国外了。就算不是为了公司面子，也要争取攻克下来。她相信凭借以往的经验，能够解决眼前问题。

第二十三章
联合攻关实验室

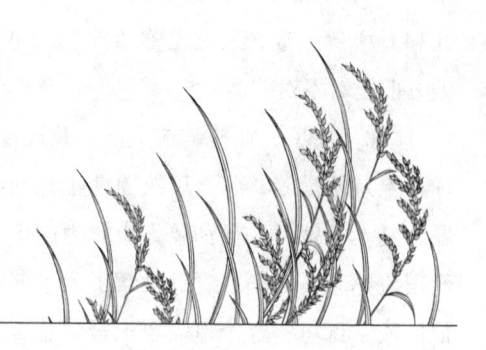

想到甘霖在国外的艰难,崔挽明马上联想到晨海,便马不停蹄给罗思佳去了电话。

罗思佳一看,又是崔挽明,这个人最近怎么阴魂不散?不耐烦地问道:"我这边正在忙,你什么事?"

崔挽明不介意罗思佳对他的态度,心平气和地说道:"罗总在那边还顺利吧?夏中秋和甘霖有什么做得不好的,你就批评,年轻人需要锻炼,多给他们点机会。"

罗思佳多聪明,既然提到这两个人,那肯定事先通过电话了。

"放心,锻炼着呢,这个时候在准备插秧前整地工作。你有事?"罗思佳又问一遍。

"是有一个事想问问罗总,我想,咱们可不可能在你那边联合搭建一个分子育种平台,那边有没有相关条件?咱们提供人才技术支持,这样一来,大田种植和实验室研究双管齐下,是不是对推进工作有帮助?"

罗思佳一听,眼睛一下就亮了。这几天合作方天天找他开会,就探讨合作模式的事。种植技术和种子是他们需要的,但分子技术对他们来说也是不可求的。

他迟疑道:"这样啊,应该是可以吧,我需要跟他们确认。国际水稻所肯定有这样的条件,但咱们的技术他们不见得有。怎么,你想派人过来?"

"技术部晨海,怎么样?"

罗思佳早就听说过这人,肯定道:"你能让他过来?他不是技术部大红人嘛,攻克了多基因编辑的难点,怎么会不知道呢?"

"我这边也不确定,所以我想问问你那边,要是没问题,我再去做工作。事在人为嘛。"

崔挽明没跟罗思佳说晨海发生的事,但他觉得晨海到东南亚帮罗思佳,一定能实现自己的价值。

罗思佳当然同意了,有了分子技术的支持,他的工作深度就更进一层了。

崔挽明当机立断,马上把晨海约了出来。

晨海这些天一直把自己憋在房间,本来出租屋就压抑,又赶上工作不顺。虽说以他的技术不愁没工作干,但他内心刚刚经历了灾难性打击,还没从伤痛中恢复过来,整个人都没有精神气。就连崔挽明约他出来,都三番两次拒绝。实在没招,崔挽明只好来到他住处敲门,他这才穿好衣服开门。

"崔总,我的事你就别操心了,你也不用劝我,我这是咎由自取,不值得你同情。等我考虑清楚了就离开这里,重新找个单位干,总要活下去,不会自暴自弃。"

"今天找你就是咱们两个喝几杯,没别的事。"

晨海心想,以前没离职的时候都没有喝酒的由头,也从没在一起吃过饭。如今他辞职回家,他们倒开始称兄道弟了。不过,既然都出来了,这顿饭自然免不了了。

两人没走多远,就在街边的烧烤摊停下来。酒过三巡崔挽明也

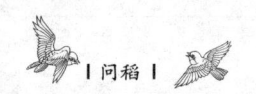

没说正事。晨海是聪明人，太明白崔挽明用意了："崔总，你没事不可能找我，说吧。"喝了几杯酒，晨海的心显然有了打开的迹象。

崔挽明趁机而入："我就知道瞒不过你，实话告诉你吧，我啊，想请你帮个忙，有没有兴趣出趟国？"

"出国？崔总，你别开玩笑，干什么？"晨海把酒倒满，音调上升不少。

"不开玩笑，不是别的地方，罗总不是出国了吗，他那里缺人手，想让你过去帮帮他，把你掌握的技术带过去。"

晨海无奈地笑道："我都辞职了，崔总，你说的这个是公司的事，我帮不了，要是你自己的事，我还会考虑。"

"你就说想不想去，剩下的事不用你操心。"崔挽明看着他，眼里透着坚定。

晨海半天没说话，连着吃了几十颗花生米，咸得不行，又喝了一杯酒，把自己整得面红耳赤。

"不太清楚那边什么状况。"

此话一说，晨海也算交了底牌。崔挽明一买单，从兜里掏出机票，扔在他面前："回去收拾收拾，下周过去。"

晨海一下就愣了，捡起行程单看了半天："崔总，我还不了解情况呢，你怎么把票都买了？我现在不是公司员工了，公司的事不好参与。"

崔挽明看了眼行程单，拍了拍晨海肩膀："我说了，剩下的事不用你操心。"

就这样，晨海也要过去了。不到一周时间，晨海复职的消息就在公司传开了。

这个突如其来的变动让晨海感动万分，在他心理历程最为艰难的时候，崔挽明给了他一个台阶。崔挽明对他的这种包容也让他找到了谅解自己的路口,这对于晨海人生的抉择是一个不小的帮助。

为了表达感谢,晨海特意拎着东西上家中拜访。崔挽明没让他上楼,而是带他去了公司。

"马上就要出国了,你再看看这里吧。"崔挽明指着技术部的牌子。

晨海已经有日子没回来了,就连离职也没跟耿爽说一声,他就像那个被人出卖的小丑。面对耿爽,他只有一肚子的难堪,还不如不见。甚至连这里的每个人,他都不想再见到,丑陋的标签就是从这里开出来的,只要他人在这,就感觉有无数双眼睛窥视着自己。

"崔总,没什么好看的了,我需要的材料已经拿走了。没必要来这里了。"

崔挽明笑道:"你啊,思想负担太重,那件事不能全怪你,换作别人,也不一定能把持住自己。不管怎么说,技术没有通过你传出公司,你也为公司创造了第一批多基因编辑的耐盐碱水稻,要我说,你是功臣才对。"

晨海一听,摆摆手:"崔总,也就你能高看我一眼,要没有耿总提供给我苗,我哪有什么功劳?他们说得对,我就是个小偷。要不是你给我重新开始的机会,我不知道哪天才能走出心理阴影。感谢崔总。"

"解铃还须系铃人,公司把技术推到外面去做,到底是不是张总的意思,咱们都不好揣摩,耿爽有没有难言之隐更不清楚。这项技术是从中擎生物带过来的,里面的复杂关系,你我都不可能知道。所以说,整件事都不是你能左右的,一切都是最好的安排。走吧,跟你领导道个别。"

崔挽明话音刚落,晨海"嗖"的一下站了起来:"耿总?不不不,不见了吧。"

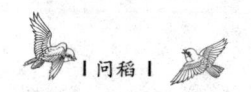

"怎么，我能吃了你啊？你是我的兵，走了也不告诉一声，你小子没良心。"

耿爽早就知道他们在这里，办公室的门一直开着，他们的谈话有一句没一句地传到了她这边，索性走了出来。

"耿总！"晨海扶了扶眼镜，不自然地动了动坐姿。

耿爽一抬手："你过来。"

崔挽明推了推他肩膀："去吧。"

"崔总，你也一起来吧。"

崔挽明笑了笑，朝耿爽点了点头。

"耿总最近忙什么？种子的情况怎么样了？"进门后，崔挽明先打破僵局。

耿爽让他俩坐下，对崔挽明说："这不罗总出国，要把品种引出去，从我这里分走了一些，剩下的全都种下去了，看今年收成吧。"

"好事，公司格局在逐渐打开，对以后发展很有必要。这不，罗总朝我要人，正愁呢，想起了晨海。"

崔挽明很聪明地把晨海的事提了出来，就是怕耿爽抹不开面子。

"崔总，好人都让你做了，这小子辞职都不跟我说一声，不像话。"

晨海紧张地搓了搓手，站了起来："耿总，你就别挖苦我了，那种情况下，我只能离开公司，主要不想给你添乱，我这事没少给你添堵。"

耿爽抱着手，无奈地摇摇头："这个事不怪你，今天崔总在这儿，我也没什么顾虑的。当初把转基因苗给你，确实有私心的考虑，你是我从中擎生物带过来的，我要考虑你的发展。加上这个技术专利一直没下来，就这么公开给大家搞，我心里没底。这件事是我的原因。"

耿爽这么一说，崔挽明终于明白了。按理说，耿爽是清楚公司对碱巴拉计划的决心的，她迟早都要拿出成果来交差，没必要绕弯子。现在看来，她在外面找人研究，避开公司的人来做，这种做法虽有失风度，但也算很谨慎的做法。

崔挽明稍作思考，安慰道："耿总，你不要过于自责，有些事，循规蹈矩是要冒风险的，必要时候，就要采取非常措施。尤其在重大科研成果方面，谨慎是必须的。这一点，你的心理压力恐怕比晨海要大得多。"

"但我不该瞒着公司，其实张总一早就知道这事，这项技术在中擎的时候成功率就很高，一到金种就失灵了，换做谁都会怀疑。"说到这，耿爽有些失落和懊恼。

"耿总，没想到你承受了这么多。我辜负你期望了。"晨海再次表示抱歉。

"没有啊，现在多好，你好好感谢崔总，没有他推荐，你不会有这样的平台。'一带一路'是公司的重点项目，据我了解，那边在分子标记辅助育种方面技术很成熟，你要发挥你的优势，争取帮罗总把转基因平台建立起来。"

崔挽明也鼓励道："没错，省里的专项资金已经批复下来，直接用于海外实验室改造升级，你这次过去可能时间比较久，要沉住气，多跟这边沟通。我听北京那边的消息，在'一带一路'政策上，今年可能会给一个盐碱地联合开发实验室的指标，我们要是能把这个事做成，公司的跨国分子育种平台就能站住脚跟了。"

领导们都这么大度包容，让晨海有些受宠若惊。他低下头，不住地揉着眼睛，半天才抬起头，眼睛烧成一片："耿总崔总，让你们费心了，请放心，我一定配合罗总把那边的事做好。"

送晨海登机之后，崔挽明和耿爽站在送站口一言不发。好半天

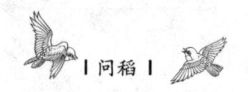

崔挽明才说:"公司的决定下来了。"

耿爽点点头:"意料之中,我接受公司的决定,崔总放心,我已经把技术细节发给了储健,以后会配合储健的工作。"

崔挽明没想到,公司会在这个时候处理耿爽,张志恒明明知道了耿爽私自在外面做技术研发,但放任她不管,现在晨海暴露,又拿她开刀。很明显,杀鸡儆猴恰逢时宜。换个角度看,张志恒现在才收拾耿爽,已经很给情面了。

崔挽明没再说什么,开车把耿爽送回了公司。虽然没有进一步交流,但两人都清楚,之前的矛盾旧账都可一笔勾销了。从此以后,两人可以越过鸿沟,展开合作。

想到这些,崔挽明会心地笑了。

今天也是张可欣回来的第一天,关于她和侯延辉的事似乎没必要再提了。但崔挽明心有愧疚,把她约到了家里,随同的还有霍传飞。张磊留在基层,还在各试点之间奔走。

林潇潇好久没见到崔挽明的这帮搭档了,特意准备了丰盛的晚餐。

"崔挽明得亏有你们了,自从跟了他工作,你们吃了不少苦。他这个人太不近人情,就是工作上的周扒皮,平时也不留给你们空闲时间,今天好不容易到我们家,不许聊工作,都给我好好地吃。"说着,还不忘白了一眼崔挽明。

张可欣接过话:"潇潇姐,崔总刚到公司就接了这么重要的任务,我们也替他感到压力大。但这个事不紧着做也不行,省财政和市财政也往里搭了不少投入,就等着看成果。我们是夜以继日地赶进度,今年终于把局面稳住了,和你们办案子一个道理,一刻都放松不得。"

霍传飞也补充道:"没错,为了明年扩大推广面积,崔总又借了国家水稻耐盐碱中心的实验地在海南搞浓度筛选,我们这东西太过精细,人手就这么几个,翻来覆去地用,不累都不行。"

林潇潇无奈地叹了口气:"你俩啊,我刚才的话都白说了,我是替你们教训崔挽明呢,你们可倒好,反过来替他说话,你们气不气人?吃菜吃菜。"

崔挽明兴奋地对林潇潇显摆道:"看见没,我的兵都不是孬兵,个个能打硬仗,不比你手下人差!"

"你说什么都行,但今天不聊工作,我定的,今天的嘴是用来吃饭的。"

张可欣看了眼崔挽明,崔挽明咳嗽一声,低下头大口吃了起来。

饭后,崔挽明送他们下楼,在家没聊成的话题,终于拖到了家外。

崔挽明点了根烟,先开口:"试点工作进入稳定期,你们也可以回来公司休整一段时间,其他事让张磊做就行。他这个人细心,有他在下面驻守,大家都放心。"

张可欣顺势说道:"崔总,你说话有个准吗?我可跟你说,你要真放我们休整,我可就不客气了。刚才嫂子都说了,你这个周扒皮不近人情,该让我们喘口气了。"

霍传飞附和一句:"我看行。"

崔挽明猛吸一口烟,火星飘浮着,包裹着他的脸庞。

"恐怕还不行吧,你们说呢?"

霍传飞看了眼张可欣:"不会吧?不要这么残忍吧。"

"你没听他说吗,国家搞一个'一带一路'的项目,又是针对耐盐碱的,你觉得他会放过机会吗?"

"崔总,你说呢?"

"要不说你是最机灵的兵呢,没错,这次机会难得,国家耐盐碱

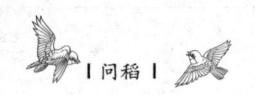

水稻技术创新中心总部设在三亚，全国又设立了几个分中心，就连种植面积最小的西部也占得一席位，可见国家对盐碱地改良的决心之大。这次让大家组建团队申报'一带一路'耐盐碱水稻联合攻关实验室，我想就是要搞一些创新的东西出来。盐碱分中心的机会咱们没抓住，这次绝不能错过。"

霍传飞一股火上来，沙哑着嗓子问道："真要搞？崔总，这东西咱们有希望吗？正规的国家队估计都在争名额，咱们能有机会？"

崔挽明先是沉默，随后给了他一脚："还没开始干你就乱我军心，能不能成大事了？"

"这机会确实难得，我觉得咱们有希望，罗总刚在东南亚扎稳脚跟，国家就下达对口项目，这就是天意。崔总，我总觉得罗总远赴'一带一路'沿线搞技术产品帮扶不是偶然，难道公司提前知道项目的事，提前让罗总出国布局？"

崔挽明眼睛一亮，醍醐灌顶，长舒一口气："这不是没可能啊，张可欣，你是怎么想到的？"

"是啊，哪有那么巧的事，公司肯定提前知道消息了。"霍传飞也肯定这个事。

崔挽明冷静下来，分析道："公司现在还没动静，虽然项目指南还没下发，但我都听说这事了，张总会不知道？且等等看吧，我想，这几天公司要再没动静，我就得主动见一见张总了。咱们在这猜测没有用，最重要的是不能把事耽误了。"

张可欣点点头："我这没问题，崔总，那就安排吧，我们需要做什么？"

崔挽明叹口气："我还不敢确定，但有些事需要提前规划了。摆在眼前有两件大事，首先，咱们要确定可能的合作伙伴，既然是联合攻关，一定是针对全国盐碱稻作区来说的。西北，东北，滨海地区，这些都要包括在里面。咱们搭建的二十个试点覆盖了全国不同类型的盐碱地类型，这一点，我敢说没有哪家单位比咱们做得全面。但咱们的工作是有短板的，现在工作量够了，但缺乏理论总结。"

"崔总，明白了，我马上联系张磊那边，把咱们这一年多的数据汇总提炼，形成报告。"霍传飞插道。

"这是个大工程，靠你们几个还不够，我让刘君在北川大学找了位理学教授，他会协助你们把数据提炼出来。再一个就是合作伙伴的事，我觉得咱们得利用好手中优势，现研究肯定来不及了，就拿试点的物联网洗盐系统做文章。"

"崔总，你的意思去找云生国际？"张可欣等不及追问道。

"没错，还要把王春生拉进来，他和魏莱都不能少。这样的话，项目在技术硬核方面的模块就补齐了，咱们手里有品种研发技术，如果常总监那边的技术成熟，那咱们的技术关就没问题了。"

正聊得尽兴，崔卓下楼催他来了。无奈，大家只好作罢。

那晚上崔挽明一分钟也没睡着，他最担心的还是团队的事。现在看，光有技术公司的加盟是远远不够的，他现在能想到的也只有北川大学。但刘君团队在耐盐碱工作方面的基础很薄弱，唯一的基础就是在三亚分子中心联合培养的三位博士生。

崔挽明觉得还是不妥，北川大学只能作为最后的备选。而且他敢确定，如果没有国家科研队的加入，项目获批的可能性还是会很低。

他思考了一晚上也没想到可能的合作方。第二天拖着疲惫的身体来到公司，直接去了储健办公室。

得知崔挽明的困惑后，储健也皱起了眉头："我有几个同学倒是在中科院工作，但人家不搞这方面的研究，参与不进来。像咱们在公司搞科研，跟大学和科研单位的业界同行缺乏学术交流，这时候

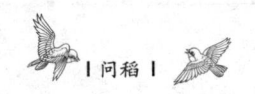

去找合作，没有熟人搭线，恐怕很难。现在咱们的面上成绩不成问题，唯一的弱势在于咱们是企业，跟事业单位的直接服务对象不同。这是个很大劣势。"

"嗯，我也在想，能不能找人打听一下，这个项目指南是哪个单位提供的，这样心里就有数了。最重要一点是，项目要求里有没有对公司方面的限制，如果有，那现在就不用折腾了。"

崔挽明的分析不无道理，两人喝着茶水，越喝越愁。

耿爽看他俩在休息区，走了过来："聊什么呢？崔总这么频繁出现在公司，也很难得。"

储健挪了一个椅子："耿总，坐下说。"

崔挽明活动活动脖子："公司虽然有茶喝，但远没有田间清净。耿总，你有空也跟我们走走一线，呼吸呼吸大自然的空气。"

"哟，都到了要呼吸乡野空气的地步了，看来二位烦心事不少啊。介不介意聊聊？"

崔挽明看了眼储健，笑呵呵道："八字没一撇的事，听到一个项目，跟水稻耐盐碱有关，我在想，公司可能对项目有想法。我们推演了一下，可麻烦很多。"

"说来听听，看看我能做点什么。"耿爽自从跟崔挽明敞开心扉谈过一次之后，变得和蔼了不少。

没等崔挽明回话，储健一拍桌子："对了，我要是没记错，耿总当年是中科院毕业的吧，你一定有同学干这行啊！"

耿爽一乐："怎么？这个事跟中科院有关？"

崔挽明把来龙去脉告知耿爽后，耿爽得意地说："这么说的话，我这次说不定真能帮上这个忙。"

"真的？赶紧引荐啊，都快把崔总急死了。"

耿爽摇摇头："你们不知道，我这个同学情况有点特殊，未必会买我的面子。"

崔挽明急了："怎么，刚才不说能帮忙吗？有多特殊啊，这是利国利民的大好事，咱们强强联合才能出大成绩嘛。"

耿爽捂嘴笑道："实话跟你们说，胡雪锋是我大学同班同学，研究生又拜在同一师门从事分子生物学研究，他这个人平时不爱说话，说他是块木头一点不为过，有一天居然跟我表白了。你们知道吧，我当年的性格，比现在还疯，我跟他怎么可能？跟他待三分钟都受不了。后来一毕业，他获得康奈尔大学保送资格，出国读博士了，直到博士后毕业，中科院才通过万人计划把他引回来做植物逆境相关研究。这些年成果累累，前年又获得杰青资助，人家现在是功成名就，还能不能搭理我，真说不好。"

储健仰头大笑："胡雪锋是你老相好？这也太扯了，年前我刚看过他发表的几篇论文，好像跟离子胁迫有关，绝对的业界大佬。要是能把他拉进团队，他的分量足以撼动评委，就看咱们的方案能不能引起他关注。这个就要看耿总的了，毕竟老相好嘛，对不对？"

耿爽真后悔跟他俩吐露这事，此时恨不能钻进地缝去："储健，你差不多得了，人家现在是首席专家，别乱开玩笑，影响不好。"

崔挽明敲敲桌子："谈正事，没跟你俩开玩笑。既然这种情况，也别管什么相好不相好了，耿总，你就费心帮忙联系一下，我估计他们早就知道这方面消息了，趁着没被别人拉过去，咱们要先争取主动权。"

耿爽抬手看了眼表："这个时候估计在忙，我下午联系他，你们等我消息。"

就在这时候，常丰进了技术部，见他们在休息区闲聊，顿住脚步，朝这边看了看，像是有什么事。

储健看到后，马上走了过去："常总，出差回来啦？听说最近曲岚要出国一趟,他实验有进展了?"

常丰又看了眼耿爽,含糊地回复道:"我最近没时间盯他的项目,在跟外面研究合作的事。你们这是?"常丰指了指坐在这边的崔挽明和耿爽。

"也在聊一个项目,过来找耿总帮忙的。"

常丰没有接这个话题,而是对储健说道:"等你们谈完,让耿爽去我办公室一趟。"

储健脑袋一蒙,心想这下惹事了,这两位的关系最近已算是势如水火,他这个局外人不绕道走开,还要去插一脚,不得惹火上身吗?

但他后悔也来不及了,谁让他过来搭话?

崔挽明远远地就看到了储健沮丧个脸,等他走过来便问道:"没想到你储健也是个马屁精,怎么样,拍马腿上了吧?"

储健无奈笑了笑,看着耿爽,比了比常丰办公室方向:"找你。"

耿爽冷笑:"他让去就去啊?你少管闲事储健,别看你现在主持工作,但私事不归你管,记住没?"

很显然,她跟常丰的关系已经到了谷底,谁也不能在其中干涉和提及。

崔挽明拍拍储健肩膀:"我奉劝你,耿总现在是咱们项目的关键,你不让她高兴就算了,还惹她痛处,这样,中午饭就算你的了,就上公司对面那家清真馆。"

储健嘴一咧,气不打一处来,本想怼崔挽明几句,但还是忍住了这口气:"吃呗,只要你们高兴,我无所谓了。"

耿爽也知道崔挽明在开储健玩笑,但还是附和道:"吃,一定要吃,现在就去。"

常丰透过办公室的玻璃门看着耿爽不管不顾地离开技术部,无奈地摘掉眼镜，把身子往后一仰。这段时间他有些受不了了，昨晚出差回来，原本是要去看孩子的，但耿爽一直没接电话，他便自己过去，耿爽告诉他孩子不在，没让他们见面。

　　他知道，这件事迟早需要有个了断，尽管他应该服从法律判决，但从孩子对父爱的需求来看，耿爽应该对他网开一面。即便这样小小的请求，常丰每次都要软磨硬泡很久才能换来一次见面。在这之前他可以拿耿爽在外面接私活的事挟持她，以此作为看望孩子的交换权。现在她做的事已经尽人皆知，公司已经追责，常丰自认为可靠的把柄也荡然无存了。现在的他除了一腔怒火，没有任何战胜耿爽的可能。作为金种集团的技术总监，他本不该如此，但一个孩子就让他在耿爽面前丧失了权威，这一点，他也深感无奈。正在沮丧之际，电脑弹出来一封邮件。

　　常丰正了正眼镜，打开邮件，是张志恒转发过来的，仔细一看，是关于"一带一路"耐盐碱水稻联合攻关实验室项目的申报指南。紧接着，张志恒的电话便打了过来。

　　"常总，正好你回来了，我把这邮件转给你看看，你们技术部研究一下，看看有没有思路，我觉得咱们有希望搏一搏。"

　　常丰眼睛盯着邮件内容，一句一句地看："张总，我正在看。嗯，这是个大好事啊，'一带一路'联合攻关实验室针对盐碱地，看来国家改良盐碱地的决心很大，势在必得了。"

　　"这已经是事实。你是技术总监，建实验室跟你有直接关系，这个事你要挑大梁，看看怎么运作，如何联合、联合谁才能把这个项目拿下来。这个要费心才行，时间紧任务重，这段时间你辛苦一点，把思路捋出来后，你恐怕要出去走动走动关系，联合攻关嘛，找对合伙人最重要。"

　　"张总，听明白了，这个事我不敢下结论，但我也在想，咱们的

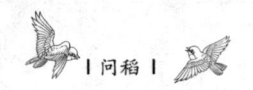

条件实力其实是有希望的,你等我消息,我们先研究一下。"

常丰不知道的是,在他接到张志恒电话的时候,崔挽明和耿爽已经开始了联合攻关实验室申报的筹备工作。而这一切,张志恒都不得而知。

崔挽明以为张志恒会把消息放出来,至少会透露给他,但等了一周还是没有动静。不过,耿爽还是带来了好消息,胡雪锋答应考虑一下这件事。虽然没有直接同意,但只要他愿意抽时间思考,就有促成的机会。因此,崔挽明和耿爽决定亲自去一趟北京。

人与人的关系就是很奇妙,就拿这两个人来说,在公司水火不容地工作了这么久,一转眼就缓和了。

耿爽的改变让崔挽明始料未及,但她很明白,离开金种是迟早的事,虽然公司不和她计较她的那些事,但毕竟出卖了公司利益。现在是用人之际,一旦碱巴拉计划进入稳定阶段,她很可能被清理出去。也正是意识到自己的错误,耿爽也想趁自己还有余热的时候多尽点力。

胡雪锋和她已经多年未见,虽然留了彼此的联系方式,但都没打扰过对方。这次要不是崔挽明有所求,要不是考虑公司发展,耿爽说什么也不能和崔挽明去见他。此时的胡雪锋在耿爽眼中再不是那个青涩的挚友同窗,俨然一副沉稳老成的教授模样。

他只是朝耿爽微微一笑:"欢迎二位来这边。"

耿爽打破严肃气氛:"大教授,你要不点头,我们都不敢过来打扰。我不和你兜圈子,这次时间紧,我俩过来,就是要拉你入伙的,就看我这点同学脸面你还给不给。"

崔挽明一听不对,赶紧插话:"耿爽,你干什么,有你这么讹人的吗?"

然后对胡雪锋笑道:"胡教授,我们把详细方案带过来了,你看过咱们再聊，这个事急不得。"

胡雪锋接过方案册，走向办公室："耿爽这个人啊，一直没变过，读书那会就欺负我，嘴不饶人，但心还是很好的。"

两人坐在他办公室，看他一页页翻着资料，心里紧张得不行，以往什么领导专家没见过，但眼前这位是决定他们命运前途的关键，每一秒钟都像在等最后的宣判。

过了十多分钟，胡雪锋的嘴唇才微微动了一下，他放下方案册，崔挽明站起来就要向前去。胡雪锋又不慌不忙打开电脑查起了资料，又过了五六分钟，他才从座位上起身。

"东西我看了，这个项目我确实听说过，你们的情况其实很有优势，基础做得很扎实。问题在于，东西太散，你们的产品相当于已经进入生产阶段了，品种技术研发没问题，盐碱地生产也投入巨大，但这个盐碱改良的技术，说到底还是云生国际提供的。"

"没错，胡教授，这就是问题关键，我和耿爽也担心这个，所以我们也考虑把他们拉进来一起申报这个项目。"崔挽明打断胡雪锋的话。

胡教授沉思了几秒，回道："嗯，我也觉得。你们在国外的项目刚开始对吧？"

"耐盐碱项目刚启动，是省里牵头联系的国际水稻所，算是落地了吧。不过，我们罗总在那边有多年的合作关系，公司在那边也有独立的育种基地。"

"'一带一路'的问题，对你们来说，说到底就是提供技术和品种支持，需要资金，更需要人才，你们相关人员目前来看是不够的，三五个人不可能把那边的合作项目撑起来。作为项目申报的基础，这一块还是短板。要想办法弥补。"

胡雪锋一下就看到了问题的关键，认为人才是科技兴农的关键。

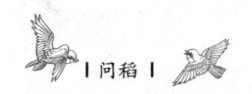

崔挽明也在心里想过这个问题,但公司可用之人实在有限,不可能全部投入到那边。

耿爽盯着胡雪锋,不客气地说:"老同学,你就别卖关子了,有什么办法就直说。"

"是这样,我说的不一定对,但我觉得,现在是生物育种的时代,你们手里虽然有过硬的技术,但从你们提供的材料看,不像是一个大公司的格局,起码应该有几个像样的大团队来做科研。理论产出对你们一样重要。"

崔挽明又打断道:"胡教授,你的意思是让我们引人?"

胡雪锋笑道:"崔总,你不也是公司引进的人才吗?耿爽虽说是战略投资公司派过来的,但也是难得的人才。要是没有你们两个,哪来的推广和技术?短时间内你们能做成这样,已经超出常人了。"

"公司也投入了不少,生物育种,不光是产品技术研发,还要配套设备,都是大投入。真要引入大的科研团队,没那么容易。在你们事业单位待惯的人,很难再适应公司的节奏。不过,这个事我回去后就跟公司反馈,争取去推进一下。"

崔挽明虽然心里没底,但从长远来讲,做这件事是很有意义的。

"嗯,国家的耐盐碱水稻技术创新中心已经成立了,几个分中心也各据一方,但这些平台都落在了事业单位和高等院校。我倒是觉得,像你们企业牵头搞跨国交流反而更合适,有资金,时间上也允许,没什么不行的。"

耿爽一听,觉得有眉目了,拍了一下胡雪锋胳膊:"老同学,你真给面子啊,你要是能加入我们,那真是如虎添翼,我们就更有信心了。"

胡雪锋回道:"不见得能帮上忙,但可以争取一下,对吧?毕竟你们做了这么多基础,不往上冲一冲太可惜了。国家把这样的平台交给你们来领衔,我也觉得放心。但我还要拉几个人进来,既然是联合攻关,靠咱们几家还不够。盐碱地改良的关键是技术,环境微生物、离子胁迫、良种研发、土壤改良剂、水利配套,这些东西都要融进来才行。"

崔挽明一听胡雪锋这么感兴趣,激动地拉住他的手:"胡教授,你要能把相关领域内专家都拉进来做这个事,那实在太好了。我们不在学界活动,缺乏这方面交流,这件事真要有劳你费心了。我这边会竭尽全力做好服务你们的工作,配合大家的想法,争取把联合攻关实验室平台申请下来。"

的确,虽说胡雪锋被崔挽明现有的工作感动到了,但这件事要成功,一颗钉子都不能少。崔挽明和耿爽走后,他便开始挨个打电话,把相关领域内的朋友都联系了一遍,也算是出力了。

但让耿爽没想到的是,就在她出差北京的几天时间,常丰竟然把孩子带到国外去了。得知情况后她马上联系了常丰,这时候的耿爽已经出言不逊。

"你听好了,我给你三天时间,马上把儿子带回来,否则我让你身败名裂。"

这样的威胁对常丰来说已经是家常便饭了,他早就习惯这样的对话方式,冷嘲热讽道:"我早就说让儿子出国读书,你呢,除了工作就不会干别的了,什么时候好好照顾过儿子?这次我带他来就是办理入学的。你别管了,这事我跟儿子商量好了,他也不想留在国内了。"

一听这样,耿爽情绪一下崩了,常丰这样做,就是摆明了要把儿子从她手中夺走:"常丰,我现在就报警,你不是监护人,你的行为涉及绑架,知道吗?你这样会害了儿子的。"

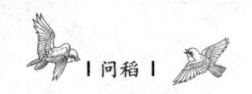

"我不跟你说这些,不管到哪天,我都是他爸爸。是你,是你限制儿子自由,你没有权力剥夺我和儿子见面的权利,要报警,也轮不到你。"

耿爽挂断电话,马上就联系了市局。林潇潇正在值班,恰好接了这个报警电话。虽然听不出电话这头的人是谁,但她能理解一个母亲内心的那份焦急和担心。但考虑到孩子只是被父亲带走,没有危险因素,林潇潇决定自己先过来看看,能沟通解决最好,这本身就是家庭纠纷导致的问题,远不至于大动干戈。

耿爽自然没见过林潇潇,更不知道她就是崔挽明爱人。不过,当林潇潇走进耿爽家中的时候,一眼就认出了耿爽。崔挽明手机里的工作照,很多里面都有耿爽,自然也就不难认出。

见林潇潇穿着警服到家,耿爽又把情况反映了一遍,并要求林潇潇采取措施,因为她担心儿子的安全,和常丰离婚的时候,就因为孩子的事拖了两年多时间。常丰求子之心已经到了癫狂地步,让耿爽每一天都提心吊胆。为了避开他,耿爽还特意租了房子,即便这样还是被他发现了。

"耿女士,现在的情况还达不到立案调查的情况,当然了,如果你说的属实,我们是可以替你跟那边沟通的,这个你可以放心。"

"林警官,我实在放心不下,既然你们不帮我追回儿子,我自己去要。"

林潇潇一听,赶快劝阻:"你不能自己出国,这种时候,千万别去刺激他,要保持冷静,既然他要把孩子安置在那边读书,就让他先平静一下。我们帮你找个律师去跟他谈,双方都要控制好情绪,为了孩子,你们都不能乱来。"

耿爽心里七上八下,很多事乱成一团,怎么都理不清。按照常丰的说法,让儿子在国外念书,他必定是要陪同的,这样的话,他不回公司了？

想到这里，耿爽心"咯噔"一下，顾不上林潇潇，抄起衣服就往外走："林警官，我不跟你讲了，我着急回趟公司。"

林潇潇追下去的时候，人已经开车走了。

崔挽明从北京回来后直接找了张志恒，表明要申报联合攻关实验室的事。张志恒嘴上说支持，但却没有实际行动。这让崔挽明进退两难，虽然在马不停蹄地准备材料，但张志恒不点头，他不敢大张旗鼓地搞，毕竟涉及资金投入和协商，不是他一个人能决定的。

正一筹莫展之际，林潇潇来了一通电话，告知常丰和耿爽的事。

崔挽明揉揉眼睛，突然反应过来："常丰把孩子带走了？"

"没错，人已经出国了。"

"我先不跟你说了，这个事我要处理一下。"

崔挽明和耿爽的顾虑一样，都认为常丰不会回公司了。

他马上给耿爽去了电话。耿爽正开车往公司来，崔挽明这么一问，她倒奇怪了："你怎么知道这事的，我没跟任何人说过，崔总，你是不是知道什么？"

耿爽以为崔挽明提前就知道常丰要做的事，便这么问他。

"我怎么知道的你别管，你现在马上过来，我在公司等你，咱俩去见张总一面，是不是公司把常丰调出去了？"

耿爽觉得不太可能，没有任何迹象表明常丰要出国工作，最近技术部也没有跨国项目需要长期驻外。到底是怎么回事？

等二人在技术部碰头的时候，耿爽先到常丰办公室查看了一下他的工作日志，打开门后才发现，私人物品和电脑里的东西都没了。耿爽大脑顿时一片空白，差点没站稳。

"曲岚，曲岚！"她站在原地咆哮道。但并没有人作出回应，她又走出房间，挨个实验室找，也都没找到。这才突然想起，前段时间曲岚突然接到任务,被常丰派出国了。

"糟了。"耿爽明白,这一定是常丰搞的鬼,拽了一把崔挽明,"走走走,快快快,找张总,出事了。"

"你别着急啊,把话说清楚,常丰到底怎么了?"崔挽明追在后面问。

"一定是计划好的,他早就计划好了。"

听闻耿爽带来的消息,张志恒不敢相信是真的,给常丰打了个电话,但怎么都打不通。

"怎么回事?常丰搞什么鬼?什么时候的事?"张志恒也坐不住了。

此时的耿爽已经六神无主,常丰突然不辞而别很不符合常理,在金种,技术总监的年薪过百万了,这么丰厚的待遇说不要就不要?当然,国外待遇可能更好,但他为什么突然离开,还把曲岚带走了?

只有崔挽明冷静地站在一旁,思考着技术部最近发生的事,晨海的事暴露是技术部的一个大事件,也可能是个转折点。而常丰在技术部和大家最大的不同就是他目前的科研状态。虽然他的研究课题持续了很多年,但自从碱巴拉计划提出之后,他把曲岚带回来承担了这部分内容的研发工作,和储健、耿爽相比,他那边迟迟没有进展。但这个人不骄不躁,更没有任何大的动静,每天都寻寻常常。想到这点,崔挽明灵光闪现,张口说道:"难道他的研究有突破进展了?"

耿爽眼睛瞪大,两手一拍,随后捂住额头,来回踱步几圈后,对张志恒说:"我怎么没想到,一定是,就是这个原因。常丰肯定带着研究成果出国了。"

在耿爽看来,这几乎是已经定论的事实,除了这个原因,他不可能带着曲岚一起离开。而且这两人都消失了,谁也联系不上。

但现在没有证据表明常丰携成果出走，办公室和实验室干干净净，连一张草稿纸都没留，就连实验用的电脑内存条都已经换掉了。

耿爽和崔挽明走后，张志恒坐在办公室久久不能平静。他对常丰那么信任，把整个公司的战略核心交到他手中，又把联合攻关实验室申报的项目指南提前给了他，就是希望他凭借自己的能力和人脉，将公司的生物育种搞起来。没承想他背信弃义，走了这么一条路。

张志恒此时是悔恨不已，要想查这件事，绝非难事。但他不打算把动静搞大，碱巴拉项目投入那么大，要是公司技术总监出走上了省里的新闻头条，已有工作就要前功尽弃了。

耿爽离开张志恒办公室后，决定马上出国，但被崔挽明劝住了。

"我觉得你暂时可以不用去了，你儿子现在很安全。"

"崔总，孩子不是你的，你当然不着急了。这个事你不用管了，我一定要走。"

崔挽明上前拦住："耿总，你好好想想，按照咱们的推测，常丰出国是为了把成果带走，他这次是高升，不是针对你和孩子。放心。"

是啊，一激动大脑就不清醒，这么浅显的道理都没想到。长舒一口气后，耿爽在公司大门口席地而坐，仰天抹泪。

"他不能这样，孩子是我的命根子，不管他因为什么而走，孩子的监护权在我这里。项目的事我可能没办法帮忙了，我明天约了律师，这件事一天都不能拖。"

这个突如其来的事件给正在准备申请资料的崔挽明泼了一瓢冷水。他知道，张志恒不管怎么极力阻拦，常丰出走的消息一定会漏出去。现在能做的就是准备应对，既然常丰走了，就不可能再回头。

而这个时候跟张志恒谈引进科研团队的事，看来也成了短时间无法实现的事。

为了跟王春生和魏莱谈合作的事,崔挽明特意把霍传飞派到了深圳,霍传飞跟那边接触得多,沟通起来更有优势。而他这边则在胡雪锋牵头下,开始与各个意向单位奔走交流。至于试点工作,现在张可欣和张磊水平并驾齐驱,对情况已经胸有成竹,随时能对突发情况作出决断和处理。不需要崔挽明盯着操心了。

崔挽明也清楚,手里这几位年轻人已经能独当一面了,对于盐碱地改良工作的意义和精神也已经领会贯通。虽然前面的路还很长,但他坚信,有这样一群人团结在一起,就一定能突破壁垒,战胜贫瘠的土地,换来绿色的春天。

为了把事情坐实,崔挽明把手头事忙完之后,决定去看一看罗思佳的工作环境。

就在这时候,许久未见的何秋然突然回国了。

此时两人再相见,已没有了对彼此的成见和看法。何秋然过去对崔挽明做过见不得人的事,但那是出于妒忌。本质上何秋然是一个忠实的育种家,能埋下头在地里干,这一点是崔挽明最为叹服的。

既然老朋友老领导回来了,崔挽明当然要安排接风,不管何秋然如何谢绝都没用。尽管一干人等都等在公司大门口,但人早就让崔挽明拉到了饭店。

眼前的何秋然已经换了个人,走的时候还大腹便便,归来时已经精瘦了不少,皮肤上看不出有什么水分,干巴巴的。看到这样的何秋然,崔挽明心里很不是滋味。

"何总,让你出国引种,怎么把自己搞这么狼狈?这么长时间没吃到家乡菜,快尝尝。"

何秋然点点头,夹了一点放在嘴里,轻轻地嚼了起来。

"哪有那么容易,有些种子没有入种子库,我这边带着手续过去，那边却没有种子，没有办法，我只能到下面去找，跑了几十个农场才收集到。然后又拿去鉴定，走审批流程，有的手续一等就是一两个月，本来年前就要回来，一拖就到现在了。"

"何总，你真的辛苦了，为了公司种质资源的事，确实不容易。这次回来，先休整几天，不要着急回公司。"

何秋然微笑道："你也不看看现在什么时候？正是水稻杂交工作的时候，这时候我怎么休息？我还能指望你？在生产部，谁都知道你崔挽明是什么角色，道理一大堆，就是没时间干活。跟你说，这一点，你不如我。"

崔挽明不好意思地摸了摸头："何总教训的是啊，我虽然是生产部的人，但时间都花在别的事上了。我看看，这几天抽空，我领大家做杂交，你就歇一年。"

"你？你可别说大话，我早就听说了，你现在盐碱地改良的项目正在势头上，忙得不可开交，先顾好自己吧。我在公司干生产习惯了，你那事我做不了，以前我也想跟你争一争，后来发现自己不是那块料。"

能从何秋然嘴里听到这句话，崔挽明深受感动，赶紧给他盛了一碗汤："要论这个，何总，那我得感谢你，要是没有你的举荐，我哪有机会在公司做事？是你成全了我崔挽明。过去我意气用事，做事没规矩，没少让你操心，也给你惹了不少麻烦。你是我领导，以后也是，在生产部，我听你安排。"

何秋然将一碗鲜汤喝进肚里，摇摇头道："不说这个了，罗总现在情况怎么样，上次公司群里开会我才知道他出国了。"

"嗯，我正打算去找罗总一趟，公司现在又要争取一个实验平台，最近我都在跑这个事。他那边情况刚稳定不久，也在搞盐碱地种植，但现在缺懂技术的人手。我在想怎么能解决这事。"

"确实,现在农业人才很紧缺,年轻人都耐不住寂寞,很难出成果。从短期看,我们农业在迈向智能化的过程中,还是需要大量人才来填补市场空白。"

"何总,你这里有没有好的资源,懂育种工作的?"崔挽明谈到这,顺便问了一句。

"你问我?你在林海省干了那么多年育种工作,认识的同行比我多,你心里都没有合适人选,你觉得我能有吗?这种事不能硬来,千万不能凑人,害人害己。罗总的问题就让他自己解决吧,我的建议啊,让他就地取材,那地方也是个水稻种植大国,找几个懂育种的技术人员不难,不一定非要从国内带过去。"

崔挽明一想也是,这样做虽然体现不出金种在育种队伍上的实力,但能体现国际合作精神,这对项目申报意义重大。

想到这里,他突然灵机一动,问道:"何总,说了半天,忘了正事了。你这次出去,有没有什么好的种质?实在不行,我给罗总带过去一点试试看。"

何秋然放下筷子,脸一沉:"你小子在这儿等我呢,跟你说吧,我一落地,种子就让检疫部门带走了,你想要种子啊,必须等通过国内检疫。心急吃不了热豆腐,你还是踏踏实实把实际需求解决好,比什么都强。"

两人你一句我一句,不知道过了多久,崔挽明才掏出电话看了一眼。公司那边来了十多个电话,何秋然电话又没电了,估计那头等着急了,都在盼何秋然呢,让他给占了先机。

/ 第二十四章 /
聚心"一带一路"

跟何秋然交代完手里的工作，崔挽明即刻启程去见罗思佳。正值雨水时节，一下飞机就遇上大雨，前来接机的夏中秋远远地站在出站口，很显然，他也经历了这场大雨。

崔挽明简装出行，身上就带了一个包。当夏中秋朝他招手示意的时候，他没能认出，还在四处张望。

"崔老师，在这呢。"夏中秋来到他身边，接过他手里的包。

崔挽明打眼一看，眼前的夏中秋跟出国前相比，已经老练了不少，皮肤黑黝黝的，像从酱油里捞出来一样。

"怎么搞的，瘦成这样？"

崔挽明嘴上不说心里清楚，跑这么远出来搞农业，条件比不上国内是肯定的了，这种情况下免不了要遭罪。

"这地方紫外线强，一晒就黑，等过几天，你跟我一个样。"

说着，两人就走出机场，晨海驾驶着一辆皮卡等在路边，见他们出来，赶紧下车接崔挽明的包。

崔挽明看了眼晨海，拍拍他肩膀："你也过来了。行，咱们一起过去。"

这是崔挽明第一次出行东南亚，刚到这儿就被这边的人文景观给震惊住了,他没想到一个农业大国竟然藏着这样一座国际化大都市。

享誉全球的水稻所总部就位于这座城市远郊的镇上。这座研究所规模庞大,设备先进,可以说在水稻研究方面,它提供了诸多贡献。

此刻,罗思佳已经在那边等着崔挽明一行。

"我都跟你们强调了,我来这里是紧急任务,没有必要的安排就一律取消,有时间干点正事,参观能学到东西?"

夏中秋解释道:"崔老师,你这个人啊,要学会休息,喘口气看看别人的工作,没准就有新思路了,老这么紧绷着也不行。这趟行程是罗总特地安排的,我们也没办法,既然来到这里,你就客随主便吧。"

"好啊,你们都行了,都把我当客人了,是不是?"

晨海笑道:"崔总,毕竟我们常驻这边,你来了就是客,待客之道还是要有的嘛。不过,在我们心里,你永远都是家人。"

其实不用参观也知道,国际水稻所做出的科研贡献岂是他们能比的,好不容易到了这里,如果不去看一眼,心里肯定会留下遗憾。罗思佳的安排确实直抵崔挽明内心。

来到这里就是了解一下人家的工作业绩,在此之前,国际水稻所和我国已经建立了诸多紧密的合作项目,为推进水稻发展和粮食安全作出了巨大贡献。

在工作人员的带领和介绍下,崔挽明一行对这里的工作有了更深入的了解。不过,在诸多工作业绩里面,最吸引崔挽明注意的是他们这几年在耐盐碱水稻品种上的突破,十九个耐盐碱品种获得了推广,这不是小数目。

离开的时候,崔挽明若有所思,他对罗思佳说道:"罗总,跟世界前沿研究相比，咱们的差距还很大啊。人家有那么多耐盐碱品种，还在虚心地跟咱们合作，这一点，咱们都要学习啊。"

罗思佳已经不是头一次来这里了，他对崔挽明的感叹是有所体会的："品种这个东西都在环境中逐渐退化，最终的结局就是退出市场，不管有多少个良种，永远会被后来者取代。东南亚一带最近几年利用分子标记选择了一些耐盐碱品种，这是他们的优势。但晨海过来之后，他们所希望的就是技术合作。你要想了解这里的农业状况，站在城市的高楼之下是感受不到的，今晚咱们住在这，明天一早，咱们回实验站，沿途带你看看这里的农业。"

那一晚，雨一直没停过，直到天亮还在星星点点地飘落着。

此时，一行四人已经离开了驻地，驱车四个小时，夏中秋和罗思佳已经睡着了，只有崔挽明盯着外面的世界。

车下了高速，进了乡道，路面逐渐粗糙起来，尽管晨海降低车速，厚重的颠簸感还是把罗思佳弄醒了。他睁开眼，看着阴沉的天地，擦了擦额头的细汗："停雨了？"

晨海回头看了眼罗思佳："停雨了罗总，现在开始起雾了，按照导航，我们还有四十分钟的路程。"

罗思佳打开车窗，一股新雨过后的气息便扑面而来，他深吸一口气："挽明啊，这里的热带气候跟咱们国内相比还是不同，你刚来，可能不习惯，晨海帮你准备了药，水土不服的时候吃上几片。"

崔挽明一路上都在想项目申请的事，"一带一路"联合攻关实验室是参照国家重点实验室建设的国家对外科技合作创新最高级别平台，如何才能获得资格，胡雪锋在其中能起到多大效果，罗思佳这里的工作业绩到底具不具备说服力？这些问题让他感到极为痛苦。他把眼睛闭上，问罗思佳："罗总，这边的工作进展怎么样了？我跟你说过申报实验室的事，这次过来就是要准备一下这边的材料。你

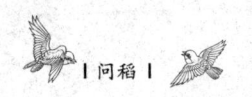

先跟我介绍一下吧,咱们商量一下还有没有需要补齐的短板。"

罗思佳想都没想就说:"短板就是缺人,你给我派来三个,以前留在实验站的工作人员还有五个,加起来也就不到十人。这次的任务又是耐盐碱水稻改良,说白了,真正的技术专家就晨海这么一个,小夏这样的算是田间能手,但对你申报实验室,用处不大吧。"

罗思佳的话在理,这也是崔挽明考虑过的问题,但如何才能尽快解决这些事成了难题。不管如何,他能做的就是尽量把这边的情况了解到位,汇成材料带回去。

四十分钟很快就过去了,车在距离小镇五公里的地方停了下来,要经过小镇,只有一条路,但现在的问题是,前面被一辆货车堵住了。

罗思佳把头伸出去,看了眼,拍拍晨海肩膀:"靠边停车,咱们下去看看。"

这里不知下了多少天雨,原本就破损不堪的砂石路现在已经变成了泥泞大道,被车轮碾压过后的泥土从地面撅起来二十多厘米的高度,他们的皮卡还可以通过,小轿车就不用想了。

看看前面深陷泥泞的大货车,崔挽明知道,他们的皮卡恐怕也爱莫能助了。

罗思佳英语还算可以,跟本地人交流不成问题,他走上去跟对方打听情况。

崔挽明虽然口语不好,但简单的对话是能听懂的,加上看着那装满一车的水稻,基本了解了情况。

"这两夫妻是附近的粮贩,收了一车水稻等着去镇上交货,结果山里路不好走,陷在这里十多个小时了,稻子本来就湿度大,一会儿温度上来就坏菜了。"

崔挽明站在路边往远处田野看去,皱着眉头:"这里是梯田,种水稻太不方便了，一条像样的路都没有。咱们上去帮一把吧。"

崔挽明说着就走了上去，几人试图通过人力将车从泥坑里推出去，但这样做没有意义，车身太重，不管怎么用力，车都纹丝不动。

夏中秋查看了一下前面的路况，摇摇头："现在看没有办法，这轮下面的坑越来越深，出不来了。"

车主和他妻子急得不行了，周围的农户也都出来帮忙，但依旧不起效果。

崔挽明左思右想，对罗思佳说："罗总，你对这里比我们熟悉，你看看能不能联系一个挖机，找过来救援一下。"

罗思佳惊愕道："找挖机？"

"这个费用我来出，农民种粮不容易，粮贩要是卖不出去粮食，农户就拿不到钱。你看看这个地方，交通不便，人烟稀少，大家的日子过得又很艰难，咱们能帮一点是一点，见到了就伸伸手。"

罗思佳不是不想帮忙，而是怕耽误行程，但他了解崔挽明，这个忙不帮的话，他是不会离开的。他只好打了几个电话，果然，不到半小时，挖掘机就哼哼着出现在大家视线，货车司机和妻子赶紧向罗思佳一行鞠躬感谢，这位中年女人感动地流下了泪水。

最后，在大家的喝彩欢呼声中，他们重新上了车，跟在货车后面，缓缓地进了镇子。

崔挽明清楚，不用罗思佳介绍，这里的农业状况已经一目了然了，从方才的事情中已经能窥见这里农业活动的艰难。

在这个每年进口水稻两百万吨以上的国家，他们的水稻生产还有这么多问题等待解决。而在我们国家，虽然农业现代化还有很长的路要走，但起码水稻已经能自给自足。

看到这些令人心酸的场面，崔挽明的内心都会泛起不忍，大家生活在同一片天空下，但生活境遇却差异如此巨大。他不敢想象那

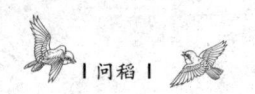

些饥饿的人群是如何克服身体的不适,那些营养缺乏的贫瘠人口是如何生息繁衍的。而他,一个接受过高等教育、不愁吃穿的中国公民,却对此无能为力。

"罗总,你说,咱们做的事有意义吗?"

四人坐在一家饭馆里,饭馆挨着街道,熙熙攘攘的人群在泥浆路面上缓慢行进。

"一定有意义的。在这个世界上,有七亿多人面临饥饿问题,超过二十亿的人没有充足的食物。你很难想象,在这样高速发展的时代,仅仅亚洲就有超过四亿人民处在营养不良的状态下。你们说,咱们做的事有意义吗?我们希望看到全民解除饥饿的那一天,希望我们通过努力能看见这样的场景,但我们不敢保证。即便这样,我们还是要去做这些事。"

"罗总,没错,我们都太渺小,但存在是有价值的。"晨海把话接过来,看了眼夏中秋,"中秋这样的就是我身边很好的榜样,人家也是在事业单位吃公家饭的人,但为了崔总的事业,一直追随,在三亚驻守,在试点驻守,现在又来到这里。真是革命的砖头,值得我学习。"

夏中秋摆摆手,罗思佳接了一句:"挽明,你把夏中秋引荐过来实在是明智之举,你还不知道吧,他要当爸爸了。"

崔挽明一听,心情大快:"真的?好事啊,你小子太行了。我说甘霖今天怎么没来呢,那你得抓紧回国办婚礼。"

夏中秋微笑着摇摇头:"甘霖和我商量好了,我们就在这简单跟大家吃个饭,就算喝喜酒了。现在盐碱地插秧工作刚结束不久,地里的盐碱改良工作正在紧要关头,我们按照秦远征老师的栽培措施在稳步推进,这时候我俩都不能回国。"

崔挽明听完夏中秋的想法,激动地咬了咬牙:"辛苦你们了,真的，从认识你到现在，一直都勤勤恳恳，能把工作当成事业来做，一定能收获幸福。甘霖这孩子也很优秀，你们没让我失望，公司有你们这样的员工，出成绩是早晚的事。"

罗思佳也顺着崔挽明的话一并感谢年轻人的付出："孩子出生后在这儿能接收到纯正的美式英语，你小子怪会挑时候的，赶这时候要孩子。"

"是，唯一的遗憾就是亲人不在身边。"

晚上的小镇恢复了平静，没有了嘈杂喧嚣，就连贫瘠的气息都不复存在了。罗思佳没有说破，但崔挽明知道，罗思佳想让他看到的农业情况已经看到了。

第二天一大早，四人驱车沿着镇子周边转悠，天转晴后，农民们都在忙着收稻子。

崔挽明见状，下车便朝着稻田走去。但通往田间的小路往往都泥泞得不成样子，刚下去没走几步，鞋子就陷泥里去了，崔挽明干脆将鞋子脱掉，蹚着过去。

罗思佳紧随其后，晨海和夏中秋也跟了过来。

这里种植的都是杂交稻，追溯起来，基本都从我国引过来的，二十世纪八十年代，我国杂交稻种子便传了过来，造就了国际友谊。当年袁隆平就是通过水稻所平台才将杂交稻的种植工作在东南亚推广开来的。

崔挽明清楚，自己的力量和能力都有限，做不到老先生的成就。但如今他们也和国际水稻所取得了联系，定下了合作意向，心怀共同的梦想，都为了盐碱改良这件事，也算是承先生之精神了。

他勉强张开嘴和田里的农户开始了交流，询问他们种植情况和收入，并了解了周围盐碱地种稻状况。当对方得知他们是来自中国的水稻育种专家后，赶紧从田里出来跟他们握手，并对他们竖起了

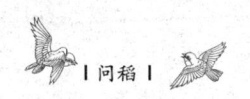

大拇指。

勤劳致富不假,但在这样崎岖不平的山里,要想壮大农业,何其艰难,没有现代农业节本增效的配套设施,如何才能致富?

崔挽明意识到,自己作出的努力,距离人类脱贫致富的梦想,恐怕还隔着光年的距离。

但罗思佳的话也让他明白积少成多的道理,时代不是一个人创造的,一个伟大时代的到来,必定凝聚了无数时代先人的丰功血泪。而盐碱地改良只是微不足道的一步而已。

大约下午时分四人才回到罗思佳的实验站,为了方便晨海开展工作,国际水稻所的同志借给了一批可供分子实验的仪器。在这里,晨海已经收了两位小徒弟,都是国际水稻所推荐过来的大学毕业生。

晨海的任务就是带着他们开展科研,把几个本地优质品种的耐盐碱能力提上去。

甘霖自从怀孕之后就很少下地,一般都在办公室帮罗思佳处理数据和材料,只剩下夏中秋带着另外的同事开展田间的调查工作。

工作也算分配合理,大家都各尽其职,有了起码的工作秩序。

"罗总,没想到刚来这么短时间,该有的模样都有了,虽然农田还没达到标准化程度,但地里一棵草都没有,你们的工作做得很细啊。真是不容易,远离家国能做出这样的成绩。"

罗思佳无奈地笑道:"有什么本事!我像你这么大的时候,也顶着太阳下地干,现在手里事太多了,但再忙我也要下去检查工作。干一行像一行,种稻子就要有种稻子的样子,你问问他们,我定的标准要是不执行好,怎么骂的人。"

"罗总,你还是老样子,先定规矩后做事,他们都年轻,都指望你帮帮他们成长起来。你这些年为公司培养了不少得力干将,也算是大功臣了。我来的前几天何总刚刚回国,我想等你有空回去的时候,咱们三个坐一起多聊聊,以前是我年轻气盛,什么事都不放眼里,也没处理好和你的关系,我一想到这些就很自责。"

罗思佳虽说想在碱巴拉项目上施展拳脚,甚至一度想夺走崔挽明得来不易的果实,但事实证明,他和何秋然都是一类人,光有激情,而缺乏这方面的能力和干劲。

领导分很多种,但像崔挽明这样能把手底下的人团结在一起的不多。这就是崔挽明和罗思佳的不同之处。

在这儿待了四天,实验站也看了,数据也整理好了,照片也拍了,至于行与不行,崔挽明心里还是没底。临走之际,罗思佳给了他一个文件夹。

"挽明啊,公司需要你这样的年轻人,无私奉献,默默无闻,你做的事已经超出公司要求,你是一个对自己对人民都负责的人。这个东西我想对你申请联合攻关实验室有帮助,你可以看看,我能做的也就这些。"

崔挽明有些意外,打开文件夹翻看起来。突然,手里的包一下滑落在地,崔挽明的身躯一下子坚挺起来,他眼睛冒着光,手指微微颤抖,半张着嘴看着罗思佳:"罗总……这……"

罗思佳按住他手臂:"国际水稻所的加盟是必须的,有了这个敲门砖,在'一带一路'沿线上开展耐盐碱水稻研究就有很大可能,既然是海外研究室,就一定要有外单位加入。这边有水稻种植大国,在这边建攻关实验室,符合实际。"

这个突如其来的惊喜让崔挽明不知说什么好,罗思佳虽然不跟他细谈,但心里一直替他想着这事。在他来这边之前,就通过关系联系上了国际水稻所,取得了这份合作意向书。

这个重量级的研究所的加入,让崔挽明信心倍增。回国后,他第一时间把消息告知胡雪锋,胡雪锋拍案叫绝。

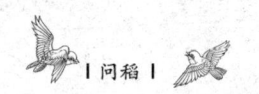

"你们罗总不简单啊,能把国际水稻所拉进来,这个事八九不离十了。"

"胡教授,我听说申报指南马上下来了,你传过来的资料我看到了,我的想法是先把材料初步整理一下,然后你我一起拟订一个思路,召集各家单位一起研讨。"

"方案是可行的,但这件事最好保密,涉及竞争的事,最好别把底露给别人,你明白我的意思吧?"

胡雪锋提醒得正是时候,要不然他就要在公司大肆宣扬了,这样一来,保不齐要被人连锅端。

正好储健从三亚回来,随同的还有北川大学的三位博士生,接下来几个月时间,可能要在公司作联培。因为海南崖州湾科技城那边的工作暂时告一段落,他们主要回来做点室内实验,对新一批种子进行表型鉴定。

储健之所以带三位博士生来见崔挽明,就是希望他们能在碱巴拉项目上出上力。

"挽明,现在你正值用人之际,那天耿爽也跟我说了你的难处,我让李薇薇先去三亚盯着工作,带他们回来帮你做点事。你给安排安排。"

崔挽明请三位博士生坐下,问道:"怎么样,在三亚的工作环境很好吧?"

"崔总,我们几个跟你师出同门,虽然你现在不在北川大学工作了,但你永远是我们大师兄,你的事迹我们都听说过,也一直向你看齐。崖州湾分子实验室特别棒,性能应该算顶级了,对于国内任何一支从事分子生物学实验的团队来说都绰绰有余,我们能到这边开展研究工作,离不开你的帮助和举荐。"

"嗯,这是你们刘君老师的功劳,不要谢我,科研永远都是自己的，科研平台是一方面，重要的是自己的思想和眼界。既然储总让你们回来，那我就不跟你们客气了。但有言在先，跟我做事，先签保密合同，因为有些资料涉密，我正愁没人整理，我没有你们的学术经历，有些材料整理起来很费脑子，这方面内容正好交给你们来做。"

储健点点头："这几个孩子都不错，踏实能干有想法，做的课题也很深入，你好好带带他们，学术研究和做项目还不一样，多培养培养，你们北川大学后继有人了。"

说到这里，崔挽明也突然想到了一个老问题，追问储健："这个问题我跟耿爽聊过，她没有解决办法。我的想法是在金种集团成立一个学术研究院，向省里递交申请。咱们培养自己的人才梯队，也成一个研究体系，一方面自给自足，还可以向外输送人才。通过这次联合攻关实验室申报，我算是了解了，在这片土地上，不和高等院校建立联系，不走他们的科研道路，很难保证成果持续产出。你说呢？"

储健从未想过这种问题，可能在他的思想意识里，能够把自己的项目做好，能够完成公司指标业绩，顺带做点自己感兴趣的课题，职业道路也就看到头了。但从崔挽明的话里，他才感觉到人生还有极多的可能去探索和追求。

"挽明，你是真敢想啊，从碱巴拉项目到联合攻关实验室申报，这两件事都还没做好，你又要搞什么学术研究院。我可提醒你啊，你这样工作可不行，态度方面我认可，但人不是工作机器，家庭也很重要嘛。"

储健的话一下就刺激到崔挽明了，他以为自己会有意识地注重这方面的改变，自从海青和他离婚后，他就进行过反思。可每次投入工作的时候，就忘了还有家庭需要照顾。

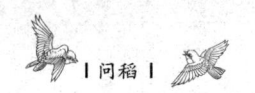

这恐怕是他人生难以修复的一块短板。虽然他对工作兢兢业业，始终把工作放在首位，但用旁人的话说，他连自己的家庭都没照顾好。直到现在崔卓的生活还是保姆在照顾，他和林潇潇，谁都放不下手里的事。

而林潇潇之所以跟他站在一条战线上，就是因为林潇潇也成了崔挽明一样的人，她从一开始的抱怨到现在的默默支持，一切的背后都源于对工作和人民的职责。这也是两人婚姻得以保持的原因所在。

自恩师入狱之后，崔挽明不止一次地从梦里惊醒。当年要不是他太讲原则，抓着品种的事不放，也不会将秦怀春揪出来，作为林海省极具资历的老育种家，一个小小的错误就断送了一生清誉。

崔挽明无从想象他在监狱中是如何度日的。虽然过去了这么久，但崔挽明始终活在愧疚和痛苦之中。

之所以这么用心地工作，一方面源于恩师的教诲，一方面考虑北川大学的发展，他很清楚，如果他不来金种集团，北川大学根本没有进国家团队的希望。而这三个博士生的到来证明了他的选择是没有错的。等他们在这里完成博士研究，再回到北川大学工作，分子生物学相关研究的担子就能挑起来了，这就是联培的意义。

对于金种集团来说就不一样了，这样的博士生随便也能找到，这全仰仗崔挽明的面子和成就，才换来这样的待遇。所以说，虽然林海省的很多育种家都觉得崔挽明大义灭亲不讲情面，但他现在做的每一件事情，都考虑了带着恩师留下的家业一起发展。

没有人能懂崔挽明的付出。来到金种的每一步都走得极为艰难，这里的每一件事他都在摸着石头过河，一是不专业，再一个也没经验。但他敢于行动，也始终坚信只要往前推，就一定能抵达终点。

但现在不管是公司高层还是下面的人，都明显出现了疲惫感。

碱巴拉计划的高峰还没有到来,似乎大家的底气都已经消耗完了。

因为他做的每一件事都在烧钱,从公司角度来说,利益必定是放在首位的。碱巴拉计划是省里牵头,又下放到市里的一个政绩工程。但事情发展到现在,崔挽明把它当成了一项事业在做,每向前推进一步都要伸手要钱,再加上各种政策扶持,可谓倾尽所有才换来了现在的成绩。而联合攻关实验室一旦落成,又将是一笔不菲的支出。

这也不是中擎生物想要看到的。中擎生物通过战略投资加入金种集团后,可以说让金种起死回生了。但这么长时间下来,回头钱一分没见到,看样子是张志恒那边有了压力。

晚上回家的时候,崔挽明跟林潇潇谈到了这个话题。林潇潇建议他去见耿爽一面,耿爽是中擎过来的,对于那边的消息一定有底。中擎在这件事上到底持何种态度,会不会推进后续的投资,这都关系到崔挽明想法能否实施。

"她还不知道咱俩的关系吧?她后来又找过你吗?"崔挽明问林潇潇。

林潇潇放下筷子:"你把我当什么了?我跟你说,我不会插手你们公司内部的事,这种事我干不出来。"

"怎么说话呢,你觉得她会跟我说吗?等哪天中擎生物撤资不干了,她也得跟着回去。她不可能出卖公司利益。"

"不见得吧,你们最近关系不是缓和了吗?可以试探一下啊。我是觉得你们张总跟中擎高层见面了。"

"你是说中擎会撤资?"

"看你们能不能拿出成绩吧,成立研究院的事,我劝你还是放一放。这个时候上面压力正大,谈不好要崩盘,以后再想做,你连张口的机会都没有了。"

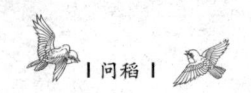

"那你就帮我问问她嘛,这种事我没法打听,张总这边不可能跟我透露这些,我好做计划啊。"

崔挽明也实在没招了,林潇潇觉得这样做确实有些不磊落。但她支持崔挽明的事业,也就应了下来。

第二天耿爽接到林潇潇电话的时候,以为常丰那边有消息了,出来后才知道,林潇潇帮她联系的律师已经到位,让她抽时间见一面,沟通一下情况和诉讼意愿。

也就是这一件事,耿爽整个人都憔悴了许多。见面的时候,林潇潇特地带了一盒孢子粉,说是给她调理身体。

两人选了一家简易餐厅,也没点什么,一人一杯咖啡,外加点甜食。

林潇潇跟她谈完事之后,随便提了一句:"你这状态可不行啊,耽误工作不说,还影响你发展。你这么年轻,正是发展的时候,别掉以轻心。"

耿爽回道:"像我这种职业,一辈子都要搞技术研发,停下来一天就会被人甩在身后,这么多年确实也累了,歇一歇也未尝不可。你说我倾尽所有在工作上,到头来孩子没照顾好,图什么?"

一看耿爽又把话题扯到儿子身上,林潇潇赶紧劝导:"你不工作,怎么养孩子?你就放心吧,我们已经联系那边了,当地警方已经走访过常丰住处,跟他有过交流,他们确信孩子不会有问题的。经过协商,我们让常丰给你儿子买了通话手表,你随时可以跟孩子沟通。"说着,林潇潇把孩子的联系方式写在纸上,推了过去。

"真的?"

"你晚上试试吧,这个时候,那边正是半夜,别影响孩子休息。"

"林警官,什么时候的事,怎么不提前告诉我?你帮我做了件大好事,感谢感谢!"

"谢什么？我最敬重的就是你们这样的科研工作者，为咱们国家的科学事业付出那么多，都是默默无闻地躲在幕后，很难有出彩的镜头。你们金种集团是省里的龙头企业，能在那干的人都挺厉害。"

"林警官，实不相瞒，我原来不在金种，是从另外一家公司派过来提供技术支持的。"

"属于借调？"

"不完全是，我们是战略投资者，你懂吧？"

"哦哦，差不多理解，这么说你还是要回去原公司的。多好，选择面这么多。"

"或许吧，毕竟金种不是纯做技术开发的公司，我在这里其实很别扭，很多事不能按照想象的去做，但公司把我派过来，我只能执行。"

"再坚持坚持，等你们公司什么时候不跟金种合作了，你就有机会回去了。"林潇潇终于把话题抛出来。

"我看快了，照现在的情况看，我觉得……"话到这里，耿爽感到说多了，赶紧收住，"你看，林警官，我跟你说这些做什么，总之谢谢你的关心，今天你给我带来了天大的好消息，今晚我能睡个好觉了，听你的，明天我就回公司做事。"

虽然耿爽的话没接着往下说，但林潇潇已经听出了其中意思。

崔挽明得知后，心一下就凉了。碱巴拉计划眼看就要有成效，联合攻关实验室也有了眉目，此时中擎生物如果撤资，崔挽明的所有付出将功亏一篑。他绝对不能让这件事发生。

从公司角度考虑，无非是利益问题。崔挽明现在唯一能做的就是想办法让碱巴拉计划盈利。今年他把剩下的盐岛98全部下放到农户手中，侯延辉已经跟他们签了回收合同，如果这批种子能走向推广市场，将能产生巨大的效益。

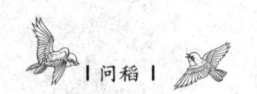

很显然，单单指望盐碱地来消化这些种子是不现实的，还得走常规路线，哪怕公司少挣一毛钱，也要把市场拿下来。因为盐岛98还可以走优质米市场，这是一条很好的出路，公司在这条线上的业务水平是没有问题的，就看侯延辉那边做不做这件事。

现在的情况崔挽明也清楚，侯延辉已经跑到黄淮海一带搞旱田盐碱地种植去了，销售部能说上话的人只剩下韩曈了。但这两人他都得罪了，跟谁开口都费劲。

正好何秋然的杂交工作结束了，几个人凑一起吃饭的工夫，崔挽明把自己的处境跟何秋然谈了谈，何秋然拍桌子道："销售部是公司血液循环的关键，咱们生产什么他就得卖什么，这还用商量？这件事你不用管了，老韩这点面子还是会给我的。"

没错，何秋然和韩曈算是公司的老人了，有些事沟通起来要方便得多。崔挽明在公司的角色本身就招仇恨，现在侯延辉都被他气走了，剩下韩曈自己主持局面，他能给崔挽明好脸色吗？

韩曈也不傻，何秋然张嘴一提盐岛98，就明白怎么回事："老何，你出国一趟，变化挺大啊。崔挽明过去怎么对你的，你现在这么帮他？"

何秋然现在的格局可不一样了，诚恳地对韩曈解释道："韩总，还记得公司财务危机出现的那年，公司上下都揭不开锅了。中擎生物的资金可不是白投的，现在咱们必须铆足劲儿拿出诚意来。崔挽明干的事先不论对不对，起码来说，现在一直朝着正向发展，这个时候不是支持谁的事，要考虑公司发展啊。今年是关键一年，如果不盈利，很难想象后果，你是我领导，我才这么说，韩总，请一定支持。"

韩总很不甘心："崔挽明这小子太不是东西了，连我都不放在眼里，也不知道给张总灌了什么迷魂汤，这么向着他。老何，我跟你说，延辉现在不在身边，我根本开展不了工作，我这个岁数，难道让我带大家下去跑市场吗？"

"韩总，你手底下不是还有几个副总吗，让他们接替一下不就解决了嘛。"

"说得容易！现在是一个萝卜一个坑。再说了，水稻这块业务一直是侯延辉在做，他们接替不了。"

何秋然也理解韩瞳的苦衷，没再逼迫他，而是迂回地问道："延辉走了，但他手下不是还有人嘛，你给我推荐一个，我交给崔挽明。"

韩瞳真是没辙了，摆摆手："你上办公区看看，谁愿意去谁去。"

何秋然也不挑，来到销售部办公区，见大家都在忙，也没不好意思。

"大家停一停手里的工作啊，有个事跟大家沟通一下。来年水稻的市场布局工作还没开始，因为侯总不在，你们韩总的意思，从你们当中选派一位代表来接一下侯总的工作，把来年的市场工作推进一下。有没有自告奋勇者？"

何秋然说完，大家都愣在原地，心里想的都是：你一个生产部的领导怎么跑销售部指手画脚来了？要安排工作也轮不到你啊。

王帅早就按捺不住了，第一个举手并冲了出来。他知道，走到一线就有机会跟张可欣一起工作了，所以不管何秋然安排什么，他都会往前冲。

/ 第二十五章 /
付 出

何秋然一看来了个兵,欣慰道:"还真有主动的。"

"何总,我们水稻推广分队必须踊跃参与,这是本职工作嘛,当然支持。"

何秋然看着这个年轻人,仔细琢磨几秒:"想起来了,王帅,是不是?"

"是我是我,侯总虽然不在这指挥,但只要韩总一声令下,我们肯定说一不二。"

"好,关键时候,就需要你这样的人才。这样,具体事宜我让崔总跟你对接,你们这边做好准备工作。来年咱们除了要扩大盐碱地种植区,还要往优质米市场使劲,这次是利益战,每个人都要冲锋陷阵,明白?"

一听是崔挽明,王帅是兴奋了,其他人不干了。何秋然一走,大家都指责王帅瞎接活。

"王帅,你小子乱搞什么?韩总还没通知呢,你急什么?跟你说,这个事你一个人答应的,你自己去,跟崔总干活,那不是一般人能伺候得了的。没有个三头六臂,只怕是有去无回。"

"你们一个个真是尿啊,我虽然市场经验没你们强,但不像你们,一个个缩头乌龟,养兵千日用兵一时,公司白给你们交社保了。"

王帅的觉悟一下上来之后,同事们反倒不适应了,纷纷围过来:"你小子怎么说话呢?别以为你那点花花肠子我们看不出来,不就是对人家张可欣有意思吗?王帅,你就别想了,侯总的女人都敢打主意,你不想在这混了?"

"你们懂什么,我跟你们能一样吗?我还告诉你们了,你们爱去不去,没有你们,我照样能把事做好,走着瞧。"

王帅最不愿意同事拿这个事开玩笑,虽然他知道自己的情感处境,但这是内心的一个痛,自己怎么想都无所谓,但别人只要一触碰,肯定无比难受。

在何秋然的努力下,也算为崔挽明争取了一个兵,但还没等王帅找崔挽明报到,侯延辉的电话就打过来了。

"谁让你去跑市场的?王帅,我给你两个选择,第一,老老实实回到工位,等我回来自会给你安排事做;第二,收拾东西滚蛋。吃里扒外,你把我当什么了?"

侯延辉从来没对他发过这么大火,他很清楚,就是身边这帮人告发他的。不过王帅算是对这些事看得很清的人,凭借崔挽明在公司的能力,侯延辉不能拿他怎么样,索性回道:"侯总,我现在也是闲着,你让我出去锻炼锻炼,我认为这是好事。"

"好啊,你要出去,永远都别回来。"

侯延辉本不必这样,他跟崔挽明之间的矛盾瓜葛说小不小,说大不大,说白了,就是想在碱巴拉项目上分杯羹。但从侯延辉的处事角度看,他绝对是从事业发展角度考虑的,只可惜两个强者碰到了一起,必定有一人要离开。

王帅只能选择赌一把了,在销售部这几年,一直觉得自己没什么长进,也不受重用。侯延辉要是在公司,哪里轮得到他?因此,他从内心感谢何秋然和崔挽明给他创造机会。

当然了,崔挽明这边也在跟侯延辉解释:"延辉,我觉得咱俩远不至于这样,你这是何必呢?都是为了公司发展,你拍屁股走人的心情我能理解,但实话跟你说,我真心希望你能回来,咱们一起把事情推进一下。"

侯延辉讥笑道:"那是你的事情,是我的吗?不是。从始至终你都在谋自己的事业,考虑过我的发展吗?销售部的兄弟们是靠业绩活着的,他们也有老婆孩子要养活。你把盐碱地的产品市场交给刘承俊的那天起,咱俩的关系就完了。"

崔挽明知道,这件事已经成了解不开的麻烦事。从侯延辉的角度来看,他的立场完全没有问题的。但这件事的关键不在崔挽明,他也想侯延辉来搞这个市场,可刘承俊是什么人,那是刘副市长的亲信,张总给的人情,他崔挽明能说什么?

每次侯延辉说到这些,崔挽明内心都不是滋味,其实,他们兄弟两个凑一起,完全能把事情做大。闹到如今这个局面,谁都不想看到。

崔挽明不可能把精力浪费在协调他们关系上,留给他的时间不多了,王帅好不好用且不说,有这么一个人替你操心,总比没有要强。

当然,还是要走金种以往的推广区域,唯一的担心就怕侯延辉跟下面打好招呼,将他们拒之门外,这就不好办了。

把王帅工作安排完之后,他马上要跟胡雪锋再见面。另外,王春生和魏莱也会从深圳赶来,一起探讨物联网设备的升级改造问题。

在公司的时候,崔挽明顺便问了一下生物调节剂的研究状况,按照王春生的意思,中产已经开始,来年应该能大规模投入使用。

他让王春生往三亚邮寄一部分，李大宝还在国家耐盐碱水稻技术创新中心的示范地作浓度筛选调查。他想让李大宝现在就试试这个东西的效果，重点关注产品在中度和重度盐碱池中的效果。

这次去北京见胡雪锋，安排了一周的行程，除了商讨申报事宜，还要进行采风调研。中科院在长春已经有成形的盐碱地治理试验站，通过胡雪锋的联系协调，他们会议结束便过去开了现场会。

正值水稻灌浆期，大片盐碱地在阳光的蒸腾下发出一股刺鼻的味道，专家一行在试验站工作人员的介绍下，对这里的概况有了大致了解。

崔挽明走向身边最近的一块稻田，田埂子上白色的盐碱层一览无余，他用手拨了拨稻穗，很沉实。

"你们的工作很出色，这里的盐碱度应该中等偏上了，能把稻子种出这种水平，一定下了大功夫，不容易。"

工作人员解释道："这一片盐碱地的改良工作已经持续了十多年，这不全是我们的功劳，老百姓自发种地，为了争取粮食，他们也在想办法。我们是在他们的基础上提供一些改良措施，慢慢地才有了今天的成绩。"

崔挽明之所以这么问，就是想知道具体是怎么做的，但这种事不讲出口也正常，这是他们的地区优势特色，对崔挽明虽然有借鉴效果，但不一定完全实用。

"我们这次过来，就想看看你们的科研业绩，确实，触动很大。"

"苏打盐碱土短期内种稻肯定不会成功，我们这边盐碱地改良主要考虑种草和种稻两种方式，采取的是以耕层改土治碱为基础，以灌排洗盐为支撑的技术。改良土壤盐碱度的目的是培肥土壤，把盐碱地变为良田。然后是良种和良法，我们认为，这三个条件缺一不可。"

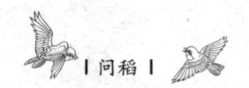

崔挽明一听，感觉大家治理盐碱地的方式都一样，但有的成功了，有的还是没找到窍门。事实上，从理论到实践，还有很多门道和细微之处，这往往需要针对实际情况来作出应对。

虽然崔挽明没有获得自己想要的东西，但此行是很有必要的。因为该站点背后的中科院下设研究所也加入了他们的申报团队，过来调研交流对申报材料撰写有很大作用。

相比自己往常的工作，搞理论调研的事崔挽明总有些不适应，他没有办法和专家教授一起评头论足，讲出的话也不富科研气息。他还是喜欢跳出学术圈的交流方法。

因此，这次出行并没有给他带来太多的期望，至少内心来讲是不满意的，因为大家讨论了几天，很多意见都没能达成一致。比如研究方向，有的人倾向于理论创新，有的则避开理论研究，觉得以往的经验和认知足以指导实践工作，只需要把精力放在实践创新上面。

但谁都明白，这个实验平台很重要的工作内容就是要搞技术升级，至于大范围的实践工作可以展开，但不是主任务。

队伍的第二个行程是公司安排的，也就是考察崔挽明一手建成的二十个盐碱地改良试点，随行的王春生负责技术解读。

说心里话，在队伍出发之前，崔挽明的心一直是忐忑的。从张磊最近反馈回来的情况看，试验地一切都正常，当然，有的试点秧苗确实表现不好，但总体来讲，王春生他们设计的这个智能灌溉系统是有价值的。

可崔挽明担心的是专家们意见不统一，加上今年种植的品种比较单一，从生态适应方面来说，并没有完全匹配上，植株的长势可能受光温影响较大，会出现不好的状况。

崔挽明清楚今年试点的目的就是检验这套设施的实用性，再一个就是秦远征提供的栽培技术是否适用。至于品种适应性，要等来年储健和耿爽研究的种子，到时候布局下去才清楚具体反应如何。

但专家不会这么看问题的，他们对苗情的评价一定是个整体的东西。

为了做足准备，他找机会给张磊去了电话，让他联系情况不好的试点，追加叶面肥和生长素，让叶片都尽快好转过来。

张磊收到任务就开始行动，但和全国试点的联系工作一直都是张可欣在做，张磊觉得应该联系一下她。没想到一跟张可欣说完，马上遭到了拒绝。

"崔总的意思？张磊，咱们不能那么干吧？这不是自欺欺人吗？为了应对一个考察，至于吗？"

张磊也很为难，解释道："崔总说这个检查很重要，事关联合攻关实验室申报的事，专家下来采风，申报审查的时候，他们都要出大力，咱们的工作不能不做好。"

张可欣最近一直在和北川大学来的理学教授整理数据，她这边呕心沥血地干，没想到崔挽明竟然背后给她放火。这把她给气得。

"张磊，你是不是脑子不好使？咱们费了那么大力气，投进去那么多资金，我们要的就是现在反馈回来的真实数据。如果你用叶面肥和生长素，咱们的试点实验就白做了。"

一听这话，张磊似乎也反应过来了，半天张不开嘴。

"怎么不说话了？不说话好，你给我稳住，我马上联系崔总，这件事谁都不能干。"

张可欣对试点的付出可谓倾尽全力，她从一个销售部的小白变成了如今颇具责任感的职业女性，离不开崔挽明对她的培养。再者，她在工作推进中学会了成长，认识到了农业工作的重担和职责，这才造就了现在的她。

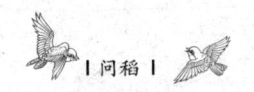

崔挽明正和大家在商务大巴上闲聊，拿在手里的手机突然响了起来，是张可欣。他并未想到这通电话的来意，以为是其他工作的事，便退出谈话，把电话接了起来。

那边突然一嗓子喊了起来："你什么意思崔总？是不是忙糊涂了？"

崔挽明笑容僵住了。他把身稍微转向窗户那边，故作镇静道："小张，具体什么事，你说。"

"崔总，有的试点表现确实不好，但我忙完这一阵，马上要下去调查的。这几个试点我一直跟着，前期的数据我都采集了，你不能用药啊，这么做，我的工作就前功尽弃了。没有失败的经验，明年怎么办？哪来的应对措施？"

没错，崔挽明真是糊涂了，这么低级的错误怎么能犯呢！听完张可欣的话，额头上的汗水渗了出来。

"告诉张磊，千万别动。小张，谢谢你，我太不冷静了。"

此时的崔挽明是感谢张可欣的，自打他来金种之后，张可欣就成了他的得力干将。现在不但业务能力强，脑子也够用，学习能力也不落后。不但跟侯延辉学会了推广技术，也从秦远征那学到了耐盐碱高产优质栽培技术，现在又在搞数据分析，可以说，现在的她一人能挡千军。

崔挽明想到了十年前的自己。

事实上，一切都源于崔挽明的紧张，他对这件事的重视程度不亚于整个碱巴拉计划。如果说在此之前他想将志同道合的人聚在一起攻克盐碱地改良，那么，在他从东南亚回来之后，对于农业落后地区的国家，他多了一份思考，也体会到了"人类命运共同体"的涵义。

而崔挽明知道，他能做的就是尽可能地帮助更多的人去远离饥饿。

在这个世界里,大家慢慢意识到共同成长的重要性,大家要的是每个人的幸福,要的是每个人的快乐。

带着这样的心情,崔挽明领着专家组到了试点。他毫不避讳地对失败试点作出评价,同样也毫不避讳地分享成功经验。

秦远征一直在试点奔走,专门负责栽培管理指导。作为崔挽明身边的大农艺师,此次活动,他也崭露头角,成为现场会解读的重要人物。

"各位专家,这位就是盐岛98的育成者,你们看到的这些稻苗就是秦大哥在青岛选育的。现在已经转化给我们公司,品种权也申请通过了。我们决定今年在多个省份进行引种备案,来年开始大面积推广。"崔挽明说着,把秦远征引到大家面前。

"盐岛98是您选育的?"胡雪锋似乎对秦远征很感兴趣,话语间透着激动。

"崔总抬举我了,我不像大家,都是大专家大教授,我当年大专毕业就自己下地搞这个东西,没想到一干就几十年,要不是崔总发现我,恐怕大家永远也看不到盐岛98。你们好不容易下来视察,一定帮帮忙,这么好的品种,一定要让老百姓种上。"

秦远征确实有些难掩激动,盐岛98今年在崔挽明的努力下,已经有十多万亩的推广量,这在盐碱地种植领域是不敢想象的。因此,他一方面感谢崔挽明的知遇之恩,另一方面,也想帮更多盐碱区的农户种出粮食。

他兢兢业业这么多年在青岛搞盐碱稻,默默无闻不求名利,就是希望能造福于人,做一个有用的人。

"我可听人说起过你。"胡雪锋接着说道,"你们金种集团那年是不是来北京买过耐盐碱品种?"

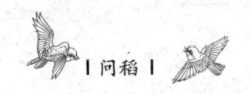

"你认识刘教授?"崔挽明想起这件事,赶忙问了一句。

胡雪锋摆摆手:"谈不上认识,搞植物科学的圈子小,一来二去都有耳闻。崔总,你们可没给人家刘教授面子啊,虚晃一枪最后也没买人家品种。"

崔挽明哈哈大笑:"主要是缘分未到。"

胡雪锋当然知道其中缘由,只是在场人太多,不方便把事情讲出来。刘教授挂羊头卖狗肉,品种质量不过关就审定了,要不是张可欣他们亲自到审定区域调查,很难想象后果。试点要是种了刘教授的种子,崔挽明哪还有机会拉大家一起干联合攻关实验室的事。早就乱成一锅粥了。

因此,从胡雪锋的角度看,像秦远征这样的育种家是极为珍贵的,即便得到了认可,还是一门心思扑在田间地头,丝毫没有懈怠事业。

"秦大哥作为你们盐碱地改良的技术顾问,又是盐岛98的育成者,我建议在申报的时候,把他也带上。我先申明,咱们不是做文章,而是实事求是地把品种背景写进去,交代清楚。要让上面看到咱们团队结构的每一个层次都很扎实,这样才能有更大把握。"

崔挽明一看胡雪锋这么支持,带头鼓掌:"我们准备材料,这方面我来弄。"

崔挽明看了眼秦远征,秦远征的肩膀已经直不起来,常年低着头在田间劳作,几十年下来,后脖子已经成了一道弯弓。但得到这样的认可,他疲惫的眼睛里突然又多了一道光。秦远征吸了吸鼻子,朝大家点点头:"谢谢,谢谢。"

他不会说太多,也觉得没必要再说。剩下的就是踏踏实实干活,一方面改良自己的栽培技术,一方面也在各试点周边继续搞他的耐盐碱育种。用他的话说,他不懂什么生物育种,他能做的就是靠一双眼一双手，从一年又一年的自然变异中找到耐盐碱植株，经过连续多年的压力选择，培育耐盐碱品种。

加入了秦远征，金种集团育种事业的最后一块拼图完成了。虽然何秋然也在搞常规育种，但他和秦远征最大的不同是，秦远征单打独斗，喜欢按照自己的喜好来。何秋然带团队干，大家的想法五花八门，没有一个统一想法，即便何秋然有统一规划和要求，但具体到做事的人，只要一下到田里，还是按照自己的想法去选育品种。这就是秦远征这么多年来不成立团队的主要原因。

试点的最后一站正好来到了黄旭这里，也是张磊目前正在调查的试点。西北地区的滴灌模式现在看来还是有问题，没有大量水资源用来洗盐的话，靠着生物调节剂，效果发挥得不是很好。

"王总，这个问题你们回去恐怕还要研究，从设备角度来说，还有没有可能再升级改进？这和咱们最初的预想还是有出入。"

崔挽明对随行的王春生有了意见。当时在设计这套系统的时候，专门针对的是西北干旱地区，也在王春生那里有过预实验，效果也是很好的。怎么现在一看，成了这个样子？地里一半的苗都死绝了，剩下的苗也不同程度地遭受了盐害。

其实这个情况崔挽明早就知道，他之所以没提前告知王春生，就是要让他亲眼看看。只有这样，才能让王春生有所触动。毕竟崔挽明扔进去那么多钱，不管怎么说，都不能白花这钱。

王春生也明白崔挽明的意思，看了眼一旁的魏莱。魏莱其实一直都反感这些活动，但崔挽明作为大客户一方的代表，他不好端着清高。现在他们搞的东西出了问题，那就是他在技术方面不过关，属于他的事了。

"这个事我回去就研究，崔总，这个问题一定要解决。这批设备投入太急，没有经过长期检测。现在看，传感器的灵敏度还是不够

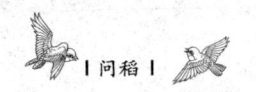

理想，我回去马上解决。"

　　王春生斜了魏莱一眼，意思很明确，示意他不要再说。这时候，多说一句都等于往崔挽明设下的坑里跳，他巴不得魏莱多作承诺呢。尤其现在他们又上了同一条船，为了联合攻关实验室而一起努力，那就更要顾及同盟友谊。

　　魏莱这个技术狂最见不得自己的产品出问题，一旦发现，不用人说，自己都往上冲。所以，王春生的劝诫根本不管用。

　　晚上，在黄所长的安排下，杀了一只羊，就在黄所长自己家，没有上饭店。今天是考察结束的日子，崔挽明对黄旭的热情深表感谢。但这样一来他也觉得过意不去，自己带一帮人来，又吃又喝的，本来已经够麻烦黄旭的了，哪好意思让人花钱！

　　趁着大家不注意的时候，崔挽明把张磊叫到外面，给了他一张银行卡，让他去取点钱，到时候偷偷给黄所长爱人，顺便再拎几瓶酒回来。

　　张磊累了一天，走的时候也喝了几杯，多少有点微醺了。接过崔挽明的银行卡，便骑着摩托车去了最近的银行。

　　他所不知的是，从他离开黄所长家院子，身后就一直有人跟着。直到他取完钱，去买酒的途中路过一条巷子的时候，行驶的摩托车被莫名飞来的棍棒打翻在地，张磊手一滑摔了出去，滑出去七八米远。身体和地面的触碰让他瞬间失去意识，五脏六腑都感觉搅在了一起。没等他喘过气来，几个人围了过来，朝着他身上一顿猛踢，脸上，头上，后背前胸，没有一处不挨打的。

　　绝望之际，一道强光照了过来："警察，你们做什么？"

　　混混一哄而散，张磊的眼睛看着那道光，在血泪弥漫中慢慢闭上。

　　等他再次睁开眼的时候，已经躺在了省城的人民医院了，全身多处骨折，皮肤多处破损。崔挽明也因为此事暂时留在了这边。

如此恶劣的事件当地警方当然不能坐视不理。此刻，警察黄俞还在局里审人，那晚她连夜调动局里兄弟，将恶性伤人的混混全都抓捕归案。

"潘风，可以啊，都进过看守所了，还敢打人，老实交代，动机是什么？"

没错，就是他，甘霖的前男友，上次要不是因为张磊盯着他，也不至于关进去。而这次打人动机很明确了，无非就是报复张磊。

"哼，动机啊，他就是该打啊，怎么了？"

潘风自己也知道，再进看守所，问题就严重了，也用不着跟黄俞绕弯子。

但黄俞不是一般警察，在这一带是出了名地狠。黄旭有这样一个妹妹也是成天提心吊胆，眼看三十岁了，就是不谈对象，就知道抓犯人审犯人。家人对她一点招没有。

所以，潘风落在她手里，有得受了。

张磊出了这样的事，崔挽明感到无比痛苦。虽说事发突然，但这不应该在张磊身上发生，他只是一个兢兢业业的员工，他跟潘风也没有直接的利益关系。若不是碱巴拉计划，他不至遭此厄运。

看着躺在床上一动不动的张磊，崔挽明陷入了沉思。凶手虽然已经被逮捕，但张磊身上的痛却是难以消除的，他还没有结婚，甚至连恋爱经历都没有，身上留下那么多伤口，以后怎么办？

为了不让家里老人担心，张磊没让崔挽明宣扬。可他需要护理，接下来的很长一段时间可能都离不开人照顾。

崔挽明身上担子很重，很多事都等着他回去处理，可谓件件紧要。但张磊目前的状况还不能转回金穗市，这里急需一个人来顶替。

正琢磨着，黄俞突然过来了。见张磊一动不动躺着，问道："还

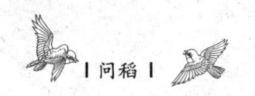

没醒?"

崔挽明站起身,示意出去说话。

"黄警官,你咋还过来了?"崔挽明问道。

"案子的事,我想他要是醒了,过来做个笔录,那边等着推进。"黄俞手里拿着本,看了看病房里的张磊。

"黄警官,再等等吧,你也看到了,现在的情况恐怕还交流不了,好转后我通知你。"

"人我已经审差不多了,等他醒了我再过来。"黄俞交代完事,准备离开。

崔挽明脑子里突然闪过一件事,叫住黄俞:"黄警官,你等等,有个事跟你打听一下。"

"你说。"

"我跟你哥也都是老朋友了,本来想见到他再麻烦他,但我这也不方便,正好你在,也就不跟你客气了。我公司的事很着急,不回去也不行,他这边也需要人照顾,你看能不能帮忙找个护工,我对这里不算太熟,处理起来费事。"

黄俞想都没想就答应了:"小事,这个没问题,只要你放心,我今天就能帮你落实。正好我同事家也在用护工,我托他问一下,找个靠谱的。"

"太感谢了,黄警官,你也放心,我已经联系公司同事过来帮忙了,等他到位我就返回,到时候有任何事你跟我同事沟通就行,有需要我做的,也可直接联系我。"

黄俞点点头:"你们搞科研的也确实不容易,我们这里盐碱地连草都活不了,你们非要来种水稻,真搞不懂你们。"

崔挽明笑道:"这叫以稻养田,等哪天你们这里的盐碱地变良田了,你就明白了。"

"我是不懂,不过,你们也要把安全放在首位。尤其张磊这样的,常年在外,身边连个人都没有,大病小事都自己扛着,确实不容易。"

"没错,我也在反思,过了今年,我们的项目也能顺利推进了,张磊可以做点自己的事,自从跟了我,苦头吃尽,没有一天休息的时候,作为领导,是我的失职。"

"不是我说,你们也太不爱惜身体了,确实要多注意注意了。"

这是崔挽明跟黄俞第一次交流,毕竟是人民警察,对她还是很放心的。

两天后,崔挽明和张磊告了别,嘱咐好护工,又付了两个月的费用,然后才返回公司。

回去后的第一遭就是迎来张可欣的指责,这是崔挽明意料之内的事。

"崔总,怎么出这么大的事?张磊情况怎么样?"

"放心,有专人陪护,这个事不用你操心。"

崔挽明的冷漠让张可欣有些难忍:"崔总,张磊在碱巴拉项目上付出很多,他现在这样,我希望能为他做点什么。"

崔挽明屏住呼吸,然后吸了口气:"你现在什么也干不了,事情已经出了,我跟你一样难受,那边我已经安排好了。现在要做的是全力以赴,把联合攻关实验室的事落实。"

"崔总!"张可欣大喊一声,"难道在你心中,就只有工作吗?我听说张磊浑身上下伤了十多处,你怎么静得下心工作呢?"

崔挽明不想跟张可欣解释太多,他也理解张可欣。但在他的人生阅历和工作岗位上,不允许他多愁善感,而且这样做无济于事。

"小张,我们除了往前冲,没有别的办法。这件事我负主要责任,但现在不是矫情的时候,如果咱们的事没做成,那张磊的伤算

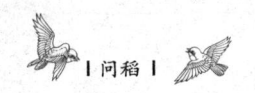

是白受了,咱们怎么跟他交代?"

两人僵持不下的场面自然引来公司上下热论。

但就在双方争执不下的时候,侯延辉给张可欣来了电话。

张可欣正在气头上,哪有心情接,直接给挂掉了。

崔挽明见状,摆手道:"你自己冷静一下,好了再来找我。"

张可欣看了眼手机,侯延辉又拨过来了。

"你什么事?说。"

侯延辉已经很久没主动跟张可欣联系了,毕竟两块硬石头,轻易化解不了。要不是听说张磊出事了,侯延辉恐怕也不会打这通电话。

但一听张可欣这副口吻,侯延辉到嘴边的话又咽了回去。

"没事,你怎么样了?"侯延辉不疼不痒地问了一句。

张可欣很无语也很焦躁:"没事别给我打电话。"说完直接挂掉。

就这样,崔挽明带着大家写申请书,一熬就是一个多月。转眼稻子开始发黄,眼看就要秋收了,这一年过得可真快,忙活了一年,也折腾了一年。

到了这个节骨眼,崔挽明的心又上了弦,整个人绷得死死的。

眼看收成在望,他也终于能喘口气了。借着这个工夫,他又联系了王帅,询问他市场情况。但消息不太乐观,由于侯延辉的缺席,能用到的人脉一下就断了。虽然王帅借着金种集团的牌子在勉强推进,但距离崔挽明的目标还差十万八千里。

崔挽明没有办法,决定自己下去看看,但就在出发的那天早上,一起身,在家晕倒了。林潇潇情急之下叫了120急救,但车开到一半的时候崔挽明就醒过来了,硬是让救护车停下,扯掉输液管,下了车。

林潇潇得知后将他大骂一顿,但这也阻止不了他的行动。实在没招,她只能给张可欣打电话,让她劝劝崔挽明。

此时的张可欣对崔挽明的意见已经没那么大了,得知他晕倒的事后,还是听了林潇潇的嘱咐,给他去了电话。

"崔总,我觉得嫂子说得对,你应该休息休息,连续加班几个月,就算是块铁也该发烫了。抽时间好好检查一下身体,调理调理。"

崔挽明已经离开了家,马上就要上高速,面对张可欣的嘱咐,他回问道:"繁了那么多种子,年底不卖出去,会要人命的。这个时候不急,什么时候急?"

张可欣知道劝不住,更理解崔挽明此时的压力,再打过去的时候,崔挽明已经关机了。

她一下就想到了王帅,给他打了过去。

"王帅,你人在哪儿呢?崔总是不是要跟你会合?"

刚看到张可欣来电,王帅还挺激动的,一听不是关心自己,心里有些小失落。

"可欣,你也要来吗?我给你发地址。"

"别跟崔总说我要去,听见没?"

在张可欣眼中,王帅还像个没长大的孩子,对待他的态度也习惯了,跟以前一样。

而王帅挂掉电话后,心里空落落的,以前不管张可欣说什么,他都会呵呵一笑。但不知从何时起,他对这种情感有了重新的思考。他无奈地摇摇头,不再沉浸于痛苦中,便又去忙手里的事去了。崔挽明要下来,他必须提前把市场情况做个汇总表,不敢有丝毫怠慢。

但这几天,除了崔挽明要来,他还有件烦心事:侯延辉已经给他来过好几个电话,询问他市场情况,表面上是在关心他,还给他提了不少建议,实际上是在提醒他,让他做好分内的事。好在他是

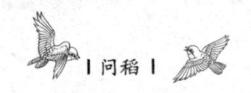

个聪明人，没有被侯延辉弄糊涂，毕竟作为公司的一员，服从大局、服从安排才是明智之举。

不过，痛苦之处在于工作开展太艰难，没有侯延辉点头，很多市场线都不顺畅。要不崔挽明会急成这样，亲自下来调研？

也不知谁把消息透露给侯延辉的，电话一下就到了王帅这里，真可谓措手不及。

"你搞什么，张可欣怎么也跟着去了？"

王帅一听，连忙解释道："侯总，我也不清楚啊，她这次跟崔总一起来的，具体我也没问。"

看来侯延辉还是很在意张可欣的，但他现在不好再联系她，只能通过下面的人了解情况。

"行了，问你也白问，有什么消息第一时间告诉我。"

王帅放下电话，在心里骂了一句："告诉你个屁！"

一路上崔挽明都在想解决办法，但一直没有好的思路。推广这件事，除了侯延辉能起死回生，在金种集团，换了谁都没这个能力。

果不其然，在他看到王帅递上来的汇总表后，血压一下就上来了。照现在的情况看，距离目标还有百分之七十没完成，这意味着大量种子要砸在自己手里。这样一来，年底盈利的希望就更加渺茫了。

而没有盈利，公司来年还能否在碱巴拉项目上投钱就成了未知数。而且从耿爽那分析得到的消息，中擎生物恐怕也会根据年底的利益来决定是否退出战略投资。如果局面不能扭转，崔挽明耗尽心血的工作将付诸东流。

似乎一切的希望都指向了侯延辉。

崔挽明虽然不说，但张可欣还是看透了他的心思。

水稻种子市场的竞争这两年越发激烈，要想迅速把一个品种推向市场前端，除了自身过硬，还有诸多限制因素。而这些东西是崔挽明解决不了的。

侯延辉之所以有这方面能力，是因为他已经在推广链条上吃通了。用他的话来说，品种推广要想成功，每个环节都不能少。从管理部门到具体执行团队，拿不到通行证，很多坎是迈不过去的。

"实在不行，我给他打个电话，你俩找时间聚聚，为了公司发展，这样下去不是办法。"张可欣主动张嘴，向崔挽明请示。

崔挽明一听，背在身后的手指动了动，犹豫着说："我考虑一下吧，他现在对我情绪还很大，谈的这些事都是他的痛点，没必要总刺激他。再说你们俩现在弄成这样，也都是因为我。不能再让你麻烦了。"

"崔总，我的事就不要再提了。他这个人什么都好，就是太仗义。如果不是为了销售部的兄弟着想，不至于去争耐盐碱大米的市场，你们也不会走到今天这步。按理说，这个事让公司出面解决会更好。"

崔挽明摇头笑道："韩总对这件事也很在意，延辉这次上黄淮海搞盐碱地旱田作物推广，恐怕就是韩总安排他去的。他是公司股东，我根本插不上话。"

那天晚上，下起了入秋后的第一场雨，半夜已然有了丝丝凉意。他们几个谁也睡不着觉，睁着眼睛，望着漆黑的夜晚，就连大脑也跟着瞎了眼，竟都不会思考了。

崔挽明从未如此绝望过，来公司后，这是他头一次有种无力感。这是最为关键的点，迈过去了，一马平川；过不去，恐怕就要淹死在沟里。

王帅所烦恼的是张可欣对他的态度，他宁愿张可欣对他决绝一些，也不要拿他当个不懂事的人。毕竟他眼瞅三十岁了，即便看上

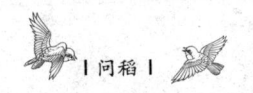

去一脸童真,但浸泡在工作中这几年,早就在心里刻上了无数的刀痕,已经分得清真情假意。

他看了眼手机,马上凌晨了,准备关机睡觉的时候,张可欣突然发来一条消息。

"睡了吗?没睡下楼一趟。"

王帅对这样的消息已经没什么好奇感了,这要是放在之前,早就飞奔下去了。而认清现实之后,他简单回复道:"马上睡,有事?"

过了半天那边也没回他,他看了看窗外,小雨还在轻飘飘地下着,就像雪花一样。

"有事我就下去?"他还是没忍住,多问了一句。

"你来吧,我在下面半天了。"

王帅不慌不忙穿上衣服,从书包里摸出一把伞。等他到了楼下,张可欣在酒店大厅的休息区已经泡好了两杯咖啡,其中一杯已经下去一半。王帅看了眼冒着热气的咖啡杯,心里很不痛快。

"不好意思,这么晚把你折腾下来。"张可欣没等他说话,先开了口。

王帅无奈地抓了抓头发:"你猜到我一定会下来,对吧?"

张可欣笑而不语:"我也不知道,凭感觉吧。不好意思,王帅。"

听到这几个字,王帅的心也算死透了,他喝了一大口咖啡,镇定自若地坐下:"什么事,说吧。"

张可欣跷起二郎腿,说道:"帮我个忙,给侯延辉打个电话,就说我出事了。"

王帅一听,动了动屁股:"什么?你……什么意思?我没搞懂。"

张可欣从座位上站起来:"你也知道年底盐岛98必须推出市场,不盈利崔总就完了。这件事只有侯延辉能解决,如果他心里还有我,他会回来的,这是崔总和他见面的唯一机会。"

"你疯了？张可欣，你怎么想的，你这么做对侯总公平吗？你这是欺骗。"

这恐怕是王帅认识张可欣后头一次拿这种教训的口吻跟她说话，也就是从这句话开始，王帅感觉和张可欣回到了对等的局面。

"我顾不了这么多了，侯延辉这人骨子里是很要强的人，硬碰硬他肯定不吃这一套。崔总跟他没有深仇大恨，说白了都是公司业务分配调整惹的事，没必要剑拔弩张。"

"张可欣，你太自私了，你这是拿侯总对你的感情当消遣，我不会帮你的。"

王帅说着就起身要走，张可欣没有追上去，只说了一句话："你也是金种集团的一员，公司有难，我用自己的方式来处理有什么不对？你怎么看待我不重要，我可以摸着良心说，我做任何事都站在公司发展的角度，绝不会坐视不理。"

王帅停住脚步，思考着张可欣的话。其实她说的也有道理，崔挽明已经看出张志恒对碱巴拉项目的热情在减退，如果他不托着这口气撑下去，一切都将告一段落。公司对盐岛98走向优质米市场的考虑一直没作出回应，但又对它可能带来的利益不予回避，这就很难办了。

但从崔挽明的角度来说，必须要推进，因为这是块硬骨头，是带动碱巴拉项目顺利运转的润滑油。这块硬骨头不嚼碎了吞下，就得卡在脖子里噎死人。

"张可欣，你什么时候变成了这种人？我印象中的你吊儿郎当，不是这样啊。对了，想起来了，你现在越来越像一个人。"

"你是说崔总？"张可欣自觉地意识到变化所在。

"也不知是好是坏，当初崔总如果不来金种，你可能这辈子都在销售部耍嘴皮子了。现在看，是好事。但你要一直努力下去的话，

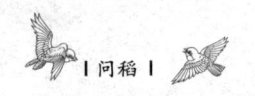

这条路就很长了，能不能坚持到最后就看你修行了。你说吧，要我做什么？"

张可欣紧张的肩膀终于放松下去，她张了张手掌："给他打个电话，告诉他我出事住院了。"

"你确定？"

"打吧，出了事我兜着。"

……

侯延辉被电话惊醒本来还挺生气，但王帅传达完消息之后，他立马精神了。他连夜买机票赶了过来。

往机场去的途中他给张可欣拨了无数个电话都没接通，又给崔挽明打，崔挽明迷糊之中被侯延辉的问话搞得一头雾水。

"出什么事了？晚上我们还一起吃饭，你搞错了吧？"

"崔挽明，你给我等着，张磊刚在试点被人打了，可欣又出了事，我跟你没完！"

崔挽明这才从床上跳下来，直接去敲张可欣的门。

门开的时候，崔挽明一脸愕然："什么情况？侯延辉他……"

"崔总，你别怪我，他这次来，你跟他把事情谈开，不能再这么闹下去了。"

崔挽明这才听明白，嘴巴大张道："张可欣，你瞎搞什么？你这样做，你俩就真的可能完了。"

等他再给侯延辉拨过去的时候，那边已经关机了。

不管他怎么指责张可欣都没用了，此时此刻的崔挽明只是觉得张可欣实在太傻，她在拿自己的感情开玩笑，她这种无所畏惧的行事风格显然还不够成熟。但话说回来，如果不采取非常手段，有些事就永远没有化解之策。

崔挽明此刻后悔莫及，其实在他心里，已经想好怎么跟侯延辉沟通了。但他一直没说出来,也没去急着推进,他一直在尝试自己去解决,但事实证明,他能力再强也做不到万能。

侯延辉下了飞机直奔医院,但在急诊室和住院部转了好几圈也没打听到张可欣住院的消息。等他气喘吁吁地从医院门口出来,张可欣和王帅出现在他面前。

侯延辉有些眩晕,经历了一宿的不眠,在路灯的照耀下,在看到张可欣活生生站在自己面前的时候,他已经分不清现实和虚无。

口干舌燥的侯延辉用手擦掉额头的汗滴,慢慢蹲下身去,似乎再也起不来了。

"为什么这样做?"侯延辉显然不是在质问王帅。

见此情形,王帅已经没有停留的必要。就像张可欣说的,一人做事一人当,他作为旁观者,起不到任何作用。他也不再是那个护花使者,从这一刻起,他可以彻底地退出张可欣的生活舞台了。

转身离开的王帅只觉得一身轻松,身后这个人不管是痛苦还是开心,都跟他没关系了。她就像一朵盛开过后的鲜花,在王帅心中褪了色,化作了一抹平静。

"我以为你不会在意我,跑这么远,不就是为了躲我吗?"张可欣先发制人,不想让侯延辉爆发。

侯延辉摇摇头:"你不用骗我,也别跟我说这些,我了解你,告诉我,让我回来为了什么?"

是啊,张可欣这样自强自立的女人怎么可能让他回来听她牢骚,定是有事。

崔挽明早就站在远处,此时该他上场了。

侯延辉蹲在地上,看见崔挽明从外面走来,什么都明白了。他二话没说,将全身力气集中在一点,突然起身扑了过去。

"王八蛋,崔挽明,你还是不是人?"

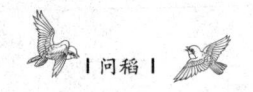

侯延辉一拳打过去，重重地落在崔挽明脸上，一下就肿起个大包。

崔挽明没有躲避的意思，又挨了好几下。

张可欣站在一旁，一句话没说，这个时候的解释是无力的。她做了她能做的一切，紧了紧脖领，回到了车上。

侯延辉最后终于失去力气，再也动弹不了。

两人躺在地上，看着雨后的星空，他们的后背已经湿透了，但浑身冒着热气。经过了一番打斗，身体里的能量得到了释放。轻松下来，看什么都顺眼了。

"怎么样，黄淮海的盐碱地如何？"

侯延辉从裤兜摸出一盒烟，递给崔挽明一根，自己也点上："难，盐碱毒害就是土壤癌症，要想治愈，谈何容易，没有耐心和金钱，千军万马上去也会倒下一大片。"

"中国有两亿亩盐碱地可开发利用，这不是你我能解决的。以前我想做一个能人，一个能挡千军万马的人，我也一直在绷着弦往上冲，但现在到了瓶颈，不管怎么使劲，就是发不出力。最近我才想清楚，我成为不了那样的人。"

侯延辉吐出一口烟："怎么，泄气了？"

"你不回来了吗？你回来，我这口气还能再续上。"崔挽明使劲吸了一口，烟灰被风吹出无数个火光，飞得四处都是。

"我为什么要帮你？"

空气再一次安静下来，月光像一个半熟的柠檬，透着青黄，照耀着崔挽明的心。

"为了公司，不是为我。盐岛98的优质米市场你来做，这个品种明年交给你了。我不用了。"

崔挽明不想再绕弯子，他知道侯延辉的心结，干脆拿出自己的态度。

　　侯延辉想了半天才说:"我回来是为了可欣,不是因为你。"

　　崔挽明直起身子,站了起来,擦了擦嘴角的血渍:"你考虑吧,别让可欣失望。"

　　他觉得没必要再解释下去了,话已经说到,大家也都心知肚明。其实侯延辉又何尝不知,碱巴拉计划的推进是需要看到回应的,如果他再这么玩下去,罪魁祸首只会是他。作为销售总监手下的第一干将,市场的直接负责人,到头来丢了市场,张志恒不会放过他。而他这么多年辛苦打下的江山也将不复存在。

　　崔挽明没有上车,一瘸一拐地离开了。

　　这时候,车灯亮起,打在侯延辉身上,张可欣摇下车窗:"你到底走不走?"

　　侯延辉将捏在手里的烟头弹了出去,跟跟跄跄地爬了起来。

/ 第二十六章 /
咸咸的奖励

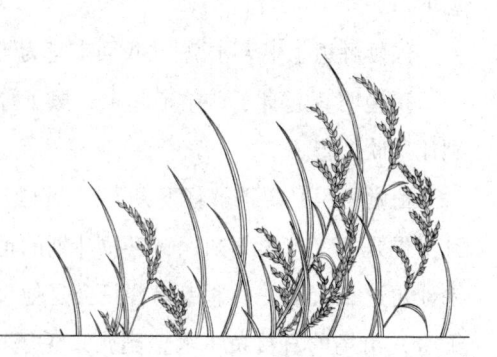

秋收了，过了国庆，一年的工作就要画下句号。

崔挽明整理完联合攻关实验室的申报材料，关上电脑，换上外套，带着霍传飞准备走向各个试点的收获现场。

首先去的就是新村，老村长和雷支书早就在村口做好迎接的准备了。村里几位青年手里拿着镰刀，那刀磨得锃亮，就等崔挽明来发号施令，他们就打响盐碱地收获的第一枪了。

紧赶慢赶还是来晚了，此时的太阳已经偏西，眼看就要下山了，那霞光正好照在金灿灿的稻穗上，风一吹，像金色海洋。

崔挽明让大家把烟头掐掉，青年们卷起裤腿整齐地排在埂子边，一声令下，"噌噌噌"的声音从刀口传来。

全村人都跑来看热闹，没什么能阻挡大家激动的心情。

不大一会儿，天就见黑了，李老村长让大家把家里的照明设备搬来，不论如何，这片地必须连夜收完。

这边割稻子，那边的脱粒机就开始启动，大秤就在边上放着，稻子往外出，也就顺便过秤。

丰收，这是新村交给崔挽明的最好答卷。

快九点多，随着脱粒机停止转动，测产数据出来了，亩产八百斤。

李老村长笑得合不拢嘴，新村近二十年没种过水稻，没吃过自己产的大米。这片透着恶臭的盐碱地过去连草都不长，现在却结出了丰硕的果实，虽然和高产田比不了，但这是盐碱地种稻的一次飞跃。

雷支书端来一碗水递给崔挽明："崔总，你好久没回来了，喝一口自来水，很甜。"

崔挽明接过那碗水，心里满是回忆和感动。新村从一个半封闭农村变成如今这样，他看到的是满满的希望，他相信新村盐碱地的成功必定带动周围盐碱地的自发性改良运动。

荒地变良田，这是每一个农户都抵挡不住的诱惑。

崔挽明当即给李大宝打了视频电话，让他汇报一下他在海南的工作。

"我这边工作也快差不多了，这两天在整理数据，中秋节回去陪爹和娘。"

李老村长看儿子这么用功，老泪一下就流了出来："你才识几个字，哪会整理什么数据？不要把东西搞错了，认真点。"

崔挽明当着大家面表扬了李大宝，又给大家做了一个动员："各位叔伯大婶、兄弟姐妹，没有你们就没有今天的收获，按照原计划，这些粮食我们照价收走，这个钱在村布设一个基金，哪家老人有个大病小灾，不够的就从这里补。另外，等我们盐岛98大面积收获的时候，我们做完包装米，一家给你们送一袋，你们也尝尝我们的品种，看看盐碱地种出的稻子到底有没有盐巴味。"

崔挽明的话逗得大家哈哈大笑，大家也被他的诚意感动得热泪盈眶。

新村盐碱地种植成功，崔挽明备受鼓舞，更为大家感到高兴。

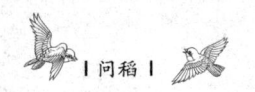

然而，他接下来真正要解决的是那些种植失败的试点。他知道，这个问题必然艰难，但也必然要迈过去。

为了尽可能把问题解决，他决定让储健和李薇薇协同帮忙。

本来想让耿爽一起过来，但在林潇潇的申请和安排下，耿爽出国和常丰协调去了。

储健和李薇薇自然是带着他们今年种植的耐盐和耐碱两大类品种和大家见面。崔挽明先是带着团队到达每一个失败试点进行具体分析，从张磊和张可欣的前期调查数据来逐一解读。

就像储健所认为的那样，最主要原因还是没把盐胁迫和碱胁迫产生的危害区别开来，有的土壤偏盐性，有的则偏碱性，而盐岛98是不耐碱的。虽然刘承俊投钱对包括试点在内的种植区进行了土壤改良剂的施用，但效果并不能面面俱到。这些估计不到的试点自然成了碱害的重灾区。

试点负责人作为当地耐盐碱种植推广的代表，可以说时刻被老百姓盯着。一旦出现问题，老百姓很可能对这件事失去信心，这是无可挽回的事情。

全国二十个试点，总共六个试点出现大面积绝产。这些地区又是盐碱地面积较大的区域，可以说，这样的结局几乎让崔挽明绝望。

不过，让他欣慰的是，储健和李薇薇研发的品种在这些地区今年也有少量布点，表现非常好，几乎没有出现大的灾害。这足以说明这些品种耐碱性要强过盐岛98，在碱环境下种植的优势要大很多。

因此，看完试点后，崔挽明即刻组织试点负责人和当地种植大户，对储健和耿爽研发的品种进行现场视察，目的就是要稳军心。

在一望无际的白色盐碱地带，唯独这几个品种结满金灿灿的稻穗。储健作为研发代表，自然要站出来予以解读："各位朋友，大家也看到了我们的产品，优势就不用说了，从效果看，几乎和高产田不相上下。唯一不足可能是成本上要高出一点,但和大多数盐碱地投入相比,高出这点成本不算什么。"

"东西看上去还可以。既然有这么好的东西,怎么不给我们用呢,你们拿这个盐岛98给我们,不是把我们坑了吗?"

面对这种抱怨和不满,金种集团在场的每个人都觉得羞愧。

"是这样的各位,不是我们不拿出来,你们面前的这个品种是我们去年刚研发成功的,还没有足够的种子量。今年我们有专门的扩繁地来繁殖种子,来年种子量肯定能上去,你们可以放心。"

"放心?"其中一位试点负责人摇摇头,表示不确信,"去年你们推盐岛98的时候就拍着胸脯作保证,结果还不是出了状况!"

崔挽明一听,赶紧站出来:"大家的心情我能理解,说实在的,公司投入那么多钱在试点,我们比你们希望它成功。我和你们一样,都是在摸索中行进,谁也不知道前面的艰难险阻。但我们能做的都替你们摆平了。虽然你们所在的试点失败了,公司的投入打了水漂,但当时我也向你们保证,不管成功与否,所有试点的损失我们来承担,该给你们的补助全都给补齐。"

崔挽明能为大家争取的最大利益也就这些了。当然,这些应对风险的预算储备在计划实施之前都预留出来了。因此,这时候跟公司申请这笔赔偿款也就是走个流程的事。

大家这一年多来看到了崔挽明的努力,也都被他的工作热情所感动,崔挽明讲完话,大家也不说话了。

储健见状,又把话题接过来:"大家这次可以放心,我们来年推出的两类耐盐碱水稻品种是两种方法创制得来的。我和李薇薇主要从大量种质资源中克隆到新的耐盐碱基因,利用它们的自然变异,从分子标记辅助育种的角度展开研究。我们另一个团队由公司的耿爽女士带队研究,她在多基因聚合方面很有优势,利用基因编辑的

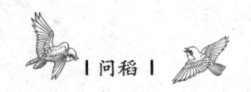

技术改良了水稻的多个基因,产量、品质和抗性都能够保障。"

崔挽明点点头:"没错,过几天收完种子我们会进行一个统计和筹划,具体来年在哪些区域布点还有待讨论。但有一点我向大家保证,只要大家对我们还有信心,我们一定先考虑大家的需求。"

大家相互看看对方,谁也不敢先说话。李薇薇笑着站了出来:"我觉得不管如何,大家都应该尝试一下,而且对于你们来说,不用承担风险。从这一点看,没有哪家公司敢作这样的承诺,我们崔总担子很重,压力大家也有目共睹。所以我觉得大家都是一条船上的人,咱们的路能走多远,需要大家共同努力。"

这时候,张磊给崔挽明打来电话。张磊基本能坐起来活动了,但伤筋动骨之处还需要时间来调整。他也是长时间待在医院,实在待得难受,闲来无事便关心起崔挽明的工作情况。

"你好好休息,储总和李薇薇他们跟我一起过来了,还有传飞,你就安心把身体养好,等我们的好消息。"

这番谈话让站在一旁的试点负责人听见了,他朝崔挽明身边挪了挪,指了指电话:"是小张?"

崔挽明点点头。

"你让我说两句,我问问小张情况。"

张磊这一年来基本都在各个试点奔走,跟下面的人早就成了一家人,长久的工作沟通让他们建立了深厚的友谊。在得知他受伤之后大家都要去看望,但都被张磊逐一拒绝了。

"你恢复怎么样了,小张?说好去看你,你也不让去,我们这头最近又在忙收获,你等几天,等我们忙完一定过去一趟。"

"都不要来,等我能下地了就去找你们,我还等着你们汇报今年的情况呢。"

这头愣了愣,回答道:"让你失望了,我们的盐碱地你也知道,从插秧到开花，病病恹恹，没一天好的时候，今年算是白忙活了。真是对不住了。"

"不不不，大家都用心在做，也都尽力了。崔总也带着大家在找原因，你们一定要坚定信心。崔总不是给你们带去好品种了吗，你们也都看到了具体表现，不要再犹豫了。未来试点是要奔着现代化园区建设的，这对你们这里盐碱地辐射开发有着重要意义。趁着我们有品种，你们就试一试，除了试点，周围也都种植起来，那么多荒废的盐碱地，要都变成良田，能解决多少人的口粮问题？大家都考虑考虑。"

"哎，知道了小张同志，我们在考虑。"

看得出大家和张磊结下的感情，这通电话结束后，大家也都不再说什么。

"再试一年吧，小张说得有道理，大家一起努力，这个事没准就成了。"

崔挽明望着大片的盐碱地，秋风有些清凉，吹着他的脸，像噼里啪啦的火花，充满了能量和光泽。

过了中秋，王春生和魏莱突然从深圳来到金穗市，说有重要的事找崔挽明商量。崔挽明以为是联合攻关实验室申报的事，没想到这两位给崔挽明带来了一个更大的消息：第八届全球智慧城市博览会马上就要开幕，王春生和魏莱此次前来正是为了这件事。

面对二位的到来，崔挽明倍感震惊："全球智慧城市博览会？来找我什么意思？你们要参会？"

王春生笑了笑："崔总，不是参加，咱们要去领奖了。"

"领奖？咱们？"

崔挽明一头雾水，还不知道他们已于三个月前以"智慧农田下的盐碱地稻作改良"为题，申报了创新奖。

"崔总,抱歉没提前和你说这个事,为了报这个奖项,我们重新梳理了物联网洗盐系统的技术核心内容。现在全球在推智慧生活智慧城市,咱们作为智慧农业类选题,被推了上去。崔总,这可是咱们合作以来最为重要的一个奖项,所以我和魏莱必须亲自过来请你。"

崔挽明算是听明白了,确实如此,这不仅是对于他们取得的成绩的肯定,也将是一次难能可贵的宣传机会。

崔挽明有些激动,握住王春生的手:"这么重要的事,怎么不早跟我说,我也好做点什么。你们突然给我个大惊喜,我都不知说什么好了。"

魏莱很少言谈,但这个奖项标志着他设计的智慧系统得到了认可,执着与付出,终于有了结果。他沉着地对崔挽明说道:"术业有专攻,你一直也在忙联合攻关实验室的事,时间已经很紧张了。我和王总私下作了决定,组织材料就上报了。"

"好事,你们能为我考虑,很感谢了。但我跟你俩说,这个奖一旦发下来,咱们可就绑在一起了,甩都甩不开了。碱巴拉计划的后续任务,你们也必须支持下去。"

"义不容辞,必须支持!"

"王总,不是简单支持啊,系统完善要抓紧了。再一个,土壤改良剂的研发也不能落后,这个事我让霍传飞跟二位接触过,一直就没了后文。"

"放心吧崔总,事情都在按部就班地进行,年底之前,咱们还要多碰面几次。这次去上海,除了领奖,也要展出我们最新的研究成果。"

"我希望吧,在原有基础上有所改良就行。我知道你们的GIS信息管理系统搭建了农业云计算中心和精准作业系统,具体适不适合我们还要进行评估。该弥补的不能省,该剔除的绝不往上堆。"

王春生一听,无奈地回道:"崔总啊,你这个人一天一个想法,要技术升级,又要搞削减。你们二十个试点全部需要检查评定,工作量是很大的,还不如把核心控制芯片一次性换掉,来个彻底升级。"

"我也想这样,不过,王总,这个事我决定不了,你得跟我们张总谈。芯片升级的代价,你是知道的。"

崔挽明把张志恒搬出来,用意已经很明显,也算是表了态度。王春生就没再继续强调。

一周后,崔挽明准备好材料,去了上海,参加由上海市国际贸易促进委员会和西班牙巴塞罗那国际展览公司共同举办的全球智慧城市博览会议。

获奖的消息通知完公司之后,张志恒便马上把省电视台的记者叫到公司开了个不大不小的会议。用意很明确,就是要跑到上海去把第一手新闻给采回来。

因此,崔挽明还没到上海的时候,媒体就已经就位了。

金穗日报这两天的头版头条都是金种集团获奖的消息,这不仅对张志恒来说是个鼓励,中擎生物那边得知消息后也一并发来祝贺,并在答记者问题的现场和金种的高层一起参加了会议。

这样一种利好的形势影响着中擎生物的立场,碱巴拉项目的呼声又一次迎来了高潮。

媒体一走,刘副市长马上带队来到公司参观,并组织会议,给予了最新的指示:"金种集团这两年来的发展是有目共睹的,作为主管副市长,我为大家取得的成绩感到骄傲,金穗市未来多几个像你们这样的企业,我们当领导的就都省心了。"

张志恒不忘感恩:"刘市长,自从我们碱巴拉项目开展以来,在

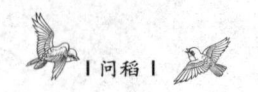

您的带领下,市里可谓竭尽所能地给我们提供便利。各种农业政策补贴、各种对外政策的推行,要是没有您,哪有我们的今天?以后啊,您还要多多提携我们,让我们争取再进一步。"

崔挽明在下面早就坐不住了,这种场合他很不适应。他很清楚刘副市长和张志恒之间的微妙关系,张志恒在过去这几个月突然对碱巴拉计划的热度降了下来,其中发生了什么,崔挽明虽然说不清楚具体情况,但能感觉到,在资金投入上面,公司可能真的在犹豫。这些他是没办法直接找张志恒询问的,他毕竟只是个任务的执行者,而非决定者。

至于这次获奖,似乎跟他也没有关系,更多为此感到荣耀的还是公司高层和市领导。毕竟这个项目是省里直接给到金穗市的,说白了,如今的成果功劳,有一半都得被市里分去。

这不,获奖的消息一在金穗市传开,一系列的专题讲座就在市农委的组织下开展起来,碱巴拉项目一下上升为市里扶持的重点项目,还要在来年进行大推广。这还没完,市里直接从省里借调专家团,组队要到各个省去做专题报告。

夜已经深了,崔挽明一个人坐在公司大门口的台阶上抽烟,储健从办公室窗户看下去,也关了灯下来陪他。

"怎么,有心事?这么晚不回去?"

崔挽明看着远处的车流,镇定地说道:"没有心事,现在一切都向着好的方向发展,以前挡在咱们眼前的困难,现在都不成困难了。市里肯出面,这是件好事,以后我不用这么操心了。"

储健还算了解崔挽明,拍了拍他肩膀:"真这么想?我还不了解你?怎么,是不是觉得憋屈?好不容易一手打下的江山,被他们一锅端走了,换做谁也受不了。"

崔挽明笑道:"储健,我以前没发现,你心眼真小啊,怎么这样想问题呢？我也想明白了，就像侯延辉跟我说的，事业要想做大，靠自己的能力那是几乎不可能的事。有时候他们一句话，就能抵你我几个月的努力，这个你不得不承认。"

现在他想通了，如果说他冲在前面踏平一路的荆棘是为了给后面的部队带来方便，赢得时间，那他的付出就是值得的，所有在项目里流过血流过泪的人都是值得的。

"走吧，今晚上我那儿，好长时间没坐一起吃饭了。"储健邀请崔挽明。

"好啊，叫上延辉，他这几天和张可欣回市里了，一起吧。"

储健掏出电话，给李薇薇打了过去："你买点好菜，晚上崔总、侯总他们都来。"

李薇薇在电话那头呆住了："储健，你怎么不跟我商量你就……那么烦人呢。"

"你小子。"崔挽明指着储健，"你俩什么时候在一起的？这么大事不通知大伙一声，你小子闷声发大财，不像话。"

储健不好意思地挠挠头："顺其自然嘛，有必要搞那么张扬吗？"

"有必要，十分有必要，你等着，我把小林也叫上，一起给你热闹热闹。"

那真是一个美好的夜晚，林潇潇带着崔卓加入了他们的聚会，场面热闹而温馨。

"挽明，你还记得咱们第一次吃饭是什么时候吗？"储健问道。

崔挽明歪着脑袋，微醺道："到死也忘不了啊，就因为你们几个跑三亚去见我，公司里都炸锅了，以为来了个什么人呢。"

"现在看，你小子确实有大才，何总的眼光不错，把你引进金种是他这些年做得最对的事情。要不是他上植物检疫部门看他引回来的种苗情况去了，今天说什么也要把他拉过来好好灌一顿。"

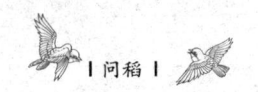

崔挽明有些感慨:"可以说是大家厚爱我崔挽明。自从我来到金种,储健和延辉,你俩真是帮我,给了我足够的面子,让我在这里快速成长起来,也为我争取了做事的机会。虽然中间咱们经历了一些不愉快,但这些都过去了。咱们就是兵,作战迎敌是咱们的天职,来年的任务更重,谁都轻松不了,你们要做好准备。"

侯延辉不满意地给了崔挽明一拳:"你啊,最应该感谢的是人家潇潇,为了你这破工作,跑到这来干警察。你呢,什么时候关心过人家,还总让人操心。跟你说,不管年底再忙,抽时间回趟林海省,看看两位老人,人家养了几十年的闺女跟你跑了,心里也很惦记。"

"崔挽明就这样的人,我都习惯了,他在林海省的时候就这德行,哪有家的概念?"

他的脸已经上了色,加上气氛热烈,额头都渗出了一层汗水。他看了眼林潇潇,一把拉过手:"你受累了,真的,我也不保证什么了,今年过年,咱们回林海省,就这么定了。"

林潇潇一把将手抽了回去:"你可别承诺,就当我没听见,到时候做不到,我可不想听什么理由。这几年我耳朵都起茧了,你愿干吗就干吗,你顾不上我,我还不一定能顾上你呢。"

一看这两人,储健摇摇头,对张可欣和李薇薇说道:"看见没,你潇潇姐多大度,你们两位女士是不是该学一学,提升一下思想意识?"

李薇薇看了眼张可欣,不约而同地揪住了储健的耳朵:"你想提升什么意识啊?"

侯延辉一看:"可欣,你……放肆了,这是储总,你怎么动手动脚呢?"

"怎么,你耳朵也痒了?"说着就把侯延辉也收拾了。

就这样,这几个原本还年轻的面孔,在经历了这场艰难的磨炼后，每个人身上都有了一种抹不掉的光影，让他们看上去长了几岁。

一周后，崔挽明开车到机场。因为张磊来电话说出院了，第一时间就要回公司。崔挽明必须亲自来接。

当他看到张磊的时候，发现他身边多了一个人。

黄俞的出现让崔挽明感到了阵阵温暖，他替张磊感到开心，虽然故事如何开始的他不得而知，但他知道，那一定是一个值得歌颂的幸福故事。

张可欣代表公司给张磊送上了鲜花。公司为了表彰张磊，奖励了他两万元，虽然弥补不了他身体受到的伤害，但足以让人暖心。

等大家慰问完张磊，崔挽明才对他说："小张，我跟公司申请了，让你提前回家过年，带着黄俞，好好玩一段时间，等春节结束再回来。你放心，来年的任务更重，你跑不了。"

"崔总，我已经休息好了，我打算回家两天就回公司。年底正是销售部最忙的时候，我还有很多工作需要汇报，这关系到来年试点的衔接和发展，不能回家太久。"

崔挽明强调道："哪有你这样的，带着女朋友回来加班？你让人家怎么办，大老远跟你过来，再让人自己回去？猪脑子！晚上我请大家吃饭，明早你就走，跟你说，这段时间别让我看到你。"

也就是这天晚上，崔挽明接到胡雪锋电话："一带一路"联合攻关实验室获批了。

那一夜崔挽明整宿没睡，第一时间把消息告知罗思佳。

这对罗思佳的海外盐碱地改良项目是一个天大的好消息，也是金种集团在盐碱地改良上迈出的重要一步。

第二天早上，国家耐盐碱水稻技术创新中心打来电话，邀请崔挽明团队前去三亚参观学习，并提出前来公司学习的想法。

接下来的几天，各种合作电话令崔挽明应接不暇，很多都是洽

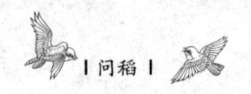

谈业务，崔挽明统统推给了韩瞳跟何秋然。他已经找到自己的定位，这些决策上的事他不会去参与了。

他明白现阶段的成功只是万里长征第一步，全国的盐碱地还有那么多，他还有更多的路要走，还有更大的挑战等待着他。但有了一个大奖和一个对外的国家级实验平台，加上公司自主研发的品种，可以说项目已经没有短板了。崔挽明自参加工作以来，从未这样开心过。

每一个参与其中的人都沉浸在喜悦里面，就连身在国外的耿爽也打来电话。

"崔总，恭喜啊，功夫不负有心人，你太厉害了。"

崔挽明哪敢贪功，对耿爽说："都是你老同学有力量，后期的材料都是人家把关弄的，等你回来陪我上北京当面感谢。"

"好啊，我年后回去。"

"带孩子回来吗？"

耿爽笑了笑，常丰的脸出现在视频中："崔总啊，我和耿爽一起回公司。这次多谢你和你夫人帮忙，耿爽要是不过来，我可能就铸成大错了。"

这个结果让崔挽明很震惊，他做梦都没想到耿爽还能再接受常丰。

"祝贺你俩，终于破镜重圆了。"崔挽明只能送上这一句。

没想到常丰解释道："崔总误会了，我倒是想复合，耿总不肯啊。我这次回去，一是辞去在金种的职务，二是把技术留给公司，孩子也送回来。我们商量好了，寒暑假孩子在我这边，上课在国内，孩子也跟我们达成了共识。"

"常总，你要辞职？真的不回来了？"

崔挽明觉得挺可惜的，金种集团的技术部是常丰一手创办起来的，现在他这样选择，也无颜再面对公司上下。公司不予计较，没把他送上法庭已经对他网开一面了，但他能把技术留给公司，也算没辜负公司的一番栽培。

"我让曲岚全职回国，在金种继续这方面的研究，有机会咱们还能再合作。"

这恐怕是常丰能做到的全部了，这就是耿爽此行换来的。

其实，夫妻之间、母子之间、父子之间，三者关系想要平衡好，说简单也简单，说难也真的难。耿爽把属于常丰跟孩子之间的感情部分割交出去，对常丰来说就算是莫大安慰了。就算是出于交换，常丰也必须要足够有诚意才行。

当然，耿爽并没拿孩子当筹码，这是常丰自己作出的选择。

事情发展之快是耿爽绝没想到的，她刚从飞机上下来，手机里就发来中擎生物人事部邮件。她的人事档案已经全部转到了金种集团，这意味着她将退出中擎，以一个金种人的角色去面对未来的工作。

胡雪锋坐在办公室，他对耿爽的情况十分感慨："看样子中擎和金种的合作会持续很长时间，要不然，不可能把你这个懂技术的专才送给金种。"

"我们也这么认为，胡教授，金种也慢慢回归正轨。年后，咱们得去一趟国际水稻所，就平台建设进行一段时间的洽谈，希望你能有时间。"

"这个是一定要去的，放心，我已经推掉了那段时间的工作安排。到时候科技部和农业农村部也会派人一起前去，以咱们这个平台为交流中心，就东南亚地区水稻耐盐碱项目开发事宜做一系列布置工作。从目前趋势来看，崔总，金种要想把这件事主持好，人手恐怕不够。"

这个问题也一直困扰着崔挽明,先前不跟张志恒提这个事是因为顾及公司的花销。现在局面扭转了,想跟金种合作、搭上这趟顺风车的单位一抓一大把,不管是高等大学还是省部级科研院所,也不管是投人还是投技术,大家都想参与进来。

现在看来,时机成熟了。

"这确实该考虑了,我们的人才紧缺,但人才对实验平台的未来发展又不可或缺。我的想法还是在公司成立研究院,现在的技术部可以并入,也可独立运行,重点是进行生物育种团队的组建,不管是水田作物还是旱田作物,都要纳入其中。参与团队可以兼职过来,但年工作量必须有要求,因为研究院是要招研究生的,有的环节需要正规化。"

"先小范围试试吧,这两年各地方人才战打得很凶,特别是发达省份的省会城市,不惜重金从全球挖人。有的连着整个团队一起引进,一个好的团队动辄几千万的投入,竞争惨烈。"

崔挽明用手指敲打着膝盖,自信地说道:"几千万引进的团队毕竟是少数。但我们要是想干这个,要是真有好团队入驻金种,我们就算砸锅卖铁也要把人请来。"

胡雪锋点点头:"好啊,崔总要是有这个底气,我到时候倒可以给你介绍介绍。"

崔挽明早就等着这句话,胡雪锋肯出手做这事,事情就成了一半。

从北京回来后,崔挽明马上给刘君去了电话,这对北川大学来说是一个千载难逢的机会。

"你来金种挂职,到时候把你的研究生都送过来,我这边负责培养。"

"这不行吧,我连正高都不是,没有博士招生资格,你们公司能让我挂职?"

"你是北川大学水稻育种专业毕业的,咱俩师出同门,我说你行你就行。咱们技术不行,但在育种方面,不是一般人能及的,这点自信你要有。"

"你要能把事办成,对我们也是好事,那我先报个名,行不行再说。"

"你只要来,剩下的我解决。另外,北川大学跟金种在三亚崖州湾科技城实验室联合培养的项目到时候也一起搬到研究院,形成一个整体,建立一个两家单位长久有效的合作模式。"

崔挽明真的说到做到了,当时他答应何秋然来金种集团就职的时候就保证过,不管自己走到哪一步,都要带着北川大学的水稻团队一起发展,他绝对不会头雁独飞。

跟胡雪锋确定完一系列事宜后,崔挽明又把想法报给了何秋然和韩瞳。这一次,崔挽明希望通过大家的力量去向公司争取,通过和中科院等科研院所合作挂牌,把这个研究院建立起来;通过挂职教授或研究员,在他们这里招收生物领域研究生,以此来壮大公司的科研人才储备。

贡献完想法的崔挽明也向公司请了假,带着林潇潇和崔卓回到了林海省。

崔挽明离开林海省的时候,心里背负了巨大压力。恩师秦怀春的入狱让他成了林海省同行的众矢之的,虽然他出于正义,但也担了个"欺师灭祖"的罪名。这种情况下,他不得不走。

而当他再次回来的时候,已经成了全国都叫得上号的人物了。即便他已经看淡了名利,但他想甩开已经是不可能的事了。

除夕那天,他给侯延辉和张可欣去了电话,两人领完结婚证的

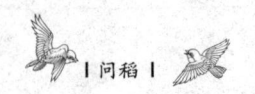

第二天就下去忙市场的事了,到了春节也没能赶回老家。

"延辉,你俩辛苦了,我也顺便告诉你,从现在起,我就把张可欣还回你销售部了,也算是物归原主,以后不要再朝我要人了。"

"放心,想要你也要不回去。我俩就当旅游过年了,不用挂念。"

侯延辉怕把种子耽误了。崔挽明繁了那么多种子,每一粒对侯延辉来说都是压力。他不敢再怠慢。崔挽明在前方为他闯开了一条大道,他再不快马加鞭,就对不住崔挽明辛苦付出了。

在林潇潇家吃完年夜饭,崔挽明和林潇潇打了招呼,约上刘君,两人从家里装了热乎饺子,一起来到省第一监狱的二监区。

这是崔挽明第一次来这里,过去他不敢,也没有勇气,更难以面对。现在他抛开一切,回归到简单的师生情谊,他只想看一眼恩师,想让他吃一口家里的热乎饺子。当然,这是崔挽明提前一周就和监狱约好的探监日子。

此时的秦怀春尽显老态,他的脖子已经直不起来,走路的时候背着手,还是一副老学究的样子。他已经吃过了监区准备的年夜饭,虽然消化系统已经衰老,但他还是尽量让自己吃了几个饺子。

因为是除夕,监区为大家主持操办了一个文艺晚会,所有服刑人员都在礼堂看演出,只有秦怀春雷打不动地回去看报。自入狱以来,饭后看报一直是他的习惯,他从不参加娱乐活动,也很少跟人交流,但并不妨碍他精神世界的富足。

"秦怀春,穿衣服跟我走,有人来看你。"监狱管教为了这件事,跑来通知秦怀春。

他听到这句话的时候,面无表情地继续看自己的报,他似乎对探监这件事已经不再期望,甚至是绝望了。

"秦怀春,给你三分钟时间,马上穿好衣服出来。"管教又强调一遍。

秦怀春把眼睛闭上，闻了闻报纸的味道，然后将它折叠起来，压在自己的床铺下面，还有一个版面没看完，他舍不得扔。

跟在管教身后往探监区走，每一步都极其艰难。他的脚恨不能踩到地底下去，恨不能整个人都钻进地缝。他年迈的两腿开始发抖——他不想见任何人，不管谁来看他，对他都将是一次精神的摧残。

"别磨磨蹭蹭，机会难得，自从你进来，这是你的第一次探监，要争取机会，和亲人好好沟通，不要有负面情绪。"

秦怀春抬头看了看外面的阳光，有些耀眼。他用手挡住眼睛，继续向前蠕动着。

等他终于来到探监室门口时，他再次把头低下。此时的崔挽明和刘君就在里面的桌子边坐着，他们仅隔着一墙的距离。秦怀春似乎闻到了他们身上的味道，两只干瘪的手掌在裤腿上不知所措地磨蹭起来。

管教走进探监室，站在他们之间。

崔挽明和刘君即刻站了起来，看着狱警同志，屏住呼吸，等待着那个熟悉的身影进入。

秦怀春脸上的肌肉已经僵硬，面部神经全都不听使唤。他做不出任何的表情，只有两只眼睛布满血丝。

他终于抬腿迈了进来。

"老师！"

他俩异口同声喊了出来，这一声呼唤，让秦怀春再也走不动道，肩膀突然靠在墙上，干裂的嘴唇开始抖动起来。

管教上去扶住他："你控制一下情绪，该跟亲人说说话了。"

坐下的一刻，崔挽明准备了一肚子的话全都说不出来。看到恩师这般模样，他真的痛恨自己来这么晚。

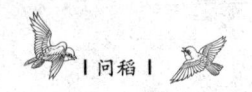

崔挽明实在心疼,伸手去抓秦怀春的手。但秦怀春猛一下缩回去,放在了桌子底下。

"你们走吧,不要再来了。我早就不是你们老师了,你们也没我这样的老师。"

崔挽明手掌紧紧地压着桌面,仿佛这样做就能留住秦怀春似的。

"老师,我们给您送饺子来了,您愿意吃就吃一口。过来是想告诉您,我离开北川大学了,现在刘君回来主持工作。我呢,去了一家企业,现在做出了一些成绩,您不用担心我们。北川大学的育种事业有我和刘君在,总有一天会发扬光大的。"

秦怀春听完,久久未回话。他看着桌子上的保温饭盒,把手伸过去打开了盖子,又用手拈起来一个饺子,塞进嘴里嚼了起来。

"好,好……"

秦怀春明明已吃不下东西,还是不停地往肚里送。他不知道何时再能见到两位爱徒,自己年岁已高,能撑到哪天也不好说。

崔挽明给他带来了很多工作照,跟他讲了盐碱地改良的事,讲了国家对农业对种业的支持力度。但不管崔挽明说什么,留给他们的还是那个枯朽的背影。

而这,就是他奋斗不息的力量所在。他认为秦怀春已经做到了对他的理解和支持。秦怀春吃掉了所有的饺子,走的时候是那么坚定和决绝。这是秦怀春最后的曙光,崔挽明亲手送给了他。

年一过,随着惊蛰到来,四野的冰碴子已不复存在。崔挽明带着霍传飞来到国家耐盐碱水稻技术创新中心,将他们研发出来的品种送到这里入了库。

同年,全国数十家单位纷纷引种,金种集团的耐盐碱品种一夜之间遍地开花,成了漫天繁星,进了各家科研单位。

而金种集团和金穗市也凭借着贡献巨大的科研成果,获得了国家科技进步奖二等奖。

崔挽明等在候机大厅，手机里刷着今年刚刚下发的中央一号文件。文件继续强调了三农问题，强调了要加强农业农村现代化进程，提出了强国必先强农的号召。

有了这样的基调，崔挽明的内心充满了力量。

一天后，崔挽明和霍传飞已经来到国际水稻所。实验平台建设工作正如火如荼地进行着，碱巴拉计划模式也将在"一带一路"沿线逐步推广。